それは
幻想の名を冠《かん》する
世界の理
大河を飲み干し、
沃土《よくど》を啜《すす》り、
霊長を噛み裂く暴食の化身
飢えと渇きをしりぞけて、
砂の大地に君臨す
その名は貪婪《ベヒモス》、
その名は献身《ベヒモス》
砂漠の母たる
獣の王
反逆のソウルイーター5
～弱者は不要といわれて剣聖(父)に追放されました～
The revenge of the Soul Eater.

新たに登場したソラにかかわる人物たち
character
カリタス聖王国の最高責任者、法神教の最高指導者
教皇ノア
私が神より授かりし最強の盾です。
いかにあなたの魔力が強大であろうとも
貫くことはかないません。
ダークエルフの指揮官、筆頭剣士
ウィステリア
私は始祖様より筆頭剣士《グラディウス》の任を賜りしウィステリアと申します。
勝敗はすでに決しました。降伏を、然らずんば撤退を。
The re enge of the
Gyokuto ／ ill Yunagi

反逆のソウルイーター
~弱者は不要といわれて剣聖（父）に追放されました~

The revenge
of
the Soul Eater.

5

これまでのあらすじ

幻想一刀流の家元・御剣家を追放されたのち、無敵の「魂喰い（ソウルイーター）」となったソラは、父・御剣式部の命で故郷の鬼ヶ島に向かう。そこで待ち受けていたのは、魔物の土蜘蛛と闘う試しの儀。不遜な態度で土蜘蛛と対峙するソラに、激昂した弟のラグナが詰め寄った瞬間、島のあちこちで爆発が起きる。鬼人たちの襲撃だった。

御剣家の剣士たちは襲撃場所へ向かう一方で、女性や子どもたちを脱出させるため地下道を抜けようとするが、鬼人のオウケンが子どもを人質にとった。絶体絶命の瞬間、現れたソラがオウケンや鬼神になったイサギを倒す。

一方その頃王都では、ミロスラフ、イリア、ルナマリアたちが恐るべき敵と闘っていた。

Soul Eater.

登場人物紹介

ソラ・空　…………幻想一刀流御剣家の跡取りだったが追放され、瀕死になりながら魂喰いとして生還し、凄まじいパワーを有している。復活後はかつての仲間を次々と奴隷にして、さらに御剣家への復讐を狙っている。

ミロスラフ　…………「隼の剣」の元メンバー。良家の出身の魔術師で気位が高い。ラーズとの仲をイリアと争っていたが、ソラに拉致され魂を喰われ、奴隷に。

ルナマリア　…………「隼の剣」の元メンバー。エルフの賢者。ラーズがソラに決闘を申し込んだが、あえなく負けたため、ソラの奴隷にされてしまう。

イリア　…………「隼の剣」の元メンバー。ラーズの幼馴染の神官。最後まで冒険者パーティを支えようとするが、ソラの姦計にはまり奴隷となる。

スズメ　…………鬼人の娘で一族唯一の生き残り。蝿の王に捕らえられ、あわやのところをソラに助けられ、ソラと行動をともにする。

シール　…………獣人の娘。ソラの最初の奴隷として売られてきたが、ソラに尽す気持ちが強い。スズメのお守り役でもある。

ウィステリア　……ダークエルフの剣士。始祖から授けられた魔法の長剣を振るう手練れ。

教皇ノア　…………16歳の少女でありながら、カリタス聖王国の最高責任者にして法神教の最高指導者。

The revenge of the

目次

The revenge of the Soul Eater.

5

プロローグ

その場所は第一防壁と呼ばれていた。

ティティスの森で発生した魔獣暴走《スタンピード》において、イシュカを守るために築かれた四つの防衛線の一つである。

「第一」という名称のとおり、最も早い時期に築かれたこの防御陣地は、魔獣暴走《スタンピード》の発生から終息に至るまで常に最前線でありつづけた。

そして、その役割は今も終わっていない。イシュカ政庁は再度の魔獣暴走《スタンピード》の発生に備え、精力的に第一防壁の拡充をおこなっていた。

柵《さく》や堀《ほり》、兵舎や櫓《やぐら》、厩舎《きゅうしゃ》や指揮所などの施設が新たに建設され、あるいは改築されて、今や第一防壁は立派な砦の体《てい》をなしている。

施設だけでなく、人員の増強もおこなわれており、その中に『血煙《ちけむり》の剣』の名前もあった。

具体的に名を挙げれば、ミロスラフ、ルナマリア、イリア、シール、スズメの五人である。この時期、ソラはまだ鬼ヶ島から戻っていない。

　五人が第一防壁にやってきたのは、冒険者ギルドの依頼を受けてのことであった。ヒュドラの毒で汚染されたティティスの森は、今もいたるところで魔獣が暴れまわっており、その一部は頻繁《ひんぱん》に森の外に姿を見せている。これらの魔獣を、カナリア正規兵と共に討伐するというのがギルドの依頼内容だった。

　本来、こういった依頼の諾否《だくひ》を決めるのは盟主《マスター》であるソラの役目であり、そのソラが不在であれば依頼を断るのが原則である。ソラと確執のある冒険者ギルドが依頼主とあればなおさらだ。

　ただ、ソラはイシュカを発つに際して、留守の間の行動は各人の判断にゆだねる旨《むね》を全員に伝えていた。ミロスラフたちはこれに従い、自分たちで相談した末にギルドの依頼を受けることを決めたのである。

　ここでギルドの依頼を断れば、竜殺《ドラゴンスレイヤー》しがつくったクランが都市防衛に背を向けたことになってしまう。ソラの留守中にクランの評判を下げたとあっては、帰ってきたソラに顔向けできない――ソラをマスターと呼ぶミロスラフとルナマリアはそう考えた。残るイリアは、二人のようにソラに想いを寄せているわけではなかったが、それでも服従を誓った相手の役に立たねばならない、という気持ちは持っている。

　それに、三人はもともと三日にあげずティティスの森に踏み込んでレベル上げに励んでいた。なので、魔獣討伐の依頼は渡りに船とも言えたのである。

三人にとって予想外だったのは、シールとスズメの二人が参加を申し出たことだった。ただ、ミロスラフとルナマリアはスズメの魔術の師として鬼人の少女の実力を知っていたし、イリアはシールの近接戦の稽古相手として獣人の少女の実力を把握していた。

ミロスラフたちはスズメとシールの実力を「ティティスの森に踏み込むのは時期尚早だが、森から出てきた魔獣を防壁に拠《よ》って討つなら問題ない」と判断し、少女二人を加えた五人で第一防壁へとやってきたのである。

ミロスラフにせよ、ルナマリアにせよ、イリアにせよ、以前——ソラと交わる以前に比べれば飛躍的に力を高めている。他の冒険者や兵士にひけを取ることはまずない。

実際、第一防壁における『血煙《ちけむり》の剣』の働きは抜きん出たものであり、『血煙《ちけむり》の剣』を竜殺しだけのクランと侮る者は数日のうちに一掃された。

そうして順調に依頼を消化していたある日、ミロスラフのもとに冒険者ギルドからの使いがおとずれる。使いの名はリデル。ミロスラフとは互いに知った顔であり、挨拶もそこそこに本題を切り出してきた。

「ティティスの森の案内、ですか？」

「はい。これは冒険者ギルドから『血煙《ちけむり》の剣』への正式な依頼となります」

リデルは一枚の書類をテーブルの上に置き、すっとミロスラフに向けて差し出してきた。

書類を手にとったミロスラフはすばやく紙面に目を走らせ、それが確かに冒険者ギルドの正式な依頼状であることを確認する。

赤毛の魔術師は怪訝そうに眼前のリデルを見やる。

「ヒュドラが討伐されたとはいえ、ティティスの内部はいまだに危険な状態です。魔獣の討伐が順調に進んでいる今、あえて森に踏み込む必要があるのですか？」

自分たちのように、危険を冒してでもレベルを上げたい理由があるならともかく、とミロスラフは内心で付け加える。

この問いに対し、リデルは落ち着いた声音で応じた。

「すでに耳にされていると思いますが、先ごろ我が国のアザール王太子殿下とアドアステラ帝国の咲耶《さくや》皇女殿下の婚儀が正式に成立いたしました。そして、その婚儀をとりしきるために聖王国のノア教皇聖下が我が国にお越しになります」

リデルの説明にミロスラフは無言でうなずく。それはここ最近イシュカ中、いや、カナリア中で話題にされていることであり、もちろんミロスラフも耳にしている。

リデルは言葉を続けた。

「それに先立ちまして、間もなく聖王国の使節団がイシュカにやってまいります。表向き、この先遣隊は聖下がお通りになる道々の安全を確認するために派遣されたことになっていますが――本当の目的はティティスの森を調査することにあるのです」

「聖王国がティティスを調べる目的は？」

「今も申し上げたように、聖下が我が国にお越しになるのは婚儀をとりしきるためです。ですが、その他にもうひとつ、ティティスの森に結界を築いてケール河に流出する毒を食い止める、という目的があるのです。その結界を築くには森の中にいくつかの基点を設けねばならないらしく、そのために森の現状、特に毒の分布範囲をくわしく確認したい、というのが聖王国側の要請です」

「なるほど、それで案内役としてわたくしたちに白羽の矢が立った、というわけですか」

ミロスラフの言葉にリデルはこくりとうなずく。

このとき、リデルは口にしなかったが、聖王国の要請を受けたカナリア王国では、竜騎士を含む正規軍の一隊を護衛につけるという案も出されていた。これに難色を示したのは、他ならぬ聖王国である。多数の兵を引き連れて森に踏み込めば、それだけ身動きがとりづらく、また、魔物の目にもつきやすくなる。それよりは物慣れた少数の冒険者を、というのが聖王国の要望だった。

この要望はカナリア王宮からイシュカ政庁へ、イシュカ政庁から冒険者ギルドへと通達される。当然、冒険者ギルドとしては自分たちの組織に所属する冒険者から選抜したいところであったが、ヒュドラの毒が蔓延《まんえん》しているのは主にティティスの深域である。深域に踏み込むことのできる冒険者となると、ギルドの中でもごく一握りしかおらず、おまけに、案内役を務めるのだからヒュドラ出現後のティティスの森に精通している必要がある。

この二つの条件を兼ね備える冒険者は、イシュカギルドには存在しなかった。今の荒れ果てたティティスの森に足を踏み入れるのは自殺行為に等しく、まともな判断力を持つ人間ならば決して近づかない。ギルドとしても、冒険者たちに死の危険を冒《おか》せ、とは言えない。

結局、ギルドは適任者を外に求めることになり、様々な選考を経て『血煙《ちけむり》の剣』が選ばれた、というのが一連の顚末《てんまつ》だった。

繰り返すが、ミロスラフたちはここ最近、頻繁にティティスの森でレベル上げに励んでおり、その拠点として深域にある蝿の王の巣を利用していた。そのため、深域の状況もある程度は把握している。

ミロスラフはルナマリアとイリアに相談した上で、リデルに承諾の返事をした。もちろん、ギルドにたっぷりと報酬を約束させた上で、である。


リデルの訪問から数日後、ミロスラフたちは聖王国の一団と対面する。隊長を務める壮年の男性はいかにも歴戦の戦士といった厳《いか》つい容貌の持ち主だったが、存外に気さくな人物でもあり、案内役のミロスラフたちに陽気な声をかけてきた。

「教皇聖下より先遣隊の長を拝命したゼラムでござる。方々におかれては、どうかよろしくお願いいたす」

古風な口調で挨拶するゼラムに傲慢の色はなく、また、女性ばかりの『血煙《ちけむり》の剣』を軽んじる風もない。

遠路はるばる到着したばかりだというのに、かけらも疲労を見せずにさっそく森に入りたいと言う。ミロスラフたちにも否やはない。先遣隊が早く仕事に取りかかれば、そのぶん結界の構築が早まると言われればなおさらである。

先遣隊の数は七人。内訳は教会騎士が四人、神官が三人。少数ではあったが、いずれも相当の手練《てだれ》であることがうかがえた。

その中で特にミロスラフの注意を引いたのが、三人の神官のひとり、長い亜麻色の髪の女性神官である。

先遣隊の中で唯一の女性。透き通るような翠《みどり》色の瞳に、雪を思わせる白い肌。年のころはミロスラフと同じか、やや下くらいだろうか。

端整な容姿は名工の手になる彫刻のようで、同性の目から見ても美しいとしか言いようがない。あまりに整いすぎた美貌はどこか非人間的でさえある。

と、不意に、相手の視線がミロスラフのそれと重なった。その瞬間、赤毛の魔術師は思わず息をのんでしまう。正面から見た女性神官の美貌に圧倒されたというのもあるが、それ以上に、相手の翠眼に走る硬質の光に気圧《けお》されたのである。

そんなミロスラフを見て、女性神官はしずしずと歩み寄ってきた。

「案内役を務めてくださる冒険者の方ですね？　本日はどうかよろしくお願いいたします」

そう言って丁寧に頭を下げる女性神官の態度は非の打ちどころがないもので、ミロスラフは慌てて相手に応じた。

「丁寧な挨拶、痛み入ります。こちらこそ、よろしくお願いいたします」

ミロスラフの返答を聞いた女性神官はにこりと微笑む。その双眸に、今しがたミロスラフが垣間見た硬質の光は宿っていない。

気のせいだったのか。そう思ったミロスラフは、この女性神官に対する興味を残しつつも、自分を怯《ひる》ませた光については次第に忘却していった。

第一章　ティティスの戦い

1

冒険都市イシュカの北側には、豪壮な邸宅が立ち並ぶ高級住宅街がある。政庁の役人やら、交易の豪商やら、ギルドのマスターやらが居を構えており、石を投げれば都市の大物に当たると言われている一画だ。

最近では、それらの大物の中に竜殺し《ドラゴンスレイヤー》の名も挙げられるようになったというのだから、我ながら出世したものである。

そんなことを考えていると、隣から弾んだ声が聞こえてきた。

「ふふ、こうしてソラさんと二人でイシュカの街を歩くのは初めてかもしれません」

その声はクラウディア・ドラグノート公爵令嬢のものだった。アザール王太子と共に教皇の介添え役を命じられたクラウディアがここにいるのは、間もなく南の聖王国からやってくる教皇をイシユカで出迎えるためである。もちろん国王の許可を得た上での行動だった。

俺はクラウディアの言葉を聞いて首をかしげる。

「そうでしたか？　これまでも何度か……あ、そうか！　たしかに私がクラウディア様とご一緒するときは、誰かしら隣にいましたね」

具体的に言えば、姉のアストリッドやスズメ、シール、他には三人のチビたちなどだ。たしかに、こうして二人で街並みを歩くのは初めてかもしれない。

クラウディアはニコニコと微笑みながらうなずく。

「はい。もちろん、姉様やスズメさんたちと一緒にいるのも楽しいですが、時にはこうしてソラさんと二人きりで歩きたい、という気持ちもあります」

そう言うと、クラウディアはちょこんと俺の左の袖《そで》をつまんできた。こちらを上目遣いにうかがう公爵令嬢の求めを正確に理解した俺は、袖をつまむクラウディアの手に自分の左手を重ねる。

するとと、クラウディアはパァっと表情を輝かせ、嬉しそうにぎゅっと手を握ってきた。先の王都での一件以降、俺と手をつなぐことが気に入ったようである。うむ、可愛い。

人目のある往来で年下の女の子と手をつないで歩くというのは、これでなかなかに気恥ずかしいのだが、クラウディアの笑顔のためとあらば、羞恥心など城壁の外まで蹴飛ばしてしまえる。

その後、俺たちは何くれとなく話しながら、並んで家に向かった。

ちなみに、もう一人の介添え役である王太子はイシュカに来ておらず、王宮に残って教皇を迎える準備をしている。

おそらく、当初の国王の狙いとしては、介添え役を名目に息子とクラウディアを一緒に行動させ、二人の仲を修復するつもりだったのだろう。可能であれば、再びクラウディアを王太子の婚約者に戻す、という目論見もあったと思われる。

だが、俺を連れてきたクラウディアの態度から、それはかなわぬことであると悟った。

こうなると、王太子とクラウディアを一緒に行動させるのはかえってまずい。国王はそう考えて二人に別行動をとらせたものと思われる——まあ、クラウディアがそういう風に話を誘導したとも言えるのだけど。

王太子を喝破《かっぱ》したときにも思ったが、やっぱりクラウディアは公爵家の一族なのだな。いざという時の硬軟《こうなん》おりまぜた言動は実に骨太《ほねぶと》で迫力がある。普段は年相応にあどけなく見えるだけに、余計にそう感じられるのかもしれない。

クラウディアがこのまま年を重ねていけば、いずれ美貌と聡明を兼ね備えた王国屈指の美姫が誕生するに違いない。王太子は逃がした魚の大きさに歯嚙みすることになりそうだった。

ほどなくして自邸の門前に立ったとき、俺の胸に懐かしさが湧くことはなかった。

当然といえば当然だろう。なにせ俺が鬼ヶ島に滞在したのは実質的に一日だけ。随所で勁《けい》を用いたので移動に要した時間も最小限。王都でもドラグノート邸で一泊しただけで、イシュカの手前まではクラウディアの翼獣《クラレント》に乗ってきた。

　つまり今回の鬼ヶ島行きは、起こった出来事の密度はさておき、経過した時間だけを見れば、ちょっと遠出してきました、という程度に過ぎない。懐かしさなど感じようがないのである。

　なので、俺はさっさと鍵をあけて外門をくぐった。ここの鍵をあけておくと、クラウ・ソラス目当ての見物人が勝手に中に入ってしまうので常時施錠している。ちなみに、クラン『血煙《ちけむり》の剣』に用がある人は、外門に置いてある呼び鈴――振ると音が鳴るタイプ――を鳴らしてもらっている。

　敷地内に入った俺は、人の気配の感じられない我が家を見て口をひらいた。

「留守か？　めずらしいな」

　スズメ、シール、ルナマリア、ミロスラフ、イリア、それにセーラ司祭とチビたち三人がそろって不在というのはめずらしい。

　別段「依頼人に無駄足を踏ませないためにも、クランメンバーは誰かしら家にいること」などという決まりはつくっていないので、用事があるのならそちらを優先してもらって一向にかまわない。

　ただ、俺が留守の間に何か重大事件が起きた可能性もある。クラウディアによれば、自分が王都へ発《た》つまでは問題らしい問題は起きていなかった、とのことだが、いちおう邸内の様子を確認しておこう。

　そう思って家に入ろうとしたときだった。

「ああー！　ソラ兄《にい》だー！」

「ソラ兄《にい》だー！」

「クラ姉《ねえ》もいるのー！」

後ろからえらく聞きおぼえのある三重奏が聞こえてきたと思ったら、ばたばたと複数の足音が近づいてきた。

振り返った俺の視界に映ったのは、予想どおりアイン、ツヴァイ、ドーラの三人組で、その後ろには穏やかな微笑をたたえたセーラ司祭が立っている。手に買い物袋をさげているところを見ると、食料品の買い出しにでも行っていたのだろう。

先のヒュドラ出現以降、イシュカの治安はだいぶ悪化していたが、子供連れの女性が買い物のために出歩ける程度には安全になっているようである。

まあ、セーラ司祭に関して言えば、治安の悪化に乗じた不心得者が襲ってきたところで、簡単に撃退してしまえる実力の持ち主だ。なので、そこまで治安を気にかける必要はないのだが——それでも住んでいる街の治安が良いに越したことはない。イシュカ政庁はもちろんのこと、冒険者ギルドのエルガートやリデルには精々がんばってほしいものである。俺が「平和的にギルドに喧嘩を売る方法（急）」の実施を先延ばしにしているのは、まさしくギルドにその役割を期待してのことなのだから。

そんなことを考えていると、セーラ司祭が俺とクラウディアを見て、にこりと微笑んだ。

「お帰りなさい、ソラさん、クラウディアさん」

「ただいま戻りました、セーラ司祭。留守中、何か問題は起こりませんでしたか？」

「この家では何も問題は起きておりません。子供たちともども、不自由なく過ごさせていただいて感謝しております」

セーラ司祭はそう言ってぺこりと頭を下げた後、次のように付け足した。

「ただ、ティティスの森では今もまだ魔獣が暴れているらしく、他の皆さんは冒険者ギルドの依頼でそちらの対処に向かわれました」

それを聞いて、俺は思わず眉根を寄せる。

ティティスの森が今なお危険な状態であることは承知している。ヒュドラの毒の影響で魔獣が暴れまわり、その一部が森の外にあふれ出していることも、だ。

ただ、それはカナリア正規兵とギルド所属の冒険者だけで十分に対処できる規模だったはず。冒険者ギルドが、わざわざ折り合いの悪い『血煙《ちけむり》の剣』に依頼を出さなければいけないほど状況が悪化しているのだとすれば、俺としても放ってもおけない。

特にシールとスズメが出向いているという事実が、俺の危機感を刺激した。

聞けば、当初はルナマリアとミロスラフ、イリアの三人で向かう予定だったらしい。だが、シールとスズメが自分たちも加わりたい、と主張した。自分たちもクランの役に立ちたいのだ、と。

セーラ司祭の口からそれを聞いた俺は、眉間のしわをますます深くした。

――むう、俺がその場にいれば確実に反対したんだがな。ルナマリアたちが認めたということは、少なくとも足手まといにはならない、と判断したのか。

考えてみれば、俺はシールたちの実力をよく知らない。二人がルナマリアたちに師事して頑張っているのは知っているが、彼女たちと一緒に戦ったことはなく、そもそも行動を共にすることもまれだ。その意味では、俺よりも二人の実力を把握しているルナマリアたちの方が、判断役として適任だと言える。

俺は小さく息を吐くと、凝《こ》った眉間をぐにぐにと揉《も》みほぐした。

イシュカ政庁に強制的に徴用された、とかいうならともかく、自分たちの意思で向かった者たちを力ずくで連れ戻すことはできない。俺はスズメやシールの保護者ではない。たとえ善意から出たものだとしても、二人の行動を掣肘《せいちゅう》する権利など持っていないのだ。

もちろん、クランマスターとして二人の力量が不足していると確信したならその限りではないのだが、そうではないことは前述したとおりである。

ここは彼女らを信頼してどっしりと腰をおろし、帰ってきた五人を盛大に出迎えてやるのがクランマスターとしての器量というものだろう。うん、そうしようそうしよう。

――――よし、そうと決まれば、厩舎にいるクラウ・ソラスに挨拶をしないとな。しばらく留守にしていたから寂しがっているに違いない。せっかくだから、クラウ・ソラスへのご機嫌取りも兼ねてひとっ飛びしよう。

ただ、無目的に飛び回るのも味気ないので、ここはひとつ、クラウ・ソラスの好物であるジライアオオクスの実を取りに行こうと思う。

他意はない。あくまでクラウ・ソラスのためにティティスの森に向かうだけである。

2

ぷいぷいと上機嫌なクラウ・ソラスに乗って、一路《いちろ》北へ飛ぶ。

途中、三つの防御陣地が眼下を通り過ぎていった。先の魔獣暴走《スタンピード》の際、イシュカを守るために築かれた四重防壁の一部である。

魔獣暴走《スタンピード》の主戦場となったのは第一防壁であり、他の防壁はほとんど使用されなかったと聞いている。てっきり廃棄されているかと思ったが、こうして上から見ると、ちらほら人影が動いているのがわかった。どうやらティティスの森の不穏な現状を踏まえて、今でも最低限の運用はしているらしい。

ほどなくして、俺の視界に四つ目の防壁が映し出された。魔獣暴走《スタンピード》における最前線。俺がヒュドラと戦っている間、クライアたちはここで魔物を食い止めていたわけだ。

今回の討伐依頼でもこの第一防壁が拠点となっていると聞いていたが、なるほど、他の三ヵ所とは比べものにならないくらい大勢の人間が出入りしている。

当然のごとく、そのほとんどが武装しているが、あまり殺気立った様子は感じられない。食べ物を売っているとおぼしき屋台には行列ができているし、昼間っから酒杯をかかげて気勢をあげている冒険者もいる。そして、見回りのカナリア兵はそれらを咎《とが》めようとしていない。

明らかに緊張感に欠けた光景だった。もっと逼迫《ひっぱく》した状況を想像していた俺は、肩すかしを食らって鞍上《あんじょう》で天をあおぐ。なんだ、こんなことなら別に急いで来る必要はなか——げふんげふん。

と、藍色翼獣《インディゴワイバーン》の姿に気づいた者たちがこちらを指さし、何やら興奮したように声を高めている。それに気づいた者たちが同じように声を高め——といった具合に騒ぎが拡大しつつあった。

藍色の鱗を持つワイバーンはやっぱり目立つな。別段、竜殺し《ドラゴンスレイヤー》ここにありと喧伝《けんでん》するつもりはなかったので、俺は防壁からやや離れた位置にクラウ・ソラスを下ろした。騒ぎが大きくなって守備兵を刺激しても困る。

そうして、改めて自分の足で防壁に向かった。あらかじめ連絡せずにワイバーンで接近したことで多少の悶着《もんちゃく》はあるものと覚悟していたが、門の守りについていたカナリア兵は敬礼せんばかりの丁重さで俺を通してくれた。

どうやら『血煙《ちけむり》の剣』のクランマスターが遅ればせながら参戦しに来た、と勘違いしてくれたようである。わざわざ誤解を解く必要もないので、なるべくまわりから頼もしく思われるように背筋を伸ばして門をくぐった。

さて、シールやスズメはどこにいるのかな。一口《ひとくち》に防壁と言っても、第一防壁の実態は砦に等しく、兵舎もあれば櫓《やぐら》もあり、厩舎《きゅうしゃ》もあれば指揮所もある。適当に歩いているだけでは探し人を見つけることは難しいだろう。

ならばと人に訊《たず》ねようとしても、周囲の者たちは俺を遠巻きに囲んでざわめくばかり。なんだか珍獣にでもなった気分である。

仕方ない、門に逆戻りして兵士に訊《き》こう――そう思って、踵《きびす》を返したときだった。俺が指揮所だと判断した建物から見覚えのある姿がふたつ、勢いよく飛び出してきた。そして、こちらに向かって息せき切って駆け寄ってくる。

もちろんそれはシールとスズメの二人だった。

「ソラさん、お帰りなさい！　もう戻られていたんですね！」

「お、お帰りなさい……！」

元気よくシールが、次いでスズメが挨拶してくる。

俺は二人にただいまと応じながら、さりげなく少女たちの様子を観察した。こうして見るかぎり、二人とも怪我をしている様子はない。打ち続く戦闘の疲労で目元にくまが……なんてこともなさそうだ。やはり魔獣暴走《スタンピード》のときと比べれば、魔物が出現する頻度《ひんど》はずっと緩やかなのだろう。

俺は内心で胸をなでおろしつつ、二人に問いを投げかけた。

「二人とも元気そうで何よりだ。それで、セーラ司祭からルナマリアたちもこちらに来ていると聞いたんだが、三人も無事か？」

「はい、もちろんご無事ですよ！　今は森に入っているので、ここにはいらっしゃいませんけど」

シールが勢いよくうなずいて俺の疑問にこたえる。

それを聞いた俺は怪訝に思って問いを重ねた。

「森に入っている？　森から出てきた魔物を討伐する依頼と聞いたんだが、こちらから踏み込んで魔物を退治しているのか？」

それだと危険度が段違いに高くなる。もちろん深域や、ましてや最深部にまで足を伸ばしているわけではないだろうが。

こちらの疑問を受けて、シールとスズメは顔を見合わせた。戸惑いの視線ではなく、どちらが答えるのかを目線で相談している風である。

ややあってスズメが口をひらいた。

「ミロスラフさんたちが森に入ったのは、討伐のためではなく案内のためなんです。冒険者ギルドの人から、ティティスの森に詳しいミロスラフさんたちが適任だと頼まれまして……」

「聖王国から来た人たちと一緒に森に入られました」

スズメの言葉を補足するように、シールが追加の情報をくれる。

だが、その情報は俺の疑問を深めただけだった。二人の説明から、ミロスラフたちが冒険者ギルドの依頼で聖王国の人間を案内していることは理解できた。

しかし、その目的がわからない。今の荒れ放題のティティスの森に、他国の人間が何の用があるというのか。

さらに問いを重ねようとした俺は、二人が困り顔をしていることに気づいて慌てて口をつぐむ。矢継ぎ早に質問を重ねると、なんだか俺が二人を責めているみたいでよろしくない。だいたい、二人にギルドや聖王国の意図を訊いたって答えようがないだろう。

ルナマリアたちが自分の意思で依頼を引き受けた以上、あえてこの時期に森に踏み込まなければならない理由があったのだと推測できる。ここで俺があれこれ言い立てても仕方ない。

今はそれよりも、クランのために危険を覚悟で今回の依頼に加わった二人を褒めてあげなければ。

そう思って口をひらきかけた俺だったが、スズメたちの後を追うように指揮所から出てきた人物を見て、またしても口をつぐむ羽目になった。

「……お久しぶりです、竜殺し《ドラゴンスレイヤー》」

冒険者ギルドの受付嬢リデルはそう言うと、かたい表情で頭を下げる。

こうして顔をあわせるのはヒュドラ戦の後、リデルが俺の家にやってきて以来になる。別の表現を用いれば、エルガートのために我が身を捧げようとしたリデルを、何もせずに帰して以来だ。

そのリデルがわざわざ俺に話しかけてきた理由は何なのか。まさか「あのときは何もせずに帰してくれてありがとうございました」などと言いに来たわけではないだろう。

シールとスズメのすぐ後に出てきたことも気にかかる。リデルが二人と話をしていたというなら、その内容には耳をそばだてずにはいられない。

こちらの警戒を察しているのか、リデルは明らかに緊張している様子だった。ただ、それは後ろ暗いところがあるからではなく、自分の存在が俺の気色を損じるのではないかと案じていたからのようである。

その証拠に俺が短く挨拶を返したら、目に見えてほっとした顔になった。そしてもう一度丁寧に頭を下げてから、俺たち三人を指揮所の一室にいざなう。

そこで俺は今回の依頼にまつわる細部の事情を聞かされた。

リデルによれば、直前にスズメが口にしていた「聖王国から来た人たち」というのは、教皇のカナリア入国に先立って派遣された部隊であるとのことだった。

この先遣隊の目的は、教皇が通る道々の安全を確認することにあるが、もう一つ、結界魔術の基点を設けるという目的もあるという。

結界魔術については、以前にドラグノート公からもらった手紙に記されていたから俺も知っている。ドラグノート公はあの手紙の中で、教皇から結界魔術の情報をもらったと述べていたが、どうやら教皇は情報提供だけでなく、実際の結界構築まで請け負ったようである。

カナリア王国にはセーラ司祭やイリアのような法神教の信徒が大勢暮らしている。それに、カナリア王国の混乱が長引けば、隣国である聖王国にも影響が出てしまう。そういったことを考慮した上で、教皇は今回の事態を座視することはできないと判断したのだろう。

――しかし、結界には獣の王《ベヒモス》の角が必要だという話だったが、そのあたりはどうなっているのかな。もしかしたら、聖王国に予備の角が保管されていたのだろうか。

ともあれ、他国のために尽力しようという教皇の決断には素直に敬意を表したい。俺自身はともかく、周囲の人間、とくに子供たちにとって毒は脅威だ。いくら解毒薬を用意できるとはいっても、はじめから毒に冒されないに越したことはない。

一通りの情報を話し終えたリデルは、最後に予想どおりの台詞《せりふ》を口にした。

「ティティスの森、ことに深域より奥の領域に関して、ソラ様の持っている知識はイシュカでも並ぶ者がおりません。どうか力を貸していただけないでしょうか」

何度目のことか、受付嬢が深々と頭を下げる。

俺としてもことさら断る理由はなかった。ことが死毒の対処に関わっているとわかれば尚更《なおさら》である。

あまり軽々《けいけい》にうなずいて、ギルドの連中に「都市の安全に関わる案件であれば竜殺しを動かすことができる」などと判断されると面倒だが——俺を深く恐れているリデルであれば、そんな勘違いをすることもあるまい。

そう思って相手の求めに応じようとしたときだった。

カンカンカン!!　と甲高い鐘の音が第一防壁に響きわたる。

何事かと窓から外をのぞくと、見張り塔の兵士がティティスの方角を指しながら鐘を打ち鳴らしているのが見えた。

わずかに遅れて「襲撃」「魔物」といった単語が切れ切れに室内に飛び込んでくる。表情を険しくする俺を見て、リデルは落ち着いた面持ちで言った。

「日に何度かある襲撃でしょう。戦力はそろっていますので問題ないかと」

「それならいいが、シールとスズメは出ないとまずいんじゃないか？」

「お二人は非番ですので、本日の参戦義務はございません。ご心配なく」

これまた落ち着いた回答だった。なんで二人ではなくお前が答えるんだ、と別の意味で顔をしかめたくなるが、それはさておき、確かにこの規模の防御陣地なら多少の襲撃ではびくともしないだろう。それこそ魔獣暴走級《スタンピード》の襲撃でもないかぎりは。

——そんな俺の思考が引き金になったわけでもなかろうが、次の瞬間、耳をつんざく絶叫が窓の外から飛び込んできた。

一つではない。二つ、三つ、四つ、五つ……まだ続く。まだ止まらない。リデルの顔に驚きと緊張が走る。

そのとき、ひときわ高い悲鳴が俺たちの耳朶《じだ》を打った。悲鳴の主は、先ほど鐘を打ち鳴らしていた見張り塔の兵士である。

兵士の身体に黒い影が覆いかぶさっているのを見て、俺はとっさに勁技《けいぎ》を放とうとしたが、次の瞬間、悲鳴がぶつりと途切れたことで手遅れであることを悟る。

首筋を嚙み裂かれた兵士の身体が見張り塔から落下していく。代わって見張り塔に立ったのは、二本の足で立つ人型の魔物だった。全身が墨で染められたように黒く、今しがたの戦果を誇るように両手を空に突き出して吼《ほ》えている。

その魔物を見て、リデルの口から驚愕の声があがった。

「食屍鬼《グール》——いえ、黒屍鬼《アルグール》!?　どうしてアンデッドモンスターがここに!?」

人の屍を食う食屍鬼《グール》はよく動く死体《ゾンビ》と同列視されるが、強さでいえばゾンビよりもはるかにまさる。そして、黒屍鬼《アルグール》とはその食屍鬼《グール》の上位種というべき強力な魔物だった。

ティティスの森には多くの魔物、魔獣が出没するが、アンデッドモンスターのたぐいは出現しない。少なくとも、俺は一度も遭遇したことがない。

森で果てて、そのまま不死の魔物になってしまった不運な冒険者がいないとは断言できない。そういったアンデッドモンスターが森の外にさまよい出て、第一防壁を襲ってくる可能性もないとは言えないだろう。

ただ、その数が一体や二体ではなく、十も二十も束になって襲いかかってきたのだとしたら、それはもう不幸な偶然などではなく、人為的な計画だと断言してかまうまい。

俺はこの襲撃の背後に、アンデッドモンスターを操る死霊魔術師《ネクロマンサー》がいることを確信した。

過日に斬った慈仁坊《じじんぼう》の顔が脳裏をよぎる。アンデッドモンスターを使役して王都ホルスを、そしてドラグノート公爵邸を襲った御剣家の旗士《きし》にして死霊魔術師《ネクロマンサー》。

今回の襲撃も御剣家の人間が裏で関わっているのだろうか。ふと、そんな疑念が頭をかすめたが、俺はすぐにこれを否定した。

俺が鬼ヶ島で鬼神を討ったのはつい先日のことだ。今の俺を討つのに食屍鬼《グール》やら黒屍鬼《アルグール》やらが何百いたところで役に立たないことは、御剣家もわかっているはずである。

この状況で御剣家が動いている可能性は低い。個人的に死霊魔術師《ネクロマンサー》の恨みを買ったおぼえもない。おそらく、襲撃の目的は俺ではないだろう。

では、誰だ？

死霊魔術師《ネクロマンサー》の天敵といえば、神と神に仕える聖職者たちである。となると、狙いは先ほど話に出てきた聖王国の先遣隊か。

頭の中で考えをまとめつつ、腰の刀を抜き放つ。

俺の推測が外れているのなら、それはそれでかまわない。だが当たっていた場合、先遣隊と行動を共にしているルナマリアたちが巻き添えを食うことになる。

どこの誰とも知らない奴に、貴重な魂の供給役を傷つけさせるわけにはいかなかった。

3

不死の王は吸血鬼《ヴァンパイア》と並び称されるアンデッドモンスターの頂点である。

ただし、吸血鬼のように種《しゅ》としての共通性を持っているわけではない。不死の魔物として一定の領域に踏み込んだものを、総じてそのように呼びならわしているのである。

したがって、個としての成り立ちは様々だった。

戦場跡で自然発生した亡霊《ファントム》が、長い年月をかけて膨大な瘴気《しょうき》を取り込み、不死の王となった例もある。邪教の司祭が悪魔の加護を得て不死の王に至った例もある。

そして、高位の魔術師が禁忌とされる蝕《しょく》魔法に手を伸ばし、人ならざるものとなり果てた末、不死の王と呼ばれるに至った例もあった。

成り立ちが様々であるように、彼らの行動や目的も様々である。すべての不死の王が人間に害をなすわけではなく、中には己の領域に引きこもり、研究に明け暮れて人の世をかえりみない者もいる。

ただ、それが稀《まれ》な例であることも確かで、大半の不死の王は人間に敵対的であった。

そういった不死の王と戦い続けてきたのが世の教会勢力である。ことに法神教は悪魔を奉じる邪教徒および不死の魔物の根絶に力を注いでおり、過去、法神教によって滅ぼされた不死の王も存在する。

そうなると、不死の王の側も自衛策を講じるようになる。具体的に言えば、不死の王同士で共闘関係を結んで法神教と敵対した。

夜会。

何の変哲もないこの名前こそ、恐るべき不死者たちの集会であり――

『エリ・エリ・ウルス・エリ・ウルス、群れるもの、貪《むさぼ》る翅《はね》、いざいざ来たれ蟲《むし》の皇《おう》』

過去、三体の不死の王を葬った教皇ノアの死を望む組織だった。

シャラモンと名乗った不死の王の詠唱は、常人には聞き取ることさえできないレベルに達している。魔術師としての図抜けた技量が可能とする超高速詠唱と、探究者としての抜きん出た知識が可能とする圧縮詠唱の重ね技。その術式構成能力は、聖賢《ロード》レベルの魔術師であっても追随することは難しかった。

『止まぬ翅音《はおと》は飢餓の咆哮《ほうこう》――始蝗帝《しこうてい》』

詠唱の終了と共に湧き出る無数の飛蝗《バッタ》。むろん本物の飛蝗を召喚したわけではなく、すべて高密度の魔力体である。

シャラモンの魔法に比べれば、先ほどミロスラフが唱えた第六圏《けん》の火魔法など児戯《じぎ》に等しい。それだけの魔力の塊が怒濤《どとう》のように押し寄せてくるのだ。防ぐことなどできようはずもなく、ミロスラフたちは死神の鎌が首筋に触れる感触をはっきりと感じていた。

――そんな三人の耳に、魔物の濁声《だくせい》とは対照的な澄んだ声が響く。

「『神よ、我らを護りたまえ』」

ミロスラフたちの前に光の壁が現出する。円形に展開したその壁は、ミロスラフたちと先遣隊すべてを瞬く間に囲い込んだ。目を凝らせば、壁面に細かな紋様が無数に描かれていることがわかっただろう。

法神が信者に授ける神聖魔法の一つ、聖霊壁《せいれいへき》。司教以上の位階にある聖職者にしか授けられないこの奇跡は、いかなる攻撃によっても欠けることのない全《まった》き守り。完全防御魔法とも呼ばれている。シャラモンが教皇と呼んだ少女は、この聖霊璧を一瞬で展開させた。本来ならば長い祈禱《きとう》を必要とする最高レベルのものを、短い聖句だけで展開せしめたのである。

直後、不死者の魔法と教皇の奇跡が激突する。

飛蝗《バッタ》の一匹一匹が壁に接触する都度、耳をつんざく炸裂音がティティスの森にこだまする。一つだけで数十の命を奪うに足りる爆発が、何十、何百、ことによったら何千と立て続けに巻き起こる。

王都の城壁すら灰燼《かいじん》と化すであろう絶大な火力は、その余波だけで周囲の草木を焼き尽くした。緑から黒へ、みるみるうちに森の景色が変わっていく。

土はえぐれ、炎は逆巻き、熱によって生じた突風が竜巻のごとく吹き荒れる。あれだけいた黒屍鬼《アルグール》の大群は、すでに肉の一片も残さず消滅していた。

シャラモンが唱えた魔法は万の軍勢さえ焼き払う神域の業。魔術師の到達点とされる第九圏《けん》の魔法であっても、ここまでの威力を出すことはできないだろう——少なくとも、ミロスラフはそう思った。

これほどの魔法を、あれだけ短い詠唱で発動できるなら、単身で都市を滅ぼすことも容易であるに違いない。不死の王の恐ろしさを耳にしたことは幾度もあったが、これほどの化け物だったのかという驚愕を禁じえない。

そして。

「お三方とも、ご無事ですか？」

その化け物の魔法を完璧に防ぎとめた眼前の少女に対しても、ミロスラフは等量の驚愕を禁じえなかった。

教皇ノア。

シャラモンが口にしたその名を知らない者がいるとすれば、生まれたての赤子くらいのものだろう。カリタス聖王国の最高責任者にして法神教の最高指導者。死者すら蘇らせることができると言われる力は、齢《よわい》二十に満たずして、すでに伝説になっている。

もともと、ミロスラフはこの少女こそ先遣隊の指揮官であろうと推測しており、さらに言えば相手の素性にも一応の見当をつけていたが、それでも今しがたの激突を目の当たりにした衝撃は計り知れない。

と、聖霊壁の向こうからシャラモンの声が響き、その場にいる者たちの鼓膜を不吉に揺さぶった。

『秘蔵の賢者の石まで持ち出して威力を高めた我の術を、こうもたやすく防ぐとはな。教皇ノア。なるほど、侮れん』

たちのぼる土煙の向こうから再び姿をあらわす不死の王。それを見て、先遣隊の面々が教皇を守ろうと動きかけるが、教皇は軽く片手をあげて彼らを制した。

そして静かに口をひらく。

「私が神より授かりし最強の盾です。いかにあなたの魔力が強大であろうとも貫くことはかないません」

『研鑽《けんさん》をもって魔道を極めし我に、神の威を借りて物を語るか。不遜《ふそん》よな』

「魔に魅せられて堕ちた者に礼節をもって接する必要はないでしょう。シャラモン。夜会の第三位にその名があったと記憶していますが、同一人物ですか？」

『いかにも』

そう応じた途端、シャラモンの魔力が一気に膨れあがった。ただでさえ強大だった魔力が倍以上に増大したのだ。

先遣隊の口からうめき声が漏れる。教皇でさえかすかに眉根を寄せていた。

それを見て、シャラモンは言葉を続ける。

『この身は夜会の第三位。貴様がこれまで滅ぼしてきた未熟者どもと同列に並べてくれるなよ。まして ここは聖都の外、我らの力をそぎ落とす忌々しい結界は存在しないのだからな』

「私たちは結界に拠《よ》って戦うにあらず、神の加護をもって戦うのです。そして、神の加護は聖都の中と外とを問わず、等しく信徒に与えられます」

『ならば、その加護とやらで見事我《われ》を滅《めっ》してみせよ』

言うや、シャラモンは懐から巨大な宝珠を取り出した。虹色に輝くそれは膨大な魔力を秘めた魔法石である。

ただし、一口に魔法石と言っても、以前にミロスラフがスキム山で使用していた物などとは比較にならない高純度の逸品だった。

賢者の石。そう呼ばれる最高純度の魔法石があわせて六つ、シャラモンの魔力によって宙に浮かび上がる。

単純に考えて、次に放たれる魔法の威力は先ほどの六倍。さらに、六つの魔法石が空中で六芒星《ろくぼうせい》を形作るのを見て、はじめて教皇の顔に緊張が走った。

『古来、最強の盾は最強の矛をもって砕くもの。逆もまた真なり。神より与えられた貴様の盾が、まこと最強と称するにふさわしいか否か、このシャラモンが見極めてくれよう――魔力解放《ディスチャージ》』

シャラモンはわずか一語で自らと賢者の石の膨大な魔力を解き放った。奔騰《ほんとう》する魔力はたちまち巨大な光の槍と化し、聖霊壁に激突する。

「くッ!?」

教皇の苦しげな声がミロスラフたちの耳朶を打った。そしてもうひとつ聞こえてきたものがある。それは壁面が軋《きし》む音だった。先刻の魔法では小揺るぎもしなかった壁が揺れている。揺れ続けている。

ミロスラフたちの目の前で、水晶が砕けるような音をたてながら壁面に亀裂が走りはじめた。教皇が両手を前にかざすと壁面の一部が修復されたが、それも少しの間だけのこと。ますます勢いを強めていくシャラモンの光撃の前に、聖霊壁は今まで以上の速さで砕けはじめた。

教皇の顔が鋭く引き締められ、額から頬にかけて、幾筋も汗が流れ落ちていく。

この間、ミロスラフたちにしても、先遣隊の面々にしても、呆然と立ち尽くしていたわけではない。何かできることはないか、と懸命に考えてはいた。

だが、聖霊壁の外はシャラモンの魔法によって灼熱地獄と化している。一歩でも外に踏み出せば、その瞬間に全身が焼け爛《ただ》れてしまうだろう。

ミロスラフたちは、教皇の魔力が尽きる前にシャラモンの魔法が終わることを祈るしかなかった。

だが、その祈りも、ますます勢いを増す光の激流によって押し流されていく。いまだシャラモンが十分な余力を残していることは火を見るより明らかで、一方の教皇は血の気を失った顔で唇を噛みしめている。いまや聖霊壁にひびが入っていない箇所はない。

迫る結末を前に、不死の王の悠然とした声があたりに響き渡った。

『嘆くことはない。貴様らはこのシャラモンの手にかかって死ねるのだ。名誉なことぞ、誇りをもって散るがよい』

その言葉が終わるのを待っていたように、悲鳴のような音をたてて聖霊壁がいよいよ崩壊しはじめる。

もってあと数秒。

そう確信したシャラモンは、とどめとばかりにさらに魔力を強めようとして――

「間抜けはお前か」

打ち続く魔法の破壊音をたよりにこの場を探り当てた空《そら》によって、脳天から真っ二つに斬り下げられた。

4

教皇を葬ろうとして放たれたシャラモンの蝕魔法『始蝗帝《しこうてい》』は、その余波だけでティティスの一画を焦土に変えた。その後、賢者の石を用いて放たれた攻撃にいたっては、天変地異に匹敵するほどの破壊をまき散らした。

それだけの破壊がまき散らされたのだ、異変は当然のように森の外にまで及んでいる。

鳴り響く轟音、立ちのぼる粉塵。幻想種の再来を予感させる激震に襲われた第一防壁は、直前の黒屍鬼《アルグール》の襲撃とあいまって騒然とした雰囲気に包まれる。

空はその混乱を背にティティスの森に踏み込んだ。シールとスズメを連れて行かなかったのは二人の安全を慮《おもんぱか》ってのことだが、クラウ・ソラスまで残したのは、今しがたの異変が陽動だった場合に備えてのことである。

クラウ・ソラスがいれば、空が森に踏み込んだ後で第一防壁に新手が現れても、二人はすぐにイシュカまで避難することができる。こうして二人の退路を確保した上で、空は勁《けい》によって身体能力を限界まで強化して森に突入したのである。

本来、一国を飲み込むほどに巨大なティティスの森の中で、十人足らずの集団を探し出すのは至難の業であるはずだった。

だがこの時、空はまったく迷わずにミロスラフたちのもとにたどり着いている。シャラモンが放つ攻撃の轟音がそれを可能にした。

ゆえに空は敵を指して間抜けと言ったのである。


勁《けい》をまとわせた黒刀で不死の王を真っ二つに斬り下げるや、どういう作用によるものか、シャラモンの紫紺《しこん》のローブは細かな切れ端となって四散した。

ローブの下からあらわれたのは一体の骸骨である。外見だけを見ればスケルトンと大差ない姿だ。

脳天から股下まで両断された骸骨の身体がゆっくりと左右に分かれていく。同時に、聖霊壁を打ち砕かんとしていた魔力の奔流も消失した。

それらを確認した空が、骸骨に背を向けてミロスラフたちに声をかけようとしたときである。

「――ッ、マスター!!」

ミロスラフとルナマリアが異口同音に叫んだ。わずかに遅れてイリアの声も響く。

それらは窮地を救われた喜びの声ではなく、背後への警戒をうながす声だった。

三人の視線の先で、左右に分かたれていた骸骨の身体が、時計を逆回りさせたように元に戻っていく。

そして。

『間抜けは貴様よ、道化』

嘲笑と共に、シャラモンの手刀が雷光のごとく突き出された。そのまま心臓を貫くことも、あるいは、敵の体内に直接魔力を送り込んで破裂させることもできる致命の凶手《きょうしゅ》。

刃物のように鋭く尖った骨指《こつし》は、しかし、空の身体を捉《とら》えることはできなかった。

『ぬ』

視界の中で空の姿が霞《かす》んだ——そう見えた次の瞬間、シャラモンはソラと正対していた。今の今まで確かに背を向けていた相手と正面から向き合っていたのである。

素早く反転した。

ソラのやったことを言葉にすれば、ただそれだけ。しかし、単純な体さばきで不死の王たるシャラモンの反応速度を上回ることは不可能である。

ソラが用いたのは、幻想一刀流において燕返しと呼ばれる高速歩法の一種だった。刀術ではなく歩法のそれは、勁《けい》を用いて素早く反転する技術。戦闘において背後をとられたときに重宝するが、異なる使い方もできる。

たとえば、わざと背を見せて敵を誘い込む場合などに。

「うせろ」

限界まで勁《けい》を込め、満を持して放たれた槍のような中段蹴りがシャラモンを捉える。一瞬だった。不死の王の身体は砲弾のごとく宙を飛び、森の彼方に消えうせる。空は鋭い眼差しでそちらの方向を見据え、しばらく動かなかった。

そんな空の後ろ姿を、聖霊壁の中にいる者たちは呆然と見つめている。これはノア教皇でさえ例外ではなく、翠《みどり》色の双眸を大きく見開いて驚きをあらわにしていた。

ミロスラフたちにしても事情はさして異ならない。

聖霊壁の外は今なお強い熱気が立ち込めており、不用意に呼吸すれば、それだけで肺が焼けてしまいかねない。そんな灼熱の中、ミロスラフたちを守るように毅然と立つ空の後ろ姿は、一幅の絵画のように神々しい。少なくとも、ミロスラフとルナマリアの二人はそう思い、呆然と――あるいは陶然と眼前の光景に見惚《みと》れていた。

と、シャラモンが消えた方角を見据えていた空の口から小さなつぶやきがもれた。

「……しくじったな」

そう言うと、空は己の武器に目を落とす。

今、空が握っているのは心装ではなく普段使いの黒刀である。あらかじめ心装を抜いておけば最初の一撃で勝負は決していた。それを思って空は「しくじった」と言ったのだ。

第一防壁で黒屍鬼《アルグール》の襲撃を受けたときは、多数の守備兵の前で心装を出す不利益を考えて抜かなかった。黒屍鬼《アルグール》ごときに奥の手を出すまでもない、という思いもあった。

今の空のレベルは『30』。それもただの『30』でないことは繰り返し述べてきたとおりで、心装を抜かずとも、武器に勁《けい》を込めるだけで大半のアンデッドモンスターを葬ることができる。

実際、第一防壁を襲った黒屍鬼《アルグール》は苦もなく撃退できた。

その後、ティティスの森に踏み込んだ際に心装を抜かなかった理由だが――これは単純に気が急《せ》いていたからである。

尋常ならざる破壊音を聞いた段階で、敵がただの死霊魔術師《ネクロマンサー》ではないことは容易に推測できた。

自分ならばともかく、ルナマリアたちの歯の立つ相手ではない、ということもだ。

その認識が焦慮を生み、凡庸な判断ミスにつながってしまった。

なぜ、あんなにも慌ててしまったのか。自問しながら、空はちらと後ろを見やる。光り輝く円柱形の壁に守られた十名あまりの集団。その中に見覚えのある三人の姿を認めた空の口から小さな吐息がこぼれる。

「……ま、貴重な供給役をこんなところで失うわけにはいかないからな」

誰に告げるでもなく言い訳じみた述懐《じゅっかい》をした空は、黒刀を鞘に戻すと、今度こそ己の切り札を抜き放った。

「心装励起《しんそうれいき》――喰らい尽くせ、ソウルイーター」

呼びかけに応じて、黒い光を放ちながら心装が顕現する。その柄を握った空は、そのまま何気ない動作で心装を振るった。

はたから見れば、何もない空間をたわむれに斬ったとしか思えなかっただろう。

だがこの時、心装の刀身は彼方から高速で飛来する光弾を正確に捉《とら》えていた。あたり一帯を灰燼《かいじん》に帰す破壊力を秘めた魔法が、心装に斬られて溶けるように宙に消える。

その後、十を超える数の光弾が飛来したが、空はそれらをことごとく空中で撫で斬りにした。

遠距離魔法では埒《らち》があかぬとみたのか、空の前に再びシャラモンが姿をあらわす。あいかわらず姿形は骸骨のままだったが、その身体から発される圧力は先刻とは比較にならない。

眼球なき双眸《そうぼう》から放たれる視線は針のように鋭く尖り、刺すように空を見据えていた。

『道化。貴様、何者だ？　教会騎士かと思うたが……その力、その魔力、聖職者のものではあるまい』

「知ったところで誰に語ることもできないさ、間抜け殿」

不死の王の詰問に対し、竜殺しが嘲弄で応じる。

激突に至るまでにかかった時間は、秒に満たなかった。

5

法神教の最高指導者にしてカリタス聖王国の最高責任者、教皇ノア・カーネリアス。

彼女について世評は実にかまびすしい。

いわく、神童。いわく、麒麟児《きりんじ》。いわく、愛《めぐ》し子。

いわく、隻眼の神子《みこ》。

もともと、ノアは聖王国の生まれではなく、東の隣国アドアステラの生まれだった。パラディース、アズライトに並ぶ帝国屈指の大貴族カーネリアス家の嫡女《ちゃくじょ》。

ノアの父は法神教の枢機卿《すうききょう》として帝国内の祭事を一手に取り仕切っており、教団内における影響力は時の教皇すら凌《しの》ぐほどだった。

そんな父の子として生まれたノアは、当然のように法神教に帰依《きえ》し、敬虔な信徒としての道を歩むことになる。

幼少時のノアは真面目で熱心な信徒ではあったが、衆目を驚かすような異才をきらめかすことはなく、言ってしまえばごくごく平凡な子供にすぎなかった。

その評価が一変したのは、ノアが六歳のときである。

その年、父と共に聖王国におもむいたノアは、神の啓示《けいじ》を受けたと称して自らの左眼をくりぬき、聖壇に捧げるという挙に出る。周囲は大騒ぎになったが、不思議なことに眼球を失ったノアの左目は完璧に治癒しており、他者が手当てをする必要さえなかったという。

この出来事以後、ノアは神聖魔法に目覚める。そのすさまじい効果は数多《あまた》の先達を軽々と凌駕するものであり、カーネリアス家に神童ありとの評は瞬く間に帝国の内外に伝播《でんぱ》していった。

それから数年。史上最年少の神官、史上最年少の司祭、史上最年少の司教、史上最年少の枢機卿、と次々に最年少記録を更新したノアは、とうとう史上最年少の教皇として、法神教と聖王国、二つの組織の頂点に君臨する身となった。

むろんというべきか、この階梯《かいてい》を昇る速さは空前のものであり、おそらくは絶後のものでもある。あまりにも若すぎるノアの登極に対し、異論を唱える者は少なくなかった。だが、賛同の声はそれ以上に——すべての異論を封殺してあまりあるほどに巨大だった。

それらの賛同の根拠となったのは、ノアが打ち立てた数々の功績である。ことに三度にわたる不死の王の討伐は、数ある功績の中でも白眉《はくび》となる偉業と言えた。

アンデッドモンスターは頭や心臓を貫いただけでは死なない。亡霊系の魔物にいたっては身体さえない。彼らは生命の理《ことわり》から外れた存在であるゆえに不死《アンデッド》の名を冠している。

これを滅ぼすには神官の神聖魔法か、魔術師の攻撃魔法か、精霊使いの精霊魔法か、あるいはそれらの力を宿した武具が必要になる。しかし、アンデッドモンスターの頂点に位置する不死の王の場合、これらの方法さえ通じるとは言い難い。

滅ぼせないわけではない。ただ、ほとんどの不死の王は本体を幽世《かくりよ》と呼ばれる霊域に置いており、現世《うつしよ》にあらわれる身体は影でしかない。どれだけ影を滅ぼしても本体は健在なのだ。

一度《ひとたび》影を滅ぼされた不死の王は、再び地上にあらわれるまでに幾《いく》ばくかの時間と準備を必要とする。そのため、影を滅ぼすことにも意味はあるのだが、それをもって不死の王を滅ぼせたのかと問われれば、答えは否であろう。

不死の魔物《アンデッドモンスター》を超えた不滅の怪物《イモータルモンスター》、不死の王。

これを撃滅するにはみずから霊域におもむく必要がある。むろん、簡単なことではなく、それだけで死を覚悟しなければならない難行である。しかもこの難行に成功したとしても必ず不死の王を討伐できるわけではない。

肉体なき幽世《かくりよ》における戦いは魂の削り合い。人の身で不死の王をしとめる困難さは言を俟《ま》たない。その困難を三度にわたって成し遂げたノア・カーネリアスが、教団の内外を問わず尊敬と崇拝を集めるのは当然すぎるほど当然のことであった。


——そして、そんなノアだからこそ眼前の光景の異常さがよくわかる。

——たった一人の剣士が不死の王を滅ぼしていく、その異常さが。


『ぐ、ぎ——馬鹿な』

錆びた鉄同士をこすり合わせるような不快な声でシャラモンはうめく。もしシャラモンが生身の身体を持っていたら、ひどく顔を歪めていたであろう。

『何故、斬れる。何故、斬られる。この身は影。影を斬ったところで身体は傷つかぬ道理。それが、何故』

そう言うシャラモンの動きはひどく鈍い。見れば、シャラモンの身体には深々と刀傷が刻み込ま

れている。左の肩から右の腰にかけて、ほとんど身体を両断せんばかりに走っているその傷は、生身の人間であれば間違いなく致命傷であろう。動きが鈍くなるのも当然だった。

ただ、シャラモンは不死の王。命の理から外れた存在である。

事実、初撃で脳天を割られた傷はすでに跡形もなくなっている。にもかかわらず、どうしてその傷だけはいつまで経っても消えず、不死の王たるシャラモンに苦痛を強いるのか。

その理由は、それが幽世《かくりよ》のシャラモン本体に刻まれた傷だからであった。

『幽世《かくりよ》に届く刃。幽現《ゆうげん》の理を斬る剣。馬鹿な。そんなものが』

そんなものがあると知っていたら、むざむざ食らいはしなかった。シャラモンはうめく。

脳天を割られた初撃はたしかに魔力が込められていたが、シャラモンにとっては何の痛痒《つうよう》も感じない攻撃だった。だから、二撃目を警戒する必要も認めなかった。

もし相手が不死の王を傷つける手段を持っているのなら、完璧な奇襲だった一撃目にそれを用いない理由がない。これだけの破壊をまきちらしたシャラモンを相手に、余力を残して事にあたる愚か者がいるはずはない。

それが論理的な思考というものだ。

だというのに、敵が繰り出した二撃目はたしかにシャラモンの本体を捉《とら》えていた。捉《とら》えて、容赦なく斬り裂いていた。シャラモンが滅びを覚悟しなければならないほどに、それは致命的な一撃だった。

今、シャラモンの脳裏にあるのは怒りである。滅ぼされようとしている怒りではない。論理的ならざる相手の行動に怒りを禁じえないのだ。

――こんな……こんな武器を持っているのなら、どうして初撃で使わなかったのだ!? それをしていれば、この身はすでに滅びていたというのに！

その疑問に対し、黒髪の人間はかすかに眉根を寄せただけで答えなかった。無言で黒刀を振り上げ、振り下ろす。

鮮血色に輝く切っ先が視界いっぱいに広がった瞬間、シャラモンの脳裏をよぎったのは過去の夜会の光景だった。

「――シャラモン。君、さっきの話、聞いていなかっただろ？」

その日の夜会が終わった後、声をかけてきた小柄な影。それは夜会において二人しかいないシャラモンの上位者の一人だった。

つけくわえれば、一癖も二癖もある不死の王たちに夜会の結成を呼び掛け、実現にこぎつけた人物でもある。

『聞く価値のある話には耳を傾ける。そうでなければ傾けない。当然のことよ』

応じるシャラモンの声にかしこまる気配はない。上位者といっても服従の義務があるわけではないのだ。

ただ、シャラモンはこの相手に一定の敬意を向けており、だからこそ足を止めて呼びかけに応じた。他の不死の王が相手であれば、振り向きもせずにさっさと立ち去っていただろう。

「聞く価値がないかな？　僕としては十分に有用な話だと思ったから皆に伝えたのだけど」

『帝国を相手にする際には鬼門の護人《もりびと》に注意せよ——いまだ現世《うつしょ》に身体を留めている者どもにとっては有用な話かもしれぬ。汝《なんじ》のようにな。だが、我にとっては無用の話。幽世《かくりよ》にある我が身を傷つけられる者など存在せぬ』

手練の戦士も、高徳の神官も、偉大な魔法使いもシャラモンを滅ぼすことはできない。鬼門の護人であっても同じこと。そんな相手を警戒する必要がどこにあろう。

「ノア教皇のような例外もいるだろう？」

『笑止』

人間たちは三体の不死の王を滅ぼした教皇ノアを称え、教皇の前には不死の王さえ無力であると考えているようだが、シャラモンからすれば滑稽《こっけい》な話である。

教皇が滅ぼした者たちとシャラモンでは格が違う。たとえ教皇が幽世《かくりよ》で戦いを挑んで来ようとも必ず勝てる。いずれ彼奴《きゃつ》に身の程を思い知らせてくれよう——そんなことを考えながら、シャラモンは言葉を続けた。

『人間どものことなどどうでもよい。それより、汝はまだ幽世《かくりよ》に来ぬのか』

「今のところ、そのつもりはないね。これから先もその気になることはないと思う」

『永遠を欲さぬのなら、何故に不死の王になった』

「違うよ、シャラモン。僕は永遠を欲していないわけじゃない。永遠は欲している。ただ、それとおなじくらい恐れを失いたくないだけさ」

だから、幽世《かくりよ》に身を移すことはない。

その言葉にシャラモンはわずかに戸惑いをのぞかせた。

『恐れ』

「恐れを失った者がどうなるのか、それは今の君が体現している。シャラモン、確かに昨日の世界に僕らの敵はいなかった。今日の世界にもいないだろう。でも、明日の世界もそうであるとはかぎらない。恐れとは、つまりその視点のことさ」

そう言うと、相手は何かを憂うようにかすかに目を細めた。

そして、ゆっくりと口をひらく。

「気をつけなよ、シャラモン。何者も恐れない君は何者も見ようとしない。その驕《おご》りは、いつか君を破滅に導くかもしれない」

『それは予言か』

「忠告だよ。志は違えど、同じ永遠を歩む同胞へのね」

その会話を交わしたのは何日前だったか。何ヶ月前だったか。何年前だったか。

教皇の名が出た以上、何十年も前ということはありえないのだが。
——それが不死の王シャラモンの最後の思考となった。

第二章　教皇ノア・カーネリアス

1

「ノア・カーネリアスと申します。カリタス王国にて法神教の教皇の職を務めております」

そう言って眼前の少女がぺこりと頭を下げたとき、俺はなんと答えてよいやら分からず、意味もなく室内を見まわしてしまった。

今、俺がいるのは第一防壁にある指揮所の一室。黒屍鬼《アルグール》の襲撃が始まる前、シールたちと一緒に受付嬢の話を聞いた部屋である。ちなみに他の面々は席をはずしている。他でもない、眼前の少女がそれを望んだからだ。

ティティスの森で黒屍鬼《アルグール》の親玉と思われる骸骨を葬った俺は、ミロスラフたちと先遣隊を守りつつ第一防壁に戻ってきた。いつ次の襲撃があるともわからなかったので、道すがら事情を聞くこともできず、詳しいことはさっぱりわかっていない状態である。

ただ、少女の自己紹介によって、あのよくしゃべる骸骨の目的はわかったように思う。

魂を喰った感触から言うと、あの骸骨は「幻想種ほどではないけれど」という感じだった。実際、レベルも『30』から上がっていない。島で鬼神を喰う前なら一つくらいは上がっていたかもしれないが、ともあれ、俺にとってはその程度の相手だった。

ただ、そこらの街なら単騎で壊滅させられる力の持ち主だったことは確かである。そんな魔物が意味もなくティティスの森をうろついていたとは思えない。あいつの狙いは教皇だったと断定してかまわないだろう。

問題は、どうして教皇がここにいるのか――もとい、どうして教皇聖下がここにいらっしゃるのか、だ。俺の記憶が確かなら、聖下はまだイシュカに到着していないはずなのだけど。

そもそも、この少女は本当に聖下なのだろうか。

俺は聖下当人とは面識がない。御剣家を追放される以前、父の代理で出席した宴席で父親のカーネリアス公爵と話したことはあるが、その頃、聖下はすでに帝国から聖王国に居を移していた。

ただ、会ったことはなくとも世の噂は聞こえてくる。聖下にまつわる噂には容姿に言及しているものもあり、その中で最も有名なのが「今代の教皇は隻眼である」というものだった。

しかるに、眼前の少女はしっかりと両の眼《まなこ》を備えている。宝石のような翠《みどり》の双眸《そうぼう》をうかがっていると、こちらを見る少女と目が合った。

俺の目に浮かぶ疑念を察したのか、少女は「失礼します」と一言ことわってから俺に背を向ける。

そして、顔や髪に手を当てながら、なにやらごそごそやり始めた。

ややあって少女が俺に向き直ったとき、その手には丸い小石のようなものが握られていた。髪型も変化しており、左目のあたりを前髪が覆っている。

こちらの視線を確認した少女が、ちらと髪を動かして左目を見せる。そこに空洞を見つけた俺は、すべてを理解して小さく息を吐いた。

「なるほど、義眼だったのですね」

「はい、剣士殿。精巧につくられた魔法の品なので、なかなか他者からは気づかれません。ただ、観察力に優れた方の中には、私を見て違和感をおぼえる方もいらっしゃるようです。魔術師殿《ミロスラフ》と賢者殿《ルナマリア》がそうでした」

少女――聖王国の教皇ノア・カーネリアスはそう言うと、視界を整えるように二、三度まばたきしてから今回の経緯《いきさつ》を説明しはじめた。

それによると、聖王国は敵の襲撃をはじめから予測していたそうである。

敵は不死の王によって構成された夜会なる集団。

普段、聖下が起居している聖都（聖王国の王都）は物理的にも魔法的にも強固な結界が築かれており、強大な魔力を誇る不死の王でも侵入するのは容易ではない。仮に侵入できたとしても、聖都では不死者の力がいちじるしく減退するという。

言わば聖都は要塞のようなもの。聖下が要塞に立てこもっているかぎり、不死の王といえど簡単に手を出すことはできない。

だからこそ、聖下が他国におもむく今回の婚儀は、聖下を狙う夜会にとって絶好の機会となる。

そう考えた聖王国は、この状況を逆手にとることにした。つまり、いつもは闇に潜んでいる敵を一網打尽にする好機である、と判断したのである。

この判断に沿って、聖王国はカナリア行きの人員に手練《てだれ》を潜ませ、襲撃してくる敵を返り討ちにする手筈《てはず》を整えた。むろん、教皇は影武者である。

ドラグノート公とアストリッドがはるばる南の国境まで出迎えに行った聖王国の一団は、この囮《おとり》部隊だったわけだ。まあ、聖王国からカナリア王国に対し、何かしらの説明はされていると思うけれども。

ともあれ、そうして夜会の関心を囮に引きつけている間に、本物の教皇は先遣隊と共に一足先にカナリア王国に入る、というのが聖王国が立てた計画の全貌だった。先遣隊の中に隻眼の神官がいれば、勘の良い敵に見抜かれる恐れがある。義眼はそれを避けるための措置とのことである。

聖下の口から一連の顚末《てんまつ》を聞き終えた俺は、なるほどと納得すると同時にひとつの疑問をおぼえた。

「普通、そういう作戦のときは、総大将は安全な聖都で作戦の成功を待つものだと思うのですが」

「私が聖都から動かなければ、作戦を見破られてしまう恐れがありました。それに、作戦の成功を待ってから出発しますと、そのぶん結界魔術の構築が遅れてしまいます」

そうなると必然的に毒の被害も広がってしまう。逆に、先遣隊と共に先入りすれば、それだけ結界の構築に時間を割くことができる。

そこまで説明した後、聖下は申し訳なさそうにうつむいた。

「結局、すべてを見抜かれていた上に、この国の人々にまで被害を出してしまいました。一歩間違えれば剣士殿のお仲間まで……お詫びの言葉もございません」

「そのお言葉はどうか三人に伝えてやってください。私が受け取るものではないと存じます」

「ごもっともです。では、剣士殿にはお詫びではなく感謝の言葉を伝えさせていただきます」

そう言うと、聖下はじっと俺の目を見つめてきた。

澄んだ翠《みどり》色の瞳に、俺の顔が映し出されている。

「此度《こたび》、御身が彼《か》の不浄を討ってくださらなければ、私も、先遣隊の皆も命を落としていたことでしょう。あなたの妙《たえ》なる武勇に心からの感謝を捧げます。そして、ノア・カーネリアスの名にお いて、この恩には必ず報いることをこの場で誓わせていただきます」

「お褒めいただき光栄です、教皇聖下。我が剣が聖下のお役に立てたのであれば、これにまさる喜びはありません」

精一杯かしこまって頭《こうべ》を垂れる。

本音をいえば、別に恩返しとか必要ありませんよ、と付け加えたいところである。俺としても聖下には本気で感謝しているのだ。少しでも早く結界を構築するため、危険を冒してこの国に来てくれたことに対して。

ただまあ、自らの名にかけて恩に報います、と言ってくれた人に対して、いいえけっこうです、と返すのもそれはそれで無礼だろう。ここは素直に相手の感謝を受けとっておくとしよう。

問題はこの後である。

——室内に下りた沈黙の帳《とばり》をどうやって取り払ったらいいのでしょうか？

この部屋に来てから、というかティティスの森で顔を合わせてからずっとそうなのだが、どうも聖下は表情が読みづらい。決して無表情というわけではないのだが、表情の変化が小さく短いため、何を考えているのか摑《つか》みにくいのだ。

この沈黙にしても、他に何か話したいことがあるのか、俺が退出するのを待っているのか、あるいはそれ以外の理由があるのか、さっぱりわからん。

俺はあらためて眼前の人物に視線を向ける。

ここまでの話の内容や俺に対する丁寧な態度から、おおよその人柄は読み取れる。聖下のそれは俺にとって好ましいものだ。

同時に、ここまで見てきたものが聖下のすべてではない、とも感じていた。

まあ、当たり前といえば当たり前の話である。教皇にして王。そんな複雑怪奇な立場にいる人物に裏面がないはずはない。端倪《たんげい》すべからざる何かを抱えていて当然だろう。

と、不意に澄んだ声が耳朶を震わせた。

「――剣士殿」

「はい、聖下」

「一つ、いえ、二つ、お訊《たず》ねしたいことがあります。よろしいでしょうか？」

小さく首をかしげ、こちらをうかがう聖下。あいかわらず表情はとぼしいが、その仕草はとても可愛らしかった。

「どうぞ、なんなりとお訊《たず》ねください」

俺が応じると、聖下はこくりとうなずいて言葉を続ける。

「あなたの名前はソラだとうかがいました。これは間違いありませんか？」

「はい、間違いございません」

肯定の返事をすると、聖下は「ありがとうございます」と丁寧に礼を述べてくる。その姿からは裏面など微塵も感じられない。

もしかして端倪云々《たんげいうんぬん》は俺の考えすぎかしら、などと思い、少しだけ肩の力をゆるめた時だった。

聖下の口から間をおかずに次の問いが発される――こちらが気を緩めた隙をつくように、鋭さを秘めた声で。

「あなたの本当の名前は御剣空《みつるぎそら》。これも間違いありませんね？」

2

俺は思わず目を見開く。今この場で御剣の名が出るとは思ってもみなかったからだ。相手の真意はわからないが、わざわざ人払いをした上でこの問いを向けてきたということは、聖下は俺の素性にかなりの確信を持っているに違いない。

となれば、へたな否定やごまかしは意味がないだろう。かまをかけられている可能性もあるが、それならそれで向こうのねらいを明らかにしておく必要がある。別の表現を用いれば、俺が御剣空であると知った聖下がどう動くのか、それを確認しておかなければならない。

俺は慎重に言葉を選びながら、相手の問いに応じた。

「はい、聖下。たしかに私は御剣空です。勘当された身ですので、公《おおやけ》に家名を名乗ることはできませんが」

それを聞いた聖下は小さく、しかし、はっきりと眉根を寄せた。そして言う。

「私が知る御剣空という人物は、力不足ゆえ御剣の嫡子たりえず、家を追放されています。その人物が、竜殺しの偉業を成し遂げた当代の英雄と同一人物だった。そのことに私は危惧を禁じえません」

「…………ええと、それはどういう意味でしょうか？」

意味がわからずに問い返す。

そもそもなぜ聖下が俺の事情を知っているのか、という疑問もあったが、これについては問わなかった。聖下の生家であるカーネリアス家は、エマ様のパラディース家やアヤカのアズライト家と関係が深い。それに、鬼ヶ島にも法神教の神殿はある。そのいずれかの線で聞いたことがあったのだろう、と察しがついたからである。

「御剣家はアドアステラ帝国の中でも特異な立場と別格の武力を持っています。一国の中に一国があると言っても過言ではないでしょう。その御剣家が島の外、それも帝国の外で独自の動きを見せているとなれば、聖王国としても、法神教としても、座視することはできません」

「独自の動きといっても、私は御剣家を勘当されてイシュカに流れ着いただけなのですが……」

「それが偽りであり、あなたと御剣家が共謀している可能性がある、と申し上げているのです」

「――――共謀、とおっしゃいましたか？」

知らず、声に怒気がこもる。俺と御剣家が共謀しているなどと冗談でも言ってほしくない。

聖下は間違いなく俺の怒りに気づいたはずだ。しかし、翠《みどり》色の瞳に動揺の気配はなく、次に紡がれた言葉も平静そのものだった。

「単純な事実として、あなたに流れる血、あなたが振るう剣は御剣家のものです。その一端を、私は先ほどの戦いで目の当たりにしました」

「む」

俺は先刻、心装で骸骨――不死の王シャラモンを葬った。

たしかに心装は幻想一刀流の奥義である。そして、俺が御剣式部と御剣静耶の子であることも事実。いくら勘当されたと主張しても、はたから見れば俺はまぎれもなく御剣家の人間である。聖下が言いたいのはそういうことなのだろう。

こちらの表情に納得を見たのか、聖下はおもむろに言葉を続けた。

「そのあなたが帝国以外の国で身を立てた。その名声はカナリア中に轟き、周囲にはあなたを慕う者たちが大勢いると聞き及びます。その中にはこの国の騎士や貴族もいることでしょう。いまや竜殺したるあなたの影響力は王侯貴族に匹敵します」

そう言うと、聖下は小さく息を吐きだした。

そして、先ほどと同じ言葉を繰り返す。

「御剣家の血を引き、御剣家の技を使うあなたが、カナリア王国でそれだけの立場を得た。私はその事実に危惧を禁じえないのです」

「……御剣家が私を使って国外で勢力を広げている。そうおっしゃりたいわけですね」

「はい。弱者であるがゆえに追放されたはずのあなたが、わずか五年で竜殺しとなった事実がその根拠となります」

聖下の疑いをまとめれば「御剣空にはもともと十分な力があり、帝国の外で御剣家の勢力を拡大させるために勘当をよそおって島を出たのではないか」というものになる。

あらためて言うまでもなく、この疑いは事実無根だった。

ただ、そういう疑いを持たれても仕方ないかも、とは思う。自分で言うのもなんだが、竜牙兵相手に一合と打ち合えなかった者が、たった五年で竜を討てるほどに成長した、というのは与太話《よたばなし》のたぐいだ。それよりは共謀説の方がまだしも信憑性《しんぴょうせい》がある。

ふむ、と腕を組んで考え込む。

俺が御剣家と共謀しているという前提がありえなさ過ぎて、自分では思いつきもしなかったが──なるほど、こういう考え方もあるのだな。正直、目からうろこが落ちる思いだった。門外不出の武術を扱い、こと国家間の争いにおいては「侵さず侵させず」を旨《むね》とする御剣家。その御剣家が勢力を広げようと思えば、これ以上の手はないだろう。

もちろん、俺からすれば難癖《なんくせ》、言いがかりに等しいが、他人にそれを信じてもらうことは難しい。その意味でも聖下の疑いは厄介である。

そんな風に思って渋面《じゅうめん》になっていると、それを見た眼前の少女が表情をゆるめた。

「あなたにとっては心外な疑いなのだと思います。あなたと出会ってから、まだわずかしか経っていませんが、それでもわかることはあります。あなたはきっと、大切な人のために火の中に飛び込むことができる人。仲間を守るために不死の王に挑んだあなたを見て、私はそれを確信しました。あなたには御剣家を肥《ふと》らせる野心などないのでしょう」

けれど、それを疑われる要素はある。聖下はそう続けた。

俺が竜殺しであるだけなら問題はない。俺が御剣空であるだけなら問題はない。しかし、その二つが重なったとき、俺の存在は国と国を揺るがす火種になりえるのだ、と。

「たとえば、この国であなたの存在を危険視する者が、あなたが御剣家の人間であることを理由に排除しようとすることが考えられます。その者にとって陰謀の有無は重要ではありません。そこにあなたを逐《お》う名分さえあれば、それでいいのです」

本当に俺と御剣家がつながっているか否かは関係なく、ただ口実として利用する者の存在を聖下は示唆《しさ》する。

俺の存在を疎んでいる者はけっこう多い。直近の例でいえば、俺にクラウディアを取られた（と思い込んでいる）アザール王太子とか。貴族の中にも、竜殺しである俺とドラグノート公爵家が結びつくことを警戒している者がいるかもしれない。

そういった者たちが「あの者は御剣家ないし帝国の間諜《スパイ》であり、この国に置いておくことはできない」と主張する。それは十分にありえる未来だった。

今《いま》思いついたが、御剣家がこれを利用することもできるな。カナリア王国にわざと俺の素性をもらし、俺の帰る場所を奪ってしまう。俺がカナリア以外の国に居を移したら、そこでも同じことをする。それを繰り返すことで俺に思い知らせるのだ。幻想一刀流の使い手が安らかに暮らせる場所は鬼ヶ島以外に存在しないのだ、と。

先の帰郷ですべての決着がついたとは思っていない。いずれ、御剣家は鬼神を斬った俺に対して何らかの動きを見せるだろう。それが陰謀という形をとることも考慮しておくべきだった。

こう考えていくと、聖下の言うとおり、俺という人間は争いの火種になる。そして、俺を原因としてカナリア王国やアドアステラ帝国が乱れれば、両国に隣接する聖王国も影響を受けてしまう。動乱のせいで苦しむ法神教の信徒も大勢出るだろう。

聖王国と法神教の指導者である教皇が、御剣空に対して危惧を禁じえないのも当然だった。

ここまでの聖下の言葉が警告なのか、それとも忠告なのかは判然としないが、俺が気づけなかった視点を教えてくれたことは素直に感謝しよう。俺はそう考えて、聖下に礼を述べた。


御剣空が部屋を出ていった後、ノアはしばらく席を立たなかった。その視線は先ほどまで空が座っていた椅子に向けられている。

先ほどの話の中で、ノアは内心の思いをすべて吐露《とろ》したわけではない。むしろ、言葉にしたのは全体のほんの一部に過ぎなかった。

誰もいない部屋の中で、ノアは空に向けた言葉の一節を繰り返す。隠していた本音も含めて。

「あなたはきっと、大切な人のために火の中に飛び込むことができる人。そして、大切な人のために世界を敵にまわすことができる人。鬼人の少女に慕われるあなたを見て、私はそれを確信しました」

空たちがティティスの森から戻ってきたとき、出迎えた二人の少女のうちの一人は鬼人だった。鬼人の少女が空を慕っていることは傍目《はため》にも明らかで、その事実がノアにもたらした衝撃は大きい。御剣家の人間が鬼人に慕われている。それがどれほどありえざることなのか、ノアはよく知っている。

ノア個人としては空の在り様を好ましく思うが、為政者としてのノアは空の在り様を恐ろしいと感じた。

組織の長ともなれば、大を生かすために小を切り捨てねばならないこともある。今後、法神教ないし聖王国がその決断をくだしたとき、空や空の大切な人が小の側に入れば、空は敢然と立ちあがって大に牙を剝《む》くだろう。

そして、ノアはそれを止めることができない。

なぜなら空は竜殺し。竜でさえ止められない人間を、どうして人間の手で止めることができようか。

そんな事態を避けるためにも、空と周囲の人間を小の側に含めてはならなかった。

だが、今のノアには空が何を大切に思うのか、誰を大切に思うのかが分からない。

だから、確かめなければならない。御剣空とはどのような人物なのかを。

……ややあって、考えをまとめたノアはゆっくりと立ち上がる。

教皇の思慮の深さを物語るように、翠《みどり》の双眸《そうぼう》は静かな輝きを放っていた。

3

ティティスの森での戦いから数日、俺はいまだイシュカの街に留まっていた。

本来の予定では、鬼ヶ島から戻った後、カタラン砂漠で獣《ベ》の王《ヒモス》を捜索する予定だった。しかし、不死の王の襲撃だの、ノア教皇の登場だの、立て続けに予想外の出来事が起きたために出発を先延ばしにせざるをえなかったのである。

また、ベヒモスの角の確保を急ぐ必要がなくなったことも、予定を変更した理由の一つだった。

教皇聖下いわく、ベヒモスの角は結界の強化と維持に力を発揮するアイテムであるが、それがなければ結界を張れない、というわけではないそうだ。

術式と人員さえ揃《そろ》えば結界魔術は発動する。今回、聖下のカナリア王国訪問にともなって、聖王国からは三桁《さんけた》に届く数の聖職者がやってくるそうで、当面は結界の強度、維持に問題は生じない、と聖下は確言してくれた。

聞けば、法神教もすでにベヒモスの捜索を始めているとのこと。その意味でも俺ひとりが焦って動きまわる必要はなかった。

ただ、聖王国で第一線に立つ高徳の聖職者たちを、いつ消えるともしれない毒のために何ヶ月、何年、ことによったらそれ以上の長期にわたって他国に留めておくのはさすがに不可能である。

最終的にはベヒモスの角を確保する必要があり、そのために俺にも力を貸してほしい、と聖下は言った。

「ベルカの神殿を任せているサイララ枢機卿によれば、ベヒモスが目撃されるのは決まってカタラン砂漠の最奥部であるとのことです。そこは砂漠に慣れた冒険者でも難儀する場所であり、ベヒモスの発見には時間を要するだろう、というのが枢機卿の見解でした」

「まして、戦って角を得ようと思えば、ますます時間がかかるということでございますね」

俺の言葉に聖下はこくりとうなずく。

「必要なのは広く砂漠を見渡せる目と、ベヒモスと戦うことができる戦力です。カナリア王国の誇る竜騎士団の力をお借りすることも考えていますが、今この国は混乱の最中にあり、竜騎士団は各地を飛び回って治安の維持に尽力していると聞いています。その竜騎士を、遠く西の砂漠に派遣してほしいと申し入れても、おそらくトールバルド殿はうなずいてくださらぬでしょう。一騎二騎ならばともかく、ベヒモスを討伐できるほどの人数を、となればなおさらです」

その点、俺ならば自分の判断で動くことができるし、戦力という面でも申し分ない。聖下はそう言いたいのだろう。念のために説明しておくと、トールバルドというのはカナリア国王の名前である。

この聖下の求めに対し、俺は快諾で応じた。もとよりベルカに行くつもりだったのだから拒否する理由がない。むしろ、行くなと言われても行くつもりである。

冗談まじりにそう返答すると、聖下は表情のとぼしい顔に、めずらしくはっきりした笑みを浮かべて、俺に礼を述べた。

そんな会話を交わす一方で、俺と聖下は精力的に結界魔術の構築を進めていた。

クラウ・ソラスに乗って上空からティティスの森を見てまわり、毒の分布状況を確認し、結界の基点に適した位置を割り出し、さらにその場で基点を設《もう》けていく。

一口《ひとくち》に基点を設けると言っても、日印の棒を指しておく、といった簡単な作業ではない。複雑な魔術儀式をともなう高度な作業であり、先遣隊の一人に聞いたところ、本来なら高位の神官が数人がかりでとりおこなう作業であるらしい。

それを聖下は一人で黙々とこなしていく。もちろん、力仕事が必要なときは俺も手伝ったが、全体として俺の果たした役割はごくわずかだった。クラウ・ソラスに乗れる人数にはかぎりがあるため、やむを得ないこととはいえ、大陸で知らぬ者とてない法神教最高指導者の精励ぶりには頭が下がる思いである。

余談だが、俺が聖下と二人で行動することについて、先遣隊の人員から不満が出るかと思ったが、そういった反応はまるでなかった。かえって「聖下のことをよろしくおねがいいたす」と年上の隊長から頭を下げられたくらいである。

氏素性の知れない相手に聖下の護衛を任せることに不満はないのか、と遠まわしにたずねると、隊長は年に似合わぬきょとんとした顔を見せた後、こちらの意を悟って呵々《かか》と大笑した。

「不死の王を単身で滅ぼす勇士に対して敬意をおぼえこそすれ、反感を抱くなどありえぬこと。まして聖下がそれをお望みであれば、なんの否やがござろうか」

壮年の教会騎士はそう言った後、声をひそめて次のように付け加える。

「正直に申せば、竜殺しの武勲については胡乱《うろん》な話よと半信半疑でござった。しかし、貴公の武烈を目の当たりにした今、疑念を抱く余地はどこにもござらぬ。貴公さえよければ、このまま聖下の護衛となってほしいくらいでござる」

さすれば教会騎士の最高位たる聖騎士の位《くらい》を得ることも夢ではありますまい――冗談に聞こえるよう巧みに語調を整えてはいたが、隊長がけっこう本気で言っているのは目を見ればわかった。

シャラモンと名乗った不死の王は、それくらい厄介な怪物だった、ということなのだろう。

そのシャラモンや夜会についての情報も、結界構築の合間に聖下から教えてもらっている。その際、再度の襲撃の可能性を問う俺に対し、聖下はかぶりを振って応じた。

「夜会に属する者たちは総じて慎重です。結界なき聖都の外で第三位のシャラモンが滅ぼされた。この事実を前にして、即座に動くとは思えません」

実際、聖下が過去に滅ぼした三体の不死の王も、それぞれが個別に挑んできただけで連携をとるようなことはなかったそうだ。

まあ極端な話、不死を手にした連中にしてみれば、聖下が老いて死ぬのを待てば脅威はなくなるのだから、慌てて動く必要を感じないのだろう。ただ、それでも目障りなことは間違いないので、今回のシャラモンのように、隙があったら仕掛けてくる、という対立状態なのだと思われた。

――と、他人事のように論評してみたものの、シャラモンを倒した俺も、夜会と法神教の対立に組み込まれてしまう可能性はある。それについて聞くと、聖下はおとがいに手をあてて難しい顔をした。

「あなたには不死の王を滅ぼした功績があります。その功績が世に広まれば、間違いなく夜会は関心を向けてくるでしょう。その関心がどのような色を帯びるかは推測するしかありませんが、幽世《かくりよ》に届く刃を持つあなたは、言わば彼らにとって天敵です。そして、天敵の存在を許容する不死の王がいるとは思えません」

「やはり、そうなりますか」

聖下の言うことはもっともだった。シャラモンとつながりがあった者にとっては仇敵にもなるのだから、なおさら敵対する可能性は高い。

俺個人に関して言えば、夜会とやらが敵にまわったところで恐れるべき何物もないが、俺の周囲の人間にとって不死の王は脅威となる。ティティスの森を焼き払ったシャラモンの魔法、あれがイシュカの街中で発動しようものなら大変なことになってしまう。

「となると、私が不死の王を斬った事実は伏せておいていただきたいところです」

「よろしいのですか？　口はばったい申しようですが、私のような若輩《じゃくはい》が教皇の地位に昇れたのは不死殺しを成し遂げたからです。あなたはその不死殺しにくわえて竜殺しまで成し遂げた。まさに大陸全土に冠絶《かんぜつ》する偉業と言えましょう」

その栄光をみずからの手で投げ捨てるのですか——聖下にそう問われた俺はあっさりうなずいた。

栄光も名声も竜殺しの分だけでおつりがくる。このうえ教皇聖下じきじきに不死殺しの偉業を称えられたりした日には、得られる利益以上に面倒事が増えてしまう。

先の戦いで得た結果は、不死の王の魂とルナマリアたち三人の無事。それ以上のものを求めようとは思わなかった。

その旨《むね》を告げると、聖下はこちらをじっと見つめた後、小さくうなずいた。

「承知しました。シャラモンの件は公表を控えることにいたしましょう。これで竜殺し殿の功績が世に広まることはありません。夜会はシャラモンが私に返り討ちにあったと判断するでしょう」

「お願いいたします。本来、私が引き受けなければならない恨みを、聖下に押しつけるようで申し訳ないのですが……」

「どうかお気になさらず。私どもの命を救っていただいた御恩に比べれば何ほどのことでもありません。それに、この身はすでに夜会の標的となって久しく、今さら彼らからの恨みが一つ二つ増えたところで何が変わるわけでもないのです」

聖下は穏やかにそう告げた後、表情を真剣なものに改めて、言葉を続けた。

「ただ、一つだけ、竜殺し殿に注意していただきたいことがあります。シャラモンは夜会の第三位。当然、上にあと二人、シャラモン以上の実力者がひかえています。第二位に関しては、ここ百年あまり活動した痕跡がないのでひとまず措《お》きますが、もうひとり の第一位、これがきわめて厄介な相手なのです」

「厄介、ですか？」

「はい。夜会の主宰者《しゅさいしゃ》にしてダークエルフの長。神に叛《そむ》き、悪魔に与《くみ》し、豊穣の大地を不毛の荒野に変えた妖精王。『惑わす者《ウィル・オー・ウィスプ》』ラスカリス。カタラン砂漠において、竜殺し殿の前に立ちはだかる敵の名前です」

4

イシュカに留まっていた間、俺は聖下以外にクランの面々とも話をした。

主に留守の間の出来事を聞いたのだが、こちらから問いを向けることもある。

その際に気になったのが、ルナマリアと、それにスズメの顔にときおり焦燥のようなものが見え隠れすることである。どことなく思いつめた様子も見受けられた。

それが気のせいではない証拠に、二人は常にない熱心さでベルカへの同行を希望してきた。これまでの二人であれば、同行を希望するにしても俺の決定を尊重する旨《むね》を言い添えただろうに、今回はそれがない。

必死とも思える二人の面持ちに、これまでにないものを感じた俺はくわしい話を聞く必要を感じた。

二人とも根が真面目な上に、ルナマリアは俺に対して強い自責の念を、スズメは深い感謝の念を、それぞれ抱えているため、言いたいことがあっても口をつぐんでしまいがちだ。

これが日常の出来事なら二人が口をひらくまで待つという選択肢もあるのだが、今の二人に対して様子見を選択するのはよろしくない。なんとなく、そう感じた。

そして、この手の問題は後回しにするとたいてい良からぬ結果が出る。

そう考えた俺は、その日のうちにまずスズメを庭に連れ出した。そして、庭木の近くに置かれたベンチに腰かける。

そこはスズメと二人で話をするときの定位置だった。


スズメと並んでベンチに座った俺は、内心で話の組み立てを考える。

まず伝えるべきは、スズメの身の安全が確保されたことだろう。俺は先だっての帰郷で御剣家が出した条件を達成し、スズメの扱いを一任された――まあ、ラグナの横槍のせいで肝心の土蜘蛛を斬ることはできなかったわけだが、土蜘蛛以上の強敵である鬼人や鬼神を斬って、情けない旗士たちを助けてやったのだから、力の証明としては十分すぎるだろう。

今後、スズメが御剣家の刺客に襲われることはない。そのことを当人に伝えるのは当然だった。問題があるとすれば、それ以外の情報をスズメに伝えるか否かである。

具体的に言えば、泰山公を名乗るオウケンが口にした鬼人および鬼神に関する知識をスズメに話すのか、話さないのか。話すにしてもどこまで話すのか。

これまでも折に触れて考えてはいたが、こうしてスズメと並んでベンチに座った今もまだ結論は出ていない。

俺が迷っている理由の一つは、手に入れた知識の信憑性《しんぴょうせい》に疑問があることだった。なにせ、この話を聞いたとき、俺はオウケンの首筋に刃を突きつけていたからな。オウケンがでたらめを話した可能性は否定できない。

仮にオウケンが真実を語っていたとしても、それをスズメに話すことに意味があるのか、という疑問もある。鬼神がどうの、蚩尤《しゆう》がどうのといった知識は、平和に暮らしていく分には何の役にも立つまい。最悪の場合、知識を得たことで鬼神との同調が深まって――なんてことも考えられる。

本音を言えば、俺はスズメにこれらのことを伝えたくなかった。繰り返すが、イシュカの街で普通に生活していく分には必要のない知識である。波瀾万丈とか鬼神降臨とか、そういった言葉はスズメには似合わない。これからも穏やかで平和な生活を送ってほしい、と心底思う。

ただ、その気持ちが俺の押しつけであることも自覚していた。

鬼人が人間の世界で生活している時点ですでに波乱を含んでいる。俺がいつでも、いつまでも傍《そば》にいてやれるわけでもない。

そもそも、スズメが俺の庇護を望んでいるのかも定かではないのだ。俺との関わりがなければ、ゴズたちに襲われることもなかっただろうしな。

なので、まずはスズメが抱えているらしい悩みを聞いたあと、そのあたりの話もそろりとしていこう、と俺は考えていた。

「さて、スズメさんや」

「は、はい、なんでしょうか!?」

声をかけると、スズメはぴんと背筋を伸ばし、力《りき》み返った態度で応じた。

ベンチに座った時点でなにやら緊張している様子だったので、それをほぐそうと思っておどけた声をかけてみたわけだが――うん、まったく効果がありませんでした。というか、なんでそんなカチコチに身体をかたくしているんだ。

不思議に思ってやんわりと訊《たず》ねてみたところ、スズメは恐縮したように肩を縮《ちぢ》めてしまう。俺は重ねて訊《たず》ねることはせず、スズメが話す気になるのを待った。

小さな口がひらいたのは、ゆっくり二十ほど数えてからのことである。

「……その、いつまで経ってもソラさんたちのお世話になってばかりで心苦しい、です」

それを聞いた俺はむむっと眉根を寄せる。世話になってばかりってことはないと思うが。家のこととか、クランのこととか、よく手伝ってくれてるし――そう思ったが、ここでも慌てて言葉をはさむことはせず、スズメの言葉が終わるのを待つ。

そうやって根気よく耳をかたむけていくうちに、スズメの心をとらえているものがおぼろげに浮かびあがってきた。

端的に言ってしまえば、それは恐れ。

自分がいることで周囲の人に迷惑がかかってしまう、怪我をさせてしまう、もしかしたら死なせてしまうかもしれない。ひいてはそれを理由としてこの場所を追い出されてしまうかもしれない。

そういう恐れだった。

これまでもスズメはこの手の悩みを抱えがちであったが、イシュカでの生活になじんでいくにつれて悩みを見せることはなくなっていった。鬼人であっても人の世で暮らすことはできる、という事実の積み重ねが不安を消していったのだろう。

優しくしてくれるシールやルナマリア、それに魔法を教えてくれるミロスラフの存在も大きかったと思われる。三人のチビたちからは「スズ姉《ねえ》、スズ姉《ねえ》」と慕われているし、セーラ司祭やイリアもスズメのことを可愛がってくれている。

スズメ自身、少しでもみんなの役に立とうと努力をおこたらなかった。そういった諸々がスズメの心から不安を取り払ってくれたに違いない。

そのスズメが再び悩みに囚《とら》われてしまった原因は――考えるまでもないな。この前のゴズたちの襲撃しかない。

脳裏に件《くだん》の三人の姿を思い浮かべた俺は、舌打ちがこぼれるのを堪《こら》えなければならなかった。

鬼人の命を狙ってあらわれた襲撃者。自分をかばって倒れていくシールたち。あのときの出来事がスズメの心に影を落としたことは想像に難《かた》くない。

それがわかっていたから、俺はスズメに対して何度も気にしないよう声をかけていたのだが、どうやらあまり効果がなかったようである。

考えてみれば当然かもしれない。自分のせいで身近な人たちが襲われたのだ。悪いのは襲撃者だとしても、原因が自分である事実は動かない。俺がスズメの立場だったとしても気にせずにはいられないだろう。優しく真面目なスズメであれば尚《なお》のことだ。

あの頃は龍穴やらクライアやら鬼ヶ島やらでてんてこ舞いだった。決してスズメをないがしろにしていたつもりはないが、今《いま》思えばもっと親身になって話を聞いてあげるべきだったかもしれない。反省しなければ。

不幸中の幸いは、ここまでのスズメの行動が「迷惑をかけているからもっと役に立たなくては」という、ある意味で前向きなものになっていることである。ベルカへの同行を熱望しているのはそのあらわれだ。「迷惑をかけてしまうからイシュカを出て行こう」というものにならなくて本当に良かった。

うむ、やっぱりスズメはベルカに連れていくしかないだろう。今のスズメをイシュカに置いていくわけにはいかない。

付け加えれば、これまでのように俺がスズメを庇護する形で連れ歩くのも避けるべきだった。それでは同行させても逆効果になりかねない。スズメをベルカに連れて行くならば、いざ事が起きた際の負担も危険も当人に背負ってもらわなければならない。異なる表現を用いれば、スズメをクランの戦力として見なす必要がある。そうしなければ、スズメが抱える恐れを払うことはできないだろう。

俺にとってスズメは損得勘定を抜きにした善行の象徴だ。そのスズメを戦力とみなすことは忸怩《じくじ》たる思いだが、当人が望むのなら是非もない。

そのことを告げると、スズメは思いもかけないことを聞いた、と言わんばかりにきょとんとした顔をした。一拍の間を置き、俺の言葉の意味を理解したスズメがぱあっと表情を明るくする。

花咲くようなその笑みは、議論の余地なく可愛かった。

「あ、ありがとうございます！」

「もちろん、連れていく以上はびしばし厳しくいくからな。付いてこられないと判断したときはイシュカに帰ってもらうこともありえるぞ」

「はい、がんばります！」

連れていくとなったら甘い顔ばかり見せるわけにはいかない。俺はことさら鹿爪《しかつめ》らしい顔で釘をさしたが、スズメはやる気満々という様子で、胸の前で両手をぎゅっと握りしめ、ひたむきに俺を見上げてくる。

うん、やっぱり可愛い。

そんなことを考えつつ、俺はスズメに対して鬼ヶ島での出来事を語って聞かせた。つい先刻までは伝えるべきか否か悩んでいたが、今のスズメを見れば迷う必要などなかったと思える。

真剣な顔で耳をかたむけていたスズメがハッと表情を変えたのは、話が鬼神のことに及んだときだった。怪訝に思って様子をうかがうと、スズメはためらいがちに自分が見た夢の話を教えてくれた——ときどき、血のように赤い目をした人が夢の中に出てくるのだ、と。

はじめの頃は目が覚めるたびに記憶から抜け落ちていたそうだが、最近になってはっきりと記憶に残るようになったらしい。

「ただの夢で片づけるにはあまりに現実感があって、気になっていました」

「ふむ、それはたしかに……」

気になるな、とスズメに同意してうなずく。

スズメは鬼人族。そして、鬼人族は角によって鬼神蚩尤《しゆう》とつながっているという。

脳裏によみがえるのは、鬼ヶ島で俺に斬られた鬼神が言い残した「……ミツケタ」という言葉。

あの言葉の意味はいまだにわかっていないし、そもそも俺の聞き違いである可能性もあるのだが、もし本当に鬼神が俺に向けて「見つけた」という言葉を発したのだとしたら——鬼神が俺に近しいスズメという器に目をつけた可能性がある。

この鬼神の注目と、スズメの「役に立ちたい」という気持ちが重なり合ったとき、何が起こるのか。起きてしまうのか。

同源存在《アニマ》との同調。

もちろん、可能性としては低いだろう。いくら鬼人が鬼神とつながっているとはいえ、そうそう心装に目覚めることはあるまい。そんなに簡単に心装を会得できるなら、鬼人族が大陸から駆逐されることはなかったはずだ。

しかし、現実にスズメが鬼神とおぼしき存在の夢を見ている以上、無視することもできない。

ベルカではスズメから目を離さないようにしようと思いつつ、俺は自分の推測をスズメに告げる。

正直なところ、同調についてはあまり話したくなかったが、ここまで明かしておきながら肝心の部分だけ黙っているわけにもいかない。それはスズメに対して不誠実だし、なにより危険だ。

話を聞いたスズメは驚いたように目を見開く。そこには夢の赤目に対する不安が確かに感じられたが、同時に、自分が置かれた状況をしっかりと受けとめる意志の強さも見てとれた。

そんなスズメを見て思う。

きっとルナマリアたちも、スズメのこの日を見て戦いの場に連れて行くことを肯《うべな》ったのだろう、と。

5

「……あの、マスター」

夜、俺に呼ばれて部屋にやってきたルナマリアは、しばしの沈黙の末、神妙な顔で口をひらいた。

「なんだ？」

「私の気のせいでなければ、マスターの肩に乗っているのは私が召喚した水の精霊《ウンディーネ》ではありませんか？」

「そのとおりだな。ちなみに足元には火の精霊《サラマンダー》もいるぞ」

そう言って目線で足元を指すと、影に隠れていたサラマンダーがちろっと顔をのぞかせた。それを見てルナマリアが目を丸くする。

ちなみにウンディーネは握り拳ほどの大きさの人の形をしており、サラマンダーは同じく拳大《こぶしだい》のとかげの姿をとっている。

この二体、普段は我が家のひのき風呂で清潔な湯の供給をしてくれている。ウンディーネが河水や雨水を浄化し、サラマンダーがそれを温めるわけだ。

はじめの頃は俺が風呂に入っている間もまったく姿を見せなかったのだが、ある時期を境に、ちらちらと物陰からこちらをうかがうようになった。

以前、日頃の風呂焚きの感謝を込めて、ルナマリア経由で魔法石を贈ったことがあるのだが、それが効いたのかもしれない。面白がって手招きしたら、おずおずと近づいてきたので、手のひらに乗せて頭をなでたりしていた。そうしたら、どんどんと懐いてきて――

「今では風呂の外にもついてくるようになった」

「さらっと、すごいことをおっしゃいますね……」

呆れたような、感心したような声音でルナマリアが応じる。普通、精霊は人間に姿を見せたりはしないし、ましてや召喚者以外の人間についていくことはない。召喚者の命令と関わりない場所であれば尚更《なおさら》だ、とはルナマリアの説明である。

「よほどマスターのそばが心地よいのでしょう」

「それは光栄、と言うべきなのかね」

肩のウンディーネをちょいと突《つつ》いてやると、指先にひしっと抱き着いてきた。精霊とは世界に満ちる魔力《マナ》の凝集体《ぎょうしゅうたい》。それゆえ、魔力《マナ》がたっぷり込められた魔法石は大好物だ。その意味では、体内に幻想種の魔力を抱え込んだ俺は、精霊たちにとって動く魔法石みたいな存在なのかもしれない。

その後、ルナマリアに諭《さと》された二体の精霊がしぶしぶという感じで部屋を出ていく。苦笑してそれを見送ったルナマリアが、めずらしく冗談めかした調子で言った。

「マスター、精霊魔術を習ってみますか？　今のマスターなら私よりもずっと優れた術士になれると思います」

「検討にあたいする提案だな」

相手の冗談にわりと本気で応じる。

魔力《マナ》の凝集体である精霊は、魔力《マナ》を用いて魔法を行使する魔術師とは相性が悪い。精霊にしてみれば、魔術師たちは自分たちを食って力に変えているようなものなので、当然といえば当然だろう。

俺もいくつかの魔術を扱うので、その意味で精霊との相性は悪いはずだが、それでも精霊魔術を修得できるなら修得したい。戦いにおいて手札が多いに越したことはないのだから。

ただまあ、それは余裕ができたらの話である。今は新しい技術の修得に時間を割いている暇はない。

俺はあらためて眼前のルナマリアを見やった。

スズメと似かよった焦燥を見せているエルフの賢者。原因もおそらくスズメと同じものだろう。今のルナマリアはゴズたちの襲撃で自らの力不足を思い知らされ、それを何とかしようと焦っている。

ルナマリアが『血煙《ちけむり》の剣』に在籍しているのは、蠅の王との戦いで俺をおとりにした罪をつぐなうためだ。力不足の自分では贖罪《しょくざい》を果たすことができない。生真面目なエルフはそう考えて焦りを感じているのだろう。

俺に役立たずの烙印《らくいん》を押されたら、今後どういう扱いをされるか分からない、という恐怖もあると思われる。魂の供給的な意味で。

このルナマリアの焦燥を打ち消すのは簡単だ。俺がルナマリアを役立たずだとは思っておらず、もちろん罰則のたぐいを与えるつもりもない、と言明すればいい。実際にそう言った。

ところが、これに対するルナマリアの反応は俺の予測を外すものだった。

わずかな安堵も見せず、悲しげにうつむいてしまったのである。見れば、ルナマリアの手はきつく握りしめられている。その様子は、ますます焦燥を募《つの》らせたようにしか見えなかった。

――え、何故に？　俺としては最大限の優しさを示したつもりだったのだけど。

予期せぬ反応に戸惑っていると、ルナマリアが何かを決意した面持ちで口をひらいた。

「マスター、お願いがあります」

「聞こう」

思いつめた様子のルナマリアを前に、内心で身構える俺。

ここでルナマリアはまたしても予想外の言葉を口にした。

「稽古をつけていただきたいのです」

「…………けいこ？」

思わず、きょとんとしてしまった。

けいこって稽古のこと、だよな？　そう思いつつ反問する。

「確認するが、何の稽古だ？」

「剣術の稽古です。もっといえば、幻想一刀流と戦う稽古をつけていただきたいのです」

真剣な眼差しで訴えてくるルナマリア。

幻想一刀流と戦う稽古。それはつまり、いつか俺を打倒してみせるという誇り高きエルフの宣戦布告――なわけないですね、はい。

さすがに今のルナマリアを見て、そんな曲解は冗談でもできない。俺と御剣家との関係を考慮したルナマリアは、いずれ再び青林旗士が襲撃してくると予測し、そのときに先日のような無様をさらしたくない、と訴えているのだ。

ルナマリアがどれだけ俺と稽古を重ねたところで、本気になった青林旗士相手では一合ももたないだろう。クリムトと戦ったルナマリアはそのことを理解しているはずだ。それでもなお、俺との稽古を求めてきたところにルナマリアの必死さを見ることができる。

このとき、俺は先ほどのルナマリアの反応の意味を正確に理解した。

クリムトとの戦いでルナマリアは完敗した。端的に言えば役立たずだったわけだ。ルナマリアはそれを恥じ、もっと強くなろうとがんばっていた。

そのルナマリアに対し、俺は役立たずとは思っていないと告げてしまった。実際に役立たずだった人物に、役立たずだとは思っていないと告げる――ようするに「お前には最初から何の期待もしていなかったから気にするな」と言い放ったわけだ。なんとか俺の役に立とうと歯をくいしばっている相手に対して。

…………我がことながら最低である。それは思いきり拳も握りしめるだろう。

むろん、俺にルナマリアをおとしめる意図はなかった。戦力を考えれば当然の判断でもあった。

だが、だからといって弱者《ルナマリア》の心情を軽んじてよい理由にはならない。それでは心装に目覚める以前の俺を軽んじていた連中と同類になってしまう。

それを思った瞬間、ぞくり、と背に悪寒が走った。かつて何よりも嫌悪していた強者の傲慢、それに侵食されている自分に気づいたからである。

「…………あぶないところだった」

「あ、あの、マスター？」

「ありがとう、ルナ。おかげで助かった――――あ、稽古の件は了解した。俺との戦いに慣れておけば、他の旗士《きし》と戦うときに役立つこともあるだろう」

「は、はい、願いを聞き届けてくださってありがとうございます！」

ルナマリアの顔に、この夜はじめて安堵と喜びが広がる。

深々と一礼したエルフの賢者は、ややあって不思議そうな顔で問いかけてきた。

「ところで『おかげで助かった』というのは何のことでしょうか？」

「気にしないでくれ。まあ、強いていうなら、ルナがいてくれてよかった、ということだ」

「は、はあ……それは、その、ありがとうございます……？」

怪訝そうにしながらも、素直に礼を言うルナマリア。

そんなルナマリアを見ながら、俺は大きく息を吐きだした。

6

ルナ。

今、眼前の青年《ソラ》はたしかに自分を指してそう呼んだ。そのことにルナマリアが気づいたのは、その名が耳朶を震わせてからゆっくり十を数えた後である。

賢者にあるまじき理解の遅さ。あまりにも予想外のことで、頭がうまく働かなかったらしい。

だが、二度も呼ばれれば幻聴ということはないだろう。そう自分を納得させた瞬間、ルナマリアの心臓が、とくん、と大きく脈を打った。鏡を見なくても、みるみる頬に血がのぼっていくのがわかる。

ソラに愛称を呼ばれたのは五年ぶりだ。ソラが『隼《はやぶさ》の剣』に所属していた頃は当たり前のように「ルナ」と呼ばれていたが、それ以後はもっぱら「お前」か呼び捨て。それはルナマリアが『血煙《ちけむり》の剣』に加わってからも変わらなかった。

そのソラが愛称で呼んでくれた。

別段、そこに深い意味がないことはわかっている。ソラは何か他のことに気を取られていて、無意識のうちに以前の呼び方で呼んでしまった。ただそれだけのことだろう。

けれど、ただそれだけのことがこんなにも嬉しい。ルナマリアは胸の前で両手を組み合わせ、ぎゆっと握りしめる。

そんなルナマリアにソラが声をかけてくる。

「ところで、ひとつ訊《き》きたいことがあるんだが……って、顔が赤いが、どうかしたのか？」

「い、いいえ、なんでもありません、マスター。それで、訊《き》きたいことというのは何でしょうか？」

慌てた様子のルナマリアを見て、ソラは怪訝そうな顔をする。が、大した問題ではないと判断したのだろう、すぐに言葉を続けた。

「ラスカリスという名を知っているか？　ノア教皇の話では、ダークエルフの長だという話だが」

その名を聞いたルナマリアは、心にあった浮ついた感情を意思の力で押さえ込み、表情を真剣なものに改める。そして、静かな声で言った。

「『惑わす者《ウイル・オー・ウイスプ》』ラスカリス。はい、その名は知っています、マスター。直接に対峙したことはありませんが、西の同胞《エルフ》にとっては悪魔に等しい名前だと聞いています」

「悪魔に等しい、か」

ソラは腕を組んで何事か考えつつ、ゆっくり言葉を続ける。

「これもノア教皇の話だが、お前たちを襲ったあのシャラモンは、その悪魔の手先みたいなものだったらしい。シャラモンを斬ったのが俺だとはバレていないはずだが……何百年、ことによったら何千年も生きている不死者相手に、人間の尺度で物をはかるのは危険だろう。俺のことも、俺がベルカに向かうことも、知られているという前提で行動する。お前も気を付けておいてくれ」

「承知いたしました」

「それと、ベルカではスズメと行動を共にしろ。そこらの魔物ならともかく、悪魔相手はまだ荷が重いだろうからな」

そう言うソラの表情はどこか優しさを感じさせる。顔だけではない。スズメの名を口にするとき、決まってソラの声はやわらかくなる。

ルナマリアはその事実を少しだけ羨ましく思った。自分への呼びかけは「ルナ」から「お前」に戻ってしまったから、なおさらに。

もちろん、そんな内心はおくびにも出さない。それに、見方を変えれば、ソラはスズメの身の安全を託すくらいにはルナマリアを信用してくれている、とも受け取れる。

「かしこまりました、マスター。どうかお任せください」

ルナマリアは自分に向けられた信用をひとかけらも取りこぼさないよう、素早く、しっかりとうなずいた。

そんなルナマリアの反応に満足そうにうなずきを返したソラは「そういえば」と言って話題を転じる。

「里帰りはどうだったんだ？　俺の方はずいぶん早く鬼ヶ島から帰ってきたからな、てっきりお前はまだ戻っていないものと思っていたんだが」

「は、はい。その、里帰りと言っても、骨休みするためではなく、長老にこれまでの出来事を報告するためのものでしたので……」

だから長居はしなかったので……」

ルナマリアがそう述べると、ソラは特に疑う風もなく、そうか、とうなずいた。

そんなソラの様子をうかがいながら、ルナマリアは内心で肩を縮める。たしかにソラの言うとおり、ルナマリアはソラの帰郷と時を同じくして、故郷の原初の森《プリムシルヴァ》に帰っていた。長老にこれまでのことを報告するため、という理由も嘘ではない。

ただ、ルナマリアの本当の目的は、龍穴を通じて同源存在《アニマ》を宿すための情報収集をすることにあった。何百年と生きた長老たちならば、龍穴や同源存在《アニマ》、さらには三百年前の大戦や御剣家について詳しいことを知っているのではないか、と期待したのである。

しかし、結論から言えば、ルナマリアの狙いは空振りに終わった。エルフ族は長命の種族であるが、大半のエルフは森で生まれ、森で過ごし、森で朽ちる。好きこのんで森の外に出て、人間と交わる者は少数派であり、そういう少数派は往々にして長老という地位に関心を持たない。

ある意味、ルナマリアの狙いははじめから的外れだったのである。早々にそのことを悟ったルナマリアは、長老への報告を終えた後、両親のもとで一夜を過ごしただけですぐにイシュカへの帰途についた。

そういった諸々の事情を、ルナマリアはソラに対して隠している。ソラに隠し事をするのは心が痛むが、こればかりは仕方ないと割り切っていた。

ソラは龍穴を忌まわしいものと捉《とら》えている節があり、龍穴を利用して同源存在《アニマ》を宿す、というルナマリアの考えに賛同することはない、とわかるからである。

同源存在《アニマ》を宿せなければ、ルナマリアは今後もソラの足手まといであり続ける。今はまだ、ソラはルナマリアを見てくれているが、この状況が続けば、いずれソラの視界に自分は映らなくなるだろう。

それだけはどうしても嫌だった。

だから、たとえソラの意に反することになっても自身の着想を実現する。エルフの賢者はそう覚悟を決めていたのである。

「マスター、話を戻すようですが、もしラスカリスについて詳しいことをお知りになりたいのなら、ベルカの南にあるリドリスの集落に向かわれるのがよろしいと思います」

ルナマリアは努めて自然な口調で話をそらしにかかる。

すると、ソラは疑う様子もなくルナマリアの話に乗ってきた。

「リドリスの集落？　そこに何かあるのか？」

「はい。先ほども申し上げましたが、ラスカリスの名は西の同胞《エルフ》にとって悪魔に等しいものです。ですが、その悪魔と渡り合って森を守ってきた強者《つわもの》たちもおります。リドリスの集落は西方でも最大規模のもので、森を守る戦士たちはエルフ族の中でも屈指の腕利きぞろい。長きにわたってダークエルフと戦ってきた彼らであれば、何か有益な情報を持っているかもしれません」

ルナマリアは熱心にリドリス行きを勧める。そこには話をそらすという意図もあったが、ルナマリア自身、リドリスにおける情報収集に意義を認めていたことは事実である。それに、エルフの里での情報収集となれば、同族であるルナマリアの出番だ。ソラに頼りにしてもらえる希少な機会と思えば、自然、言葉にも熱がこもる。

――原初の森では得られなかった龍穴への手がかりが得られるかも、というヨコシマな気持ちも少しだけ含まれてはいたが、それは全体を見れば些細な割合でしかない。

エルフの賢者は自分にそう言い聞かせつつ、ベルカでの予定にリドリス行きの一文を付け加えることに成功するのである。

7

クラン『血煙《ちけむり》の剣』は、迫るベルカ行きに向けて活気づいていた。

ソラに同行するルナマリアとスズメはもちろんのこと、留守番を命じられたミロスラフやシールでさえ例外ではない。

ミロスラフたちにしてみれば、先の鬼ヶ島行きに続いて、またしてもソラと別行動をとることになったのだ。残念ではあった。

しかし、ソラはそんな二人にしっかりと言葉をかけ、頼りにしている旨を伝えて二人に疎外感をおぼえさせなかった。

別段、ソラは二人の機嫌をとったわけではない。イシュカの邸宅にはセーラ司祭と三人の子供たちがいる。今は教皇の介添え役として外に出ているが、ドラグノート公爵家の令嬢であるクラウディアも起居している。

くわえて、今はアザール王太子と咲耶《さくや》皇女の婚儀が迫り、国内が常になくざわついている。この状況下でイシュカを離れるソラにとって、ミロスラフとシールの存在は本当に重要だったのである。

ソラの態度の端々から敏感にそのことを感じ取った二人は、マスターからの信頼に奮い立ち、精力的に立ち働いていた。ソラに同行を認めてもらったルナマリアとスズメは言わずもがなである。

一方で、そんな四人とは対照的に、クランを取り巻く活況から取り残されている者もいた。

セーラ司祭の娘イリアである。

取り残されていると言っても、意図的に無視されているとか、邪魔者扱いされているとか、そういったことではない。むしろ、現状はその逆。イリアに対するソラの態度はひどく丁寧なものだった。

ルナマリアにせよ、ミロスラフにせよ、かつての『隼《はやぶさ》の剣』のメンバーは、ソラを蠅の王の囮《おとり》にした一件でソラから復讐されている。これはイリアも例外ではなく、今のイリアはソラへの服従を神に誓わされた身だった。

イリアはそんな自身の立場を受け入れている。あるいは、受け入れようと努めている。実際、先だっての魔獣討伐は『血煙《ちけむり》の剣』の一員として参加したし、ルナマリアやミロスラフと共にティティスの森でレベル上げに励んでもいた。

そんなイリアに対し、ソラはやわらかく接してくる。オーク退治の時に見せたような残酷《ざんこく》さはかけらも見せず、かといってメルテ村の時のように強引に迫ってくることもしない。

率直に言ってしまえば、イリアはイシュカに戻ってきてから一度もソラの部屋に呼ばれていなかった。母や子供たちと同じ客人扱いである。

実のところ、冒険者としての籍も冒険者ギルドに置いたままだった。以前、おそるおそるギルド脱退、クラン加入についてソラに訊《たず》ねたところ、その必要はない、という返事がもどってきた。

まったくわけがわからない。

イリアはそう思っていたのだが、一つ屋根の下で暮らしていくうちにおおよそのところが見えてきた。

別段、ソラはイリア個人に対して気をつかっているわけではない。ソラが気をつかっているのは母セーラであり、三人の子供たちだった。

イリアに対して過酷な面を見せれば、同じ屋敷で暮らしている母たちに見られてしまうかもしれない。見られずとも、イリアの態度から伝わってしまうこともありえよう。

また、子供たちはちょくちょくイリアの部屋に遊びに来る。夜、一緒に寝ることも少なくない。そのイリアを部屋に呼べば、子供たちが不審がるかもしれぬ。そして、子供たちはその不審を母セーラに確認しようとするだろう。

そういったあれこれを考慮して、ソラはイリアに丁寧に接しているのだ——少なくとも、イリアはそのように判断した。

オーク退治の一件から、ソラが自分に向ける感情を理解したつもりでいたイリアは、それこそ四六時中責められる生活も覚悟していた。それだけに現状は予想外というしかない。ほっとした気持ちもないわけではないが、イリアなりに覚悟を決めていただけに拍子抜けの感もある。

今回のベルカ行きについても、ソラはイリアに対して付いてこいとも残れとも言わなかった。イリアは当然のように残ると思っているからだろう。それでいて、ミロスラフやシールのように留守を頼むとも言われない。

それが今のイリアの立場だった。


「覚悟は決めたつもりだったけど、さすがにこの状況は予想してなかったわ……」

そんな言葉を口にしつつ、イリアは玄関から外に出る。

なんとはなしに、今の邸内は居心地が悪い。自分ひとりが蚊帳《かや》の外に置かれているような、そんな気分になってしまうからだ。

——いや、実際に自分は蚊帳《かや》の外にいるのだろう。

イリアはそう思う。ただし、周囲がイリアを外に追いやっているのではなく、イリア自身が蚊帳の中に入りかねているのだ。

神の名において服従を誓った以上、命令されればソラに従う意思はあった。それがどんな命令であろうとも。

だが、イリアはミロスラフやルナマリアのように、自分からすすんでソラのために働こうと思う心境には至っていない。

ようするに、イリアの覚悟はまだ受け身のものだった。レム山脈やメルテ村のときのように、ソラの方から強引に迫って来てくれれば、受け身の覚悟でも問題はなかったのだが……

「さすがにこのままじゃまずいわよね」

自然とため息がこぼれる。

イリアがソラに従う理由のひとつは神への誓約である。

ただ、それがソラに従う理由のすべて、というわけではない。蠅の王の一件をつぐないたい、という気持ちはイリアの中にも存在する。それに、カナリア王国が次々に災厄に襲われていく中で、ソラはイリアの家族を助け、恨みがあるはずのラーズにさえ救いの手を伸ばしてくれた。この恩に報いたいという気持ちも、やはりイリアの中には存在するのである。

そういった諸々を考えあわせると、やはりこのままではまずい、とイリアは思う。

ただし、その次の段階――ではどうするか、という点に移ると、イリアの思考は行き詰まってしまう。

なにしろ今のソラは竜殺し。イリアなど吹けば飛ぶような存在でしかなく、戦力的な面で役に立つことは難しい。

では戦力以外の面、たとえば頭脳の面で役に立とうと思っても、ソラの近くには『隼《はやぶさ》の剣』の頭脳担当だった二人がそろっている。ミロスラフとルナマリア、あの二人がいれば、たいていの問題は苦もなく解決できるだろう。

そもそもソラ自身、イリアよりもよっぽど頭脳派である。なので、こちらもダメ。

最終的にイリアの思考の行きつく先は、ソラ言うところの「魂の供給役」だった。これに関して、ソラがイリアに価値を認めているのは、レム山脈での一件からも明らかである。

現状でソラが動かないのは、母や子供たちの目を気にしているからであり、イリアの方から動けば拒まれることはないだろう。

「……やっぱり、それしかない、かな」

外門をあけて街路に出たイリアは、ほぅ、と小さく息を吐く。

覚悟と諦観と緊張を複雑にとけあわせた吐息が、音もなく宙に溶けようとしたときだった。


「…………イリア？」

不意に横合いから名前を呼ばれ、イリアは驚いてそちらを見やる。

そこに立っていたのは見覚えのない少女だった。着ているのは法神教の外套《がいとう》で、どうやらイリアと同じく法神の信徒であるらしい。外套は旅塵《りょじん》にまみれており、かなり遠方からやってきたことがうかがえる。

イリアの眼に映る少女は明らかに憔悴《しょうすい》していた。濃い化粧でごまかしているものの、目はおちくぼみ、頬はこけ、息遣いも苦しげだ。

動きやすさを優先してか、茶色の髪を頭の後ろで団子状にまとめているが、その結い方もおざなりで、年頃の少女らしからぬ姿が痛々しい。

繰り返すが、イリアは眼前の少女に見覚えはなかった。ただ、こちらを凝視する少女の顔は、どこかイリアの古い記憶に触れてくる。

黙ったままのイリアに業を煮やしたのか、少女は問い詰めるように鋭い声を向けてきた。

「ねえ、あなた、イリアでしょう？　いつもラーズにくっついていた、メルテ村のイリア。違うの？」

「……たしかに私はイリアだけど、あなたは誰よ？　見知らぬ人に呼び捨てにされるおぼえはないのだけど」

イリアの返答を聞いた少女は、きゅっと眉根を寄せると、皮肉っぽく唇をゆがめた。

「見知らぬ……そう、もうわたしのことなんてとっくに忘れてるわけね。まあ、それも当然かな。わたしが奴隷商人に売られてから、もう十年近く経つのだし」

「……え？」

奴隷商人。その単語はいやおうなしにイリアの記憶を刺激した。

閃光のように過去の情景がよみがえる。

メルテ村の名前を出し、昔日のイリアとラーズの関係を知っていて、奴隷商人に売られたと述懐する少女。その顔が、かつて妹のように可愛がっていた女の子と合わさっていく。

「…………うそ。あなた、もしかしてカティア？」

「よかった、思い出してくれたんだ。久しぶりだね、イリアお姉ちゃん」

イリアの視線の先で少女――カティアはにこりと微笑む。

ただ、笑っているのは顔だけだった。イリアを見るカティアの双眸《そうぼう》に再会の喜びはなく、どこか突き放すような冷たい色合いが浮かびあがっていた。

第三章　ベルカの街

1

「はじめまして、竜殺《ドラゴンスレイヤー》し様。わたしはカティアと申します」

それが屋敷を訪れたイリアの幼馴染の第一声だった。

はるばるベルカから竜殺しに会うためにやってきたという少女は、自らの外套《がいとう》に縫われた法神の聖印を指し示す。

「ごらんのとおり、法の神に仕える者です。小さい頃はイリアさんと同じメルテ村で暮らしていました」

「ほう、そうなのか？」

「はい。竜殺し様にご依頼したいことがあって参ったのですが、恥ずかしながらお金も伝手《つて》もなく、どうしたらよいか考えあぐねていたところ、偶然イリアさんがお屋敷の外に出てくるところを見まして、声をおかけした次第です」

それを聞いた俺がちらとイリアに視線を向けると、イリアはカティアの言葉を肯定するように小さくうなずいた。

ただ、幼馴染と久しぶりの再会を果たした直後にしては、イリアの顔色は良いとは言えない。どこかカティアに遠慮しているようにも見える。

その理由は、カティアの話を聞いていくうちに明らかになった。

「――そうか、奴隷商人に、な」

両親に売られた、というカティアの言葉を聞いた俺は、おおよその事情を把握した。

以前、『隼《はやぶさ》の剣』を罠に落とすためにミロスラフから聞き出した話が脳裏をよぎる。

まだイリアとラーズがメルテ村にいた頃のこと。二人には妹のように可愛がっている女の子がいたのだが、その子は税の不足分を払うために両親に奴隷として売られてしまった。幼かったイリアたちは妹分のために何もできず、そのことが心の傷となって、奴隷、とくに少女の奴隷を見ると虚心ではいられない――そんなミロスラフの情報をもとに、俺は件《くだん》の少女と同じ十五歳の奴隷を探し求め、それがシールを買うきっかけとなったのである。

聞けば、カティアも十五歳だというから、ミロスラフの話に出てきた少女とはカティアのことで間違いあるまい。イリアの態度も、かつて救えなかった妹分への自責の念ゆえ、と思えば納得がいく。

俺がそんなことを考えている間にもカティアの話は続いていた。

その話をまとめると、だいたい次のようになる。


ベルカはカナリア王国の西方に位置する城塞都市である。その主な役割は、ティティスの森やスキム山に並ぶ魔物の一大生息地、カタラン砂漠の脅威が国内に及ぶのを防ぐこと。都市としての役割はイシュカと同じだと考えればよいだろう。

ベルカは都市防衛に冒険者の力を用いており、冒険者ギルドの影響力が大きい。これもイシュカと同じである。

ベルカの冒険者ギルドには大きな力を持つ二つのAランクパーティがあった。ひとつを『銀星』、ひとつを『砂漠の鷹』。両者は構成員の数、実力、功績、いずれもほぼ同等で、何かと角《つの》を突き合わせる関係だったらしい。

『銀星』のリーダーは正義感が強く、『砂漠の鷹』のリーダーは目的のためには手段を選ばないタイプで、リーダー同士もそりが合わなかったようだ。

ただ、この両者の競い合いがベルカギルドの活力になっていたことも確かであり、砂漠の魔物が襲来したときなど、両者は競って先頭に立ち、都市を守るために激戦を繰り広げたという。そのため、住民の支持も厚く、二つのパーティは長い間ベルカという都市の象徴であり続けた。

その均衡が崩れたのが数か月前のこと。砂漠の未踏破区域の調査に出かけた『銀星』の主力メンバーが全滅したのである。正確に言えば、死亡はいまだ確認されていないそうだが、砂漠の冒険に慣れた者たちが数か月戻ってこないとなれば、死以外の結末は考えにくい。

未帰還メンバーには、リーダーを含む実力上位者たちがそろって名を連ねており、ベルカに残った者たちだけではとうていAランクを保持し得ない。くわえて、残ったメンバーも一枚岩というわけではなく、結局、Aランクパーティ『銀星』は解散を余儀なくされてしまった……。

そこまでの話を終えたカティアは、胸につけていた星型の印章《エンブレム》に手を添えて、自らが『銀星』の一員である旨《むね》を告げた。そして、今なお行方不明になったメンバーを探し続けていることも。

しかし、前述したようにカタラン砂漠は多数の魔物が棲息している魔境である。元『銀星』のメンバーのほとんどはとうに捜索を諦めているらしい。それでもカティアは、残った数名の仲間と砂漠に挑み続けていたが、つい先日、その仲間たちからも「これ以上は協力できない」と言われたそうだ。自分たちにも生活があるから、と。

とうとう独りになってしまったカティアが、はるばる竜殺しをたずねてイシュカにやってきた理由は――まあ、考えるまでもないだろう。

実際、次にカティアの口から出た言葉は俺の予想どおりのものだった。

「竜殺し様、どうか『銀星』の仲間たちの捜索にご協力ください！　皆が行方知れずになった未踏破区域はカタラン砂漠の最奥部。わたしひとりだけではたどりつくことさえできません。皆を探し出すために、強い力を持った方が必要なのです！」

そう言って、カティアは必死の面持ちで頭を下げる。

それにならうように、イリアも深々と頭《こうべ》を垂れた。

「私からもお願いします。カティアの話だと、ベヒモスの目撃情報の大半は未踏破区域のものだそうです。ソ……マスターの目的にも沿うことだと思います」

メルテ村出身の二人にそろって頭を下げられた俺は、ふむ、と考え込んだ。

聞けば、カティアを奴隷の身分から解放したのは『銀星』のリーダーだったそうで、この少女はリーダーに深い恩義を感じているらしい。憔悴《しょうすい》ぶりから察するに、恩義以上の感情も抱いているのかもしれない。

『銀星』のリーダーたちが消息を絶ったのは何か月も前のこと。公的に死亡扱いされるだけの時間が経過してなお、カティアはかつての仲間のために奔走していることになる。

幼少時から奴隷に落ちた境遇といい、眼前の少女を取り巻く状況は同情に価《あたい》した。その子の必死の願いを前にして「タダ働きはごめんだ」と言えるほど冷酷にはなれない。

イリアの言葉ではないが、ベヒモスを捜すついでと思えば大した手間でもない。

なにより、イリアの幼馴染ということはセーラ司祭とも知己だろう。その意味でも協力を拒むつもりはなかった。

――というようなことを手短に述べると、カティアはぱっと顔を明るくして「ありがとうございます！」と何度も頭を下げてきた。

そのカティアに対し、俺は「ただし」と付け加える。

「さすがにいつまでも、というわけにはいかないから、それは承知しておいてほしい」

たとえば、未踏破区域の外でベヒモスが見つかった場合、俺はそこでベヒモスを倒してイシュカに戻る。ベヒモスを倒した後もベルカに残って『銀星』の捜索をすることはできない。

ベヒモスの角をノア教皇に渡してから、ベルカにとってかえして捜索を続行するつもりもなかった。行方不明になったのが昨日今日というならともかく、何か月も経った状況では長期の捜索に意義を見出《みいだ》せない。

カティアには悪いが『銀星』のメンバーはおそらく死んでいる。死体も砂に埋もれたか、魔物に食われたか、いずれにせよ発見するのは難しいだろう。

身も蓋《ふた》もなく言ってしまえば、俺が協力するのは『銀星』を捜すためではなく、眼前の少女の気持ちをなだめるためだった。カティアは明らかに思いつめている。このままだと、あるかなしかの希望にすがって走り続け、ついには力つきて倒れてしまうだろう。

……そうなったらそうなったで、当人は本望なのかもしれないが。

竜殺しの協力を得られた喜びで、目に涙を浮かべているカティアを見て、俺は少女に気づかれないよう小さく息を吐き出した。

2

その夜――というのはカティアと話をした夜という意味だが、俺の部屋にイリアがやってきた。めずらしい、というより初めてのことである。もっとも、用件は明白だったので妙な勘違いをしたりはしない。

こちらの予想どおり、開口一番、イリアの口から出たのはカティアの名前だった。

「あの、カティアのこと、ありがとう……ございました」

ぎこちない敬語を用いてイリアが頭を下げる。

それに対し、俺は肩をすくめて応じた。

「別にかまわないさ。あの子にも言ったが、優先するのはベヒモスの方だからな。しかしまあ、なんとも不思議な縁だ。お前の幼馴染ということはラーズにとっても幼馴染だと思うが、もうメルテ村に使いを走らせたのか？」

少々わざとらしく問いかける。

イリアとカティア、それにラーズの関係については、ミロスラフから無理やり聞き出しただけだ。カティアの話からおおよそのことは推測できるとはいえ、あまり俺が事情に通じている様子を見せるとイリアが不審に思うだろう。

不審と言っても、事情を知っている相手はごく限られているわけだから、すぐにミロスラフないしルナマリアの口から事情を聞いたのだ、と思い当たるはずだ。

仲間と思っていた相手が、自分の過去を他人にぺらぺらしゃべっていたと知れば、イリアとしても面白くあるまい。わざわざクラン内部に不和の種をまく趣味はないので、ちょっと芝居をした次第である。

まあクラン内部と言っても、イリアはまだ冒険者ギルドに所属する第六級冒険者のままなので、厳密な意味ではクランの一員とは言えないのだけれど。

――このことでイリアが戸惑っているのは察している。あれだけ強引に組み伏せられたわけだから、ミロスラフやルナマリアと同じように『隼《はやぶさ》の剣』を脱退させられ、『血煙《ちけむり》の剣』に加わることになる、と覚悟していたはずだ。魂の供給役についても同様である。

ところが、蓋《ふた》をあけてみれば俺は何もしないし、何も言わない。イリアでなくとも戸惑うだろう。

結論から言えば、俺がイリアに対して中途半端に接しているのは、自分の態度を決めかねているからだった。イリアに対する態度を、というより、セーラ司祭に対する態度を、である。

以前、イリアから聞いた話によれば、イリアは父親と同じ第四級冒険者になるまでは墓前に参じないと決めているという。当然、そのことは母親であるセーラ司祭も知っている。

冒険者ギルドから外のクランに移籍した場合、法で定められた冒険者の身分や権利が失われることはないが、ギルド内部におけるランクや階級を保持することはできない。それらはあくまでギルドに所属する冒険者に与えられるものだからだ。

イリアが『血煙《ちけむり》の剣』に加われば、第四級冒険者になるという目標を達成することはできなくなる。それはつまり、亡き父への誓いを捨てるということだ。

そうなれば、セーラ司祭は娘の変心を訝《いぶか》るだろう。そして、クランの盟主である俺が娘に何かを強要したのでは、と疑いを抱くはずだ。

過日、セーラ司祭と一緒にメルテ村におもむいたおり、司祭への想いは断ち切ったつもりだが……だからと言って、セーラ司祭に嫌われ、憎まれてもかまわないというわけでは断じてない。

俺がイリアに近づけば近づくほど、セーラ司祭に怪しまれる。三人のチビたちが姉《イリア》の変化に気づく可能性もある。このジレンマに対する解答を、俺はいまだに見出せておらず、それがイリアに対するはきつかない態度に結びついていた。

最も簡単な対応策は、セーラ司祭や子供たちをメルテ村に帰すことである。こうすれば、イリアをどれだけ責め立てたところでセーラ司祭たちに勘づかれる恐れはない。

それはわかっているのだが、司祭にせよ、子供たちにせよ、屋敷で漫然と過ごしているわけではなく、自分たちにできることを率先して引き受けてくれている。毎日の食事の用意、無駄に広い屋敷の掃除、汚れ物の洗濯、クラウ・ソラスの厩舎の手入れ、庭の草むしり、いつ頃からか屋敷に住み着いている猫たちの世話などなど、その働きは多岐に及ぶ。セーラ司祭にいたっては、スズメやシール、ミロスラフに格闘術の手ほどきまでしてくれている。

ぶっちゃけた話、すでに四人ともクランにとって不可欠な人材になっている。仮に四人が村に帰りたいと言い出したら、懸命に慰留《いりゅう》するレベル。

なのでよけいに、四人にとって家族であるイリアの扱いは慎重にならざるを得なかったのである。

――そんなことを考えていると、どこか苦しげなイリアの声が耳に飛び込んできた。

「いいえ、カティアに止められました。もうメルテ村に帰るつもりはない、だから自分のことを両親やラーズに知らせるのはやめてくれって」

それは先ほどの俺の問いかけ――もうメルテ村に使いを走らせたのか――に対する答えだった。

俺はかぶりを振って余計な思考を払い落とすと、眼前のイリアに意識を向けなおす。

「なるほどね。華奢な外見に似合わず、情の強《こわ》い子なんだな」

奴隷から解放されたのなら、いつでも故郷に帰ることはできたはずだ。事情があってベルカを離れられなかったにしても、家族に無事を知らせることは難しくなかったろう。

そのどちらもしなかったということは、カティアは家族にも村にも未練はないのだと思われる。

その感情がイリアやラーズにも及んでいることは、イリアへ向けた言葉からも明らかであった。

カティアが売られたことに関して、幼かったイリアとラーズに罪はないはずだが――カティアにしてみれば、そう割り切れる話でもないのだろう。もしかしたら、売られたばかりの頃は、ラーズやイリアが助けに来てくれる、と信じていたのかもしれない。

だが、その希望はかなわなかった。希望はやがて絶望に変じ、いつしか敵意となって少女の胸に根を下ろす。硬い表情を浮かべたイリアを見るに、再会したときに恨み言のひとつもぶつけられたのかもしれない。

　俺はぼりぼりと頭をかいた。誰が悪いというわけでもないだけに、かける言葉に迷う。気にするな、と言っても気にせざるを得ないだろうしなあ……

「あの子の世話は昔馴染みのお前に任せるつもりだったが、そういう事情なら、かえって初対面のルナマリアの方が良いかもしれないな」

　そう言うと、イリアはびっくりしたように目を瞬かせる。俺が気をつかったのがわかったのだろう。

　ややあって、イリアは少し表情を緩めながら口をひらいた。

「いえ、大丈夫です。カティアのことは私に任せてください。その……マスター」

「そうか。お前がそう言うなら、それでかまわない」

　たどたどしいマスター呼びにはあえて触れず、イリアの希望を受け入れる。盟主《マスター》なのか、ご主人様《マスター》なのかはわからないが、イリアが自分の意思で俺に従う分には何の問題もない。

　――ふむ、そう考えると、今回のカティアの一件は、イリアとの中途半端な関係に終止符を打つ良い機会かもしれないな。俺がカティアのために働けば働くほど、イリアは俺に感謝して従順になるだろうし。

　また、カティアを助けたという明確な理由があるだけに、俺とイリアの距離が近づいてもセーラ司祭に不審がられる恐れは少ない。むしろ、セーラ司祭からも感謝されること請け合いだ。

そう考えると、がぜんやる気が湧いてくる。

さっそく明日にでもカティアやスズメたちを連れてベルカにひとっとび――と言いたいところだが、これは不可能だった。

カティアは今、屋敷の客室で眠りについている。長旅の疲れが出たのか、俺との話が終わった直後、倒れるようにして寝込んでしまったのだ。

セーラ司祭によれば、旅の疲れはもちろんだが、それ以前からの消耗も相当なものらしい。どうやら寝食をけずって仲間たちの捜索にあたっていたようである。

あの衰弱ぶりを見るに、起きてすぐにクラウ・ソラスに乗ることは難しいだろう。少なくとも数日はイシュカで静養する必要がある。

それに、カティアの体調が良くなったとしても、クラウ・ソラスにそうたくさんの人数を乗せることはできない。すでにスズメとルナマリアの同行は確定しており、これにカティアとイリアを加えるとなると、俺も含めて合計五人。明らかに定員オーバーだった。

ここはまず、俺とスズメ、ルナマリアの三人でベルカに先行する。そして、カティアの体調が戻るころを見計らって俺ひとりイシュカに取って返し、カティアとイリアの二人を乗せて再びベルカへ向かう。そういう手順でいくのが無難だろう。

クラウディアが手すきであれば、彼女の騎竜であるクラレントの応援を頼むのだが、教皇の介添え役をしているクラウディアを俺の都合で使い立てするわけにはいかない。ここはクラウ・ソラスに頑張ってもらうしかあるまい。

考えをまとめた俺は、ここで話題を転じた。

「ところで、ラーズと言えば、水棲馬《ケルピー》からうつされた毒はどうなった？」

ヒュドラが出現する少し前、イリアとラーズはメルテ村で水棲馬《ケルピー》と戦い、ラーズはこの魔物経由で幻想種の死毒に冒された。

俺の血を用いた解毒薬を飲むことで症状は大きく改善したものの、再発の恐れは消えていない。鬼ヶ島で鬼神を倒したことで俺のレベルはさらに上がっている。必然的に血精の効果も以前より増しているはずだ。俺が不在の間に毒の症状が再発していたのなら、そちらを用いる必要が出てくる。

ルナマリアが俺の留守に帰郷していたように、イリアも一度メルテ村に帰ると言っていた。そのことを思い出して問いを向けたのだが、イリアの答えは「まったく問題なし」というものだった。

「むしろ、毒に冒される前より身体の調子は良いと言っていました」

「それはよかった」

そう言った後、はたと気づく。今の台詞、なんだか俺がラーズのことを心配していたようではなかったか？

そう思って、やや慌てて言葉を付け足す。

「ま、死なれても寝覚めが悪いからな。元気なのはけっこうなことだ」

「はい、マスター」

応じるイリアの声はやわらかかった。相手の視線に妙な居心地の悪さをおぼえて、ぷいと顔をそむける。

視界の外でイリアがくすりと微笑んだ気がした。

3

耳元で風が轟々《ごうごう》と唸《うな》っている。眼下の景色が紙芝居のように次々と入れ替わっていく。

天を衝《つ》くように聳《そび》えるスキム山の赤い山容。その手前に広がる鏡のようなトーヤ湖の水面。巨大な剣を思わせるアテンド峠の切り立った断崖《だんがい》。

空から眺めるそれらの光景はいずれも一見の価値がある。クラウ・ソラスに乗ってベルカに向かう途次、俺はそんなことを考えていた。

同乗しているスズメとルナマリアも同意見のようで、二人の口からは何度も感嘆の声があがっている。ときどき感嘆の声に交じって悲鳴があがることもあるが、これはクラウ・ソラスが雲を避けるために機動を変えるせいだった。

ワイバーンの高速機動に慣れていない二人は、鞍《くら》が大きく揺れるたびにぎゅっと俺に抱き着いてくる。ちなみに鞍上の位置関係は、スズメ、俺、ルナマリアの順になっており、スズメは体勢を安定させるために前方ではなく後方を向いている。つまり、俺と正面から向き合っている恰好だ。

この状態で双方が強く抱き着いてくると、密着度が高まってなかなかに悩ましい構図ができあがる。

——念のために言っておくと、わざとクラウ・ソラスに荒い機動をとらせたりはしていません、はい。

ともあれ、馬車でも半月を要するベルカまでの道のりも、クラウ・ソラスに乗れば三日とかからない。この調子でいけば、明日の日暮れまでにはベルカに到着できるだろう。

補足しておくと、俺とクラウ・ソラスだけなら一日でベルカまでたどりつくこともできる。本気になった藍色翼獣《インディゴワイバーン》の飛行能力はそのレベルに達している。

だが、それをすると乗り手にかかる負担も大きく増してしまう。俺ひとりであれば何の問題もないのだが、俺と同じだけの体力をスズメとルナマリアに求めるのは酷だ。二人ともクラウ・ソラスに乗った経験は何度もあるが、今回のような長時間の高速飛行は初めてなので、どうしても休憩を挟む必要があった——まあ、ベルカへの同行を認めて以来、スズメとルナマリアは元気とやる気に満ちあふれており、休憩を挟む必要はなかったかも、と思ったりしているのだが。

その後、しばらくして休憩をとるためにクラウ・ソラスを地上に下ろしたのだが、二人は疲れた素振りも見せずに弁当の用意をしたり、クラウ・ソラスにエサをやったりと甲斐甲斐しく動きまわっている。なお、弁当の中身は出発前にセーラ司祭とスズメが一緒につくってくれたものだった。

よし、言い値で買おうじゃないか、と冗談で言ったら「それなら代金として感想を聞かせてください」とスズメに悪戯っぽく返され、わりと本気で困った。なお、近くにいたルナマリアが「私も一品つくっていますので、誰がどれをつくったのか、当ててくださるとうれしいですね」とくすくす笑いながら付け加えてきて、もっと困った。

何年も黒パンにたまねぎ、にんにくをかじりながら薬草を採ってきた俺に、細かな味の判別なんて出来るわけねーのである。

しかし、ここであきらめては男がすたる。おそらくルナマリアの料理は肉が使われていないし、スズメの料理はキノコが主体だろう。このあたりの知識を総動員して、なんとか正答にたどりつくしかあるまい。俺はそう決意した――結果は惨憺《さんたん》たるものだったが。

二人とも俺の好みを考慮して肉料理をつくっていた時点で、正答は望むべくもなかったのだ。嬉しいような、悲しいような、複雑な気分である。

料理クイズは残念な結果に終わってしまったが、道々で二人と会話を交わすのはなかなかに意義のあることだったと思う。夜は街道沿いの宿に泊まったのだが、空き部屋の関係で一部屋しか取れなかったり、こちらも別の意味で大変だった。

部屋がないなら、俺は馬小屋か、もしくは近くの森に隠してきたクラウ・ソラスのところで一夜を明かそうと考えていたら、女性陣から猛反対され、結局同じ部屋で夜を共にすることになった。むろん、やましいことはしていない。寝る以外にしたことと言えば、スズメに請われて過去の『隼《はやぶさ》の剣』での冒険話を披露したくらいである。

あえて『隼《はやぶさ》の剣』時代の話を選んだのは、心装でばったばったと敵を斬る話よりは、俺が駆け出しだった頃の話をした方がスズメにとって意味があるだろう、と考えてのことである。

ルナマリアはそんな俺とスズメをにこにこと見守りつつ、ときどき昔話に相づちを打っていた。

そんな出来事を重ねつつ、俺たちは一路ベルカを目指して進み続ける。幸い、これといったトラブルも起こらず、イシュカを発《た》って二日目の夕方、俺たちの視界にベルカを守る砂岩の城壁が映し出された。

陽は間もなく西の地平に没しようとしている。夕刻の赤い陽光に照らされた城壁は、あたかも一《いち》面《めん》血で染めあげられたかのようで、見る者に不吉な印象を与えずにはおかなかった。

ベルカを視界におさめた俺は、クラウ・ソラスを人目につかない山中に下ろすと、徒歩で城門に向かった。

当初はクラウ・ソラスで直接城門に乗りつけようかとも考えていたのだが、変に目立って「竜殺し《ドラゴンスレイヤー》を倒して名をあげてやる！」みたいな連中の標的になることを避けたのである。伝え聞くベルカの街の気風を考えると、その手の輩《やから》はけっこう多そうだしな。

それに、俺の懐《ふところ》にはノア教皇の紹介状が入っている。この地の責任者であるサイララ枢機卿《すうききよう》にあてたもので、これを見せれば法の神殿は俺に協力してくれるはずだ。その意味でも騒ぎを起こすのは好ましくなかったのである。

ほどなくして城門に到着した俺たちは、顔の下半分を濃いひげで覆った強面《こわもて》の衛兵に声をかけられた。

「おお、君たち、ぎりぎりだったね。もう少し到着が遅れていたら、城門の前で一夜を明かす羽目になっていたところだ」

そう言って衛兵はにこりと、主にスズメに向かって笑いかける。子供を怖がらせないように気をつかったのだろう。

顔は強面《こわもて》だが、けっこう良い人のようである——浮かべた笑みは蜂の巣を見つけた灰色熊《グリズリー》もかくや、という感じだったけど。

そのまま入城の手続きをとっていると、こちらの話を聞いた衛兵が右の眉をあげた。

「ほう、はるばるイシュカから。東はずいぶんと大変なことになっているそうですが、ベルカには何の御用で？」

衛兵の目がちらっとスズメとルナマリアをうかがう。どうやら俺たちの関係をはかりかねているらしい。

家族と共に東から避難してきた、とでも言おうかと思ったが、冗談半分にせよ官憲相手に嘘をついたのがバレると後々面倒だ。

俺は自分たちが冒険者であると明かし、依頼のためにベルカにやってきたと告げた。そして、スズメが冒険者であると知って目を丸くしている衛兵に対し、『銀星』やベルカの街について訊《たず》ねてみる。

カティアからおおよそのことを聞いてはいたが、異なる視点からの情報を集めることも必要だろう。

断られたら断られたで、また別の人間に訊《き》けばよいと考えていたのだが、衛兵はこころよく応じてくれた。のみならず、立ち話もなんだから、と俺たちを詰め所の一室に案内して椅子もすすめてくれた。

そこで強面《こわもて》衛兵さんから聞いた話をまとめると、以下のようになる。

『銀星』はこの街の冒険者ギルドに所属するAランクパーティ。一口にパーティと言っても、構成員は二十人を超える大所帯で、傘下のパーティやクランを含めると人数はさらに膨れあがる。

『銀星』と、もう一つのAランクパーティである『砂漠の鷹』は、冒険者ギルドでも扱いに気をつかう別格の存在だったそうだ。

その後、『銀星』が解散に至った事情は、カティアから聞いた話と大きな開きはなかった。

収穫があったとすれば、現存するAランクパーティ『砂漠の鷹』に関する情報を仕入れられたことだろう。

『銀星』が解散した後、『砂漠の鷹』は元『銀星』のメンバーも加えて一気に勢力を増大させ、冒険者ギルドはおろか、ベルカ政庁でも扱いに気をつかう巨大勢力に成りあがったという。

末端の構成員の中には、そんな組織の名前を利用して横暴な振る舞いをする者も少なくないらしい。

それらのことを語り終えた衛兵は、ため息まじりに付け加えた。

「『砂漠の鷹』も、古参連中はそれなりに物のわかった奴らなんだが、若い連中は羽目を外した行動が多い。君たちも気を付けた方がいいだろう。特に夜に出歩く際はね。ま、見たところ、君はそんじょそこらの下っ端にやられるほどヤワではなさそうだが」

ニヤリと俺に笑いかけた衛兵は、最後に大仰に一礼しながら歓迎の言葉を口にした。

「若者たちよ、ようこそベルカの街へ。ここは来る者こばまず、去る者追わず、夢と金と欲がこれでもかとばかりに詰まった街だ。君たちの目的がこの街でかなうことを願っているよ」

4

城門が閉ざされる音があたりに響き渡る中、俺たちは衛兵に見送られて大通りに足を踏み入れた。

その途端、たくさんの人であふれかえった街路が視界に飛び込んできて、思わず目をみはってしまう。

武装している冒険者がいる、楽器を奏でている吟遊詩人がいる、露店をひらいている商人がいる、煽情的な衣装で道行く男性に声をかけている酒場の客引きがいる。

普通の街なら昼間の活気がしぼみ、夜の静けさへと移行する時間帯だが、ベルカの街路はなおも熱を保っていた。むしろ、これからが本番だ、と言わんばかりの活況を呈している。

ともすれば、やかましいと感じるくらい喧噪に満ちた街並みを見て、スズメがおっかなびっくりの体《てい》であたりを見回している。魔獣暴走《スタンピード》以前のイシュカや王都の賑わいを知っているスズメから見ても、ベルカの繁栄ぶりは印象的なのだろう。

ルナマリアの話によれば、ベルカの西に広がるカタラン砂漠は魔物の一大生息地であると同時に、金や銀、塩、香油、香辛料といった無数の富を生み出す源泉でもあるという。

汲《く》めども汲《く》めども尽きぬ砂漠の富。眼前の賑やかな光景は、そんなカタラン砂漠の価値を示す証左なのかもしれない。

「マスター、この後はどうなさるのですか？」

「まずは宿をとって、それから法の神殿に――と、スズメ！」

興味をひかれるままに先を歩いていたスズメが人波にのまれそうになったので、慌てて手を伸ばして少女の身体を引き寄せる。

ぽすん、と俺の腕の中におさまったスズメは、角隠しの帽子を両手でおさえながら頭を下げた。

「ご、ごめんなさい、ありがとうございます！」

「どういたしまして。念のためだ、はぐれないように手をつないでおこう」

そういって左手を差し出すと、スズメは戸惑ったように目をぱちくりさせていたが、やがておずおずと俺の手を握ってきた。

「それでしたら私も」

会話を聞いていたルナマリアが、俺の日差し避けの外套《マント》の端をちょこんとつまむ。空いている右手を握ろうとしなかったのは、剣士の利き手に対する配慮であろう。

今度はスズメではなく俺が目を瞬かせる番だった。

視線の先ではルナマリアが澄まし顔で「何か問題でも」というように首をかしげている。俺は何かを言おうと口をひらきかけ――結局なにも思い浮かばなかったので、そのまま口を閉じた。

その後、三人でぞろぞろ固まって移動することしばし、俺たちの前にはいかにもお高そうな宿が、でんと鎮座していた。

冒険者とは無縁の高級宿である。別段、スズメが同行しているから見栄を張ったわけではない――いや、そういう気持ちがかけらもないか、と問われれば言葉に詰まってしまうのだが、ともかく、俺がこの宿を選んだのには理由があった。

「これから砂漠に踏み出そうというのに、湯も使えないでは話にならん」

「マスターはお風呂にこだわりますからね」

くすくすと笑うルナマリアの視線の先には宿の看板がある。その中で燦然《さんぜん》と輝く「浴室あり」の文字。

先ほどの衛兵の話では、ベルカの街では降砂《こうさ》、つまりカタラン砂漠の砂が風に乗って降り注ぐことはめずらしくないという。風向きによっては何日も続くこともあるそうだ。

であれば、健康の上からも身体を清潔に保つのは必要なことだろう。そして、砂漠にほど近い街で風呂がある宿を探せば、どうしたって高級な宿にならざるを得ないのである！

と、力強く宣告したら、ルナマリアだけでなくスズメからも笑われてしまった。何故だ、と思ってむっとしていると、スズメが慌てて笑いをこらえながら教えてくれた。

いわく、俺の言動が妙に子供っぽくて、つい笑いを誘われてしまったとのこと。ルナマリアを見ると、こちらも申し訳なさそうにしつつも肯定の仕草を返してきた。むう。

若干、納得のいかない感情を抱えながら宿に入る。

とたん、そこかしこから奇異の視線が向けられてきた。まあ、ルナマリアやスズメはともかく、俺の外見は典型的な駆け出し冒険者で、どう見ても金を持っているようには見えない。怪しまれて当然だった。

なので、受付にいた主人には初めから金貨を見せる。向こうの不安や不審を取り除くためには、これが一番手っ取り早いことはわかっていた。案の定、効果は覿面《てきめん》。

こうして俺たちは、ベルカに到着早々、風呂付きの部屋を確保することができたのである。

その後、俺はルナマリアとスズメに身体を休めておくように言い置き、ひとりで街に出た。向かう先は法の神殿である。

教皇の紹介状を持っているとはいえ、時刻が時刻だからすぐにお偉いさんと面会というわけにはいかないだろうが、それなら紹介状だけ渡して帰ればいい。

そう思って神殿をたずねると、あにはからんや、着いて三十分と経たないうちにベルカ神殿の最高責任者、サイララ枢機卿《すうききょう》のもとに案内されていた。

「お初にお目にかかる、竜殺し殿。聖下よりこの神殿を任されておるサイララじゃ」

「はじめまして、猊下《げいか》。ソラと申します」

俺は眼前の枢機卿に丁寧に礼をする。ちなみに、名前の響きから女性かも、と思っていたサイラ枢機卿は五十歳を越えた威厳ある男性でした。

自己紹介を終えた俺は、まず日が暮れてからの遅い訪問を詫びる。これに対し、枢機卿は気にする素振りも見せず、重々しい声音で応じた。

「なんの。事の経緯《いきさつ》は聖下が書状に認《したた》めてくださった。法の神殿は、挙げて竜殺し殿に協力しよう。貴殿には個人的な恩義もあることゆえ、困ったことがあればいつなりと神殿をたずねてまいられよ」

「ありがたきお言葉です――ところで、個人的な恩義とは何のことでしょう?」

不思議に思ってたずねてみると、サイラ枢機卿は表情を曇らせて、一人の少女の名を口にした。

「なに、カティアのことよ」

その名を聞いて、俺はそういうことかと納得した。

俺はベルカへ向かうに先立って、ノア教皇から現地神殿への紹介状を書いてもらった。その際、カティアがはるばるベルカからやってきたことも話したのだが、どうやら教皇はそのことを書状に書いておいてくれたらしい。

「『銀星』のことで、あの娘が思い詰めていることは知っておった。法の神殿としても出来るかぎり捜索に力を注いでいたのだが、こうも時間が経ってしまうと、どうしても、の……」

枢機卿はやりきれない様子でかぶりを振る。

よくよく聞けば、いまだに『銀星』の捜索を諦めないカティアの存在は、神殿のみならずベルカの街でもかなり知られているらしい――いつまでも仲間の死を受け入れられない、哀れな娘として。

今ではかつての仲間もカティアに近づこうとせず、ならばと冒険者ギルドで仲間を募集しても、誰も相手にしてくれないのだとか。

カティアがはるばるイシュカにやってきたのは、そういった理由もあるのだろう。俺に協力を断られたら、イシュカのギルドで仲間を募ってベルカに取って返すつもりだったに違いない。

「カティアはベルカを発つ際に神殿に置手紙を残していた。それゆえ、イシュカに向かったことは承知していたが、無理やり連れ戻すわけにもいかず、手をこまねいておったのじゃ。そのカティアに貴殿は手を差し伸べてくれたという。神殿をあずかる枢機卿としても、わし個人としても、貴殿には深く感謝しておる」

サイララ枢機卿は重々しく頭を下げる。

……まさか、俺がカティアをだしにしてイリアやセーラ司祭の歓心を買おうとしている、などとは夢にも思っていないだろう。

こほん、と咳払いをした俺は、つとめて真剣な顔でサイララ枢機卿に詳しい情報を求めた。

『銀星』のことだけではない。ベヒモスについての情報やラスカリスについての情報など、聞きたいことは山ほどある。

その日、俺とサイララ枢機卿の話は夜が更けるまで続いた。

5

「お帰りなさいませ、マスター」

夜遅くに宿に戻ると、ルナマリアが俺の部屋の前で待っていた。どうやら俺が帰ってくるのをずっと待っていたらしい。

「なんだ、先に休んでいてもよかったのに」

そう言って、隣の部屋――女性陣用にとった部屋に視線を向ける。すぐにこちらの意図を察したルナマリアは、微笑んで応じた。

「ご安心ください、スズメさんはもうお休みです。はじめは私と一緒にマスターを出迎えると言っていたのですが、思っていた以上にワイバーンの騎行で疲労を溜めていたようですね」

それを聞いた俺は、そうか、とうなずく。空路で疲労を溜めているのは目の前のエルフも同じだと思うが、あえてそこには触れないでおいた。ことさら責め立てることでもないし、疲労をおして帰りを待っていてくれたことを、嬉しいと思う気持ちもあったからである。

俺はルナマリアを誘って部屋に入ると、備え付けのソファに腰を下ろす。ルナマリアにも座るようにうながすと、ルナマリアは特に迷う様子も見せずに俺の隣に座った。

「サイララ枢機卿との話し合いはいかがでしたか？」

「話自体はとどこおりなく進んだ。今回の一件では法の神殿を挙げて協力してくれるそうだ。『銀星』についての詳しい話を聞くこともできた。なんでも枢機卿は『銀星』のリーダーを子供の頃から知っていたらしい」

俺は枢機卿から聞いた話をルナマリアに語った。

『銀星』を率いていたリーダーの名前はアロウ。異名は白騎士。

アロウは冒険者として活動するかたわら、身寄りをなくした者や、奴隷として虐待されていた者たちを引き取って面倒をみており、これを通じて法の神殿とも協力関係にあったそうだ。カティアもそうやってアロウに救われた者の一人なのだという。

主君を持たない冒険者でありながら「騎士」の異名を持っていたあたり、アロウの謹直《きんちょく》な人柄がベルカの人々に慕われていたことがよくわかる。

『アロウはよく礼節をわきまえた男でな。ベルカの住民にとって、冒険者といえば荒くれ者と相場が決まっているが、アロウとその仲間たちは例外じゃった』

在りし日の『銀星』を語るサイララ枢機卿の顔はひどく懐かしげであり、同時に哀しげだった。

『アロウたちが行方不明になったときも、わしは法の神殿を挙げて捜索をおこなった。だが、あれたちが向かった先は未踏破区域の中でも最も奥まったところでな。魔物も多く出没し、近くにオアシスもない。手練《てだれ》の冒険者でも行って帰ってくるだけで精一杯で、腰を据えての捜索などとうてい望めなかった……』

そのことを枢機卿から聞かされたとき、俺はこう思った。なんでまた『銀星』はそんな危険なところに向かったのか、と。

もちろん危険を冒《おか》すから冒険者なわけだが、当然、そこには危険を冒すに足りる理由がなければならない。

魔物が多く出没し、オアシスもなく、手練《てだれ》の冒険者でも行って帰ってくるだけで命がけ。そんなところに仲間を引き連れて向かったアロウの目的は何だったのか。

これについてはカティアからも聞いていない。カティアは詳しい話をする前に疲労で倒れてしまったからである。

俺はカティアに向けられなかった問いをサイララ枢機卿に向けた。

その答えが――

「黄金帝国《インペリウム》。アロウはずっとそれを探し求めていたらしい。あと、アロウの父親もな」

「黄金帝国《インペリウム》……伝説に名を残す砂漠の黄金郷ですね」

俺の話を聞いたルナマリアは目を細めて記憶をたどる。

ややあって、賢者の口から伝説の一端が明かされた。

「カタラン砂漠の最深部に存在するとされる、水と緑と魔力《マナ》にあふれた楽園。一説では、人間と鬼人が戦った三百年前よりもさらに旧《ふる》い時代に存在した、巨大帝国の都だったとも言われています」

「ああ、枢機卿もそう言っていた」

サイララ枢機卿いわく、黄金帝国《インペリウム》とは旧時代において世界中の富をかき集めた大帝国のことであり、その都は黄金と白銀で覆われ、夜でも灯火が絶えることはなかったという。

帝国の繁栄は千年の長きにわたって続き、人々は美食と快楽に耽《ふけ》った。その一方で道徳と倫理は遠ざけられ、多くの享楽的な催しが開催されて人々はそれに熱中した。

国が、そして人が退嬰《たいえい》と頽廃《たいはい》に覆われていく有様を嘆いた神は幾度も自省を求めたが、悪徳に耽《ふけ》る者たちに神の声は届かず、結果、黄金帝国《インペリウム》は天から降り注ぐ光の雨によって滅び去る。建物は星火によって崩れ落ち、住民は硫黄に焼かれて悶《もだ》え死に、国土は千年たっても草ひとつ生えない不毛の地となり果てた――というのが黄金帝国《インペリウム》の伝説である。

言うまでもないが、最後の不毛の地というのはカタラン砂漠のことだ。

旧時代の資料は三百年前の鬼人との大戦でほとんど失われており、伝説が事実に基づくものかどうかは確認しようがない。

ただ、俺の感覚から言えば、旧時代の話を持ち出すのは詐欺師か夢想家のたぐいである。サイラ枢機卿がそうであるとは言わないが、最後の方の神の罰云々《うんぬん》はいかにも神殿らしい説教臭《くさ》さが感じられて、正直なところ、そのあたりの話は聞き流した。

黄金帝国《インペリウム》を滅ぼした神が戦神だか法神だか、あるいは大地母神だか知らないが、本当に一国を砂漠に変える力を持っているのなら、さっさと鬼ヶ島にある鬼門を壊してほしいもんである。皮肉交じりにそう思う。

――しかし、そう思う一方で、気になる点があるのも事実だった。

カティアやサイララ枢機卿、それに城門の衛兵の話を聞くかぎり、白騎士アロウは人格的にも能力的にも文句のつけようのない人物だったと推測できる。そんな人物が根拠のない与太話を信じて、命がけで砂漠に挑み続けたというのは不自然だ。

アロウは何かしら黄金帝国《インペリウム》につながる手がかりを持っていたのではないか。同じように黄金帝国《インペリウム》を探し求めた父親から、何か話を聞いていたとも考えられる。

「いっそ、アロウたちは黄金帝国《インペリウム》を発見して、そこで今も生きている、という結末だったら話は早いんだけどな」

その俺の言葉に、ルナマリアが真剣な面持ちで応じる。

「実際のところ、その可能性はあるのでしょうか？　マスターはいかが思われますか？」

「さてな。仮に『銀星』が黄金帝国《インペリウム》を発見できたとしても、探索のために用意した食料や水はとっくに尽きてるはずだ。まあ、黄金帝国《インペリウム》は水と緑にあふれた場所らしいから、飲み水や食べ物は何とかなるにしても、彼らがベルカに戻ってこない理由は説明できない」

まさか、黄金帝国《インペリウム》の居心地が良すぎて居着いてしまったわけでもないだろう。

となると、もし『銀星』が生きていて、しかも黄金帝国《インペリウム》を発見していた場合、彼らは戻りたくても戻れない状況におかれている、ということになる。

たとえば、黄金帝国《インペリウム》の住民に虜囚にされている、といったような。

「その住民というのがダークエルフだったら、色々と話がつながりそうではある」

俺が言うと、ルナマリアはこくりとうなずく。

「たしかにそうですね。堕ちたりとはいえ、ダークエルフは森の妖精です。熱く乾いた砂漠の気候は天敵でしょう。黄金帝国《インペリウム》が本当に存在するのなら、彼らが砂漠を拠点にできる理由が説明できます」

「その場合、ベヒモスはダークエルフの本拠地を守るためにラスカリスが召喚した幻獣、ということになるのかな」

まあ、ベヒモスに関する推測はともかく、『銀星』が今も生きているとしたら、ダークエルフに捕らわれているという可能性くらいしか残っていないだろう。

ただし、その場合、今度はダークエルフが『銀星』を何ヶ月も生かしておく理由が必要になってくる。

自分たちの本拠地を突きとめた人間を、ダークエルフがあえて生かしておく理由――どれだけ頭をひねっても、その理由を考えつくことはできなかった。

「やっぱり、『銀星』の生存は望み薄《うす》だろうな」

そう呟いた俺は、ふわぁ、と大きくあくびをする。もとより、ベルカに到着したその日のうちに事態の全貌が明らかになるとは思っていない。今日はここらで頭の回転を止め、明日以降に備えてゆっくり休むとしよう。

そんなことを考えつつ、俺は隣にいるルナマリアを抱き寄せた。

隣室のスズメをさしおいて事に及ぶつもりはなかったが、今日という日の終わりに、少しばかりスキンシップをはかる分には何も問題あるまい。鬼ヶ島から戻ってからこちら、そういった時間もとれなかったことだし。

ルナマリアは突然の俺の行動に驚いた顔をしていたが、すぐにこちらの意図を悟ったのだろう、頬を朱に染めてそっと目を閉じた。

6

明けて翌日、腹ごしらえを済ませた俺たちは、クラウ・ソラスに乗ってカタラン砂漠に飛び出した――もとい、飛び出そうとした。

しかし、ここで予期せぬ事態が発生する。昨日、少し述べた降砂がさっそく発生したのである。クラウ・ソラスは幻想種《ヒュドラ》が発生させた竜巻を突っ切って飛ぶこともできる。なので、降砂を無視して飛ぶこともできるのだが――はじめて足を踏み入れる広大な砂漠に、目隠し同然で突っ込む趣味はない。

それに、降砂が発生したということは、カタラン砂漠で大規模な砂嵐が発生しているということだ。無理して飛んだところで得られるものは少ないだろう。

そんなわけで、ベルカ二日目は稽古の時間にあてることにした。何の稽古かと言えば、先日ルナマリアに請われた「幻想一刀流と戦う稽古」である。

さすがに高級宿の中庭で剣を振り回すわけにはいかないので、俺たちは法の神殿に向かった。サイララ枢機卿の許しを得て、法の神殿の訓練場を使わせてもらうためである。神殿に向かう途中、降砂よけのローブを売っていたので、これも三人分買い求める。全身をすっぽり覆うタイプのローブは、砂漠の気候を考えると少々暑苦しかったが、砂を浴びながら歩きまわるよりはマシだった。

その後、枢機卿の許可を得て訓練場に足を踏み入れると、見慣れない俺たちの姿が気になったのか、周囲からいくつもの視線が飛んできた。

彼らの前で幻想一刀流の技を見せるのはどうかと思ったが、まさか場所を借りている身で人払いを求めるわけにもいかない。それに「幻想一刀流と戦う稽古」と言っても、ルナマリア相手に心装を抜くわけではない。俺はまわりの目を気にしないことに決めて、神殿から借り受けた木剣を構えた。

――そうして、ルナマリアと向かい合うこと一刻《二時間》。

俺の前には汗まみれで荒い息を吐く妖精《エルフ》と鬼人《スズメ》の姿があった。稽古の人数が一人増えているのは、途中参加の要望があったためである。

「さて、それじゃあ明日のこともあるし、今日のところはこの辺にしておくか」

「…………あ、ありがとう、ございましたぁ……」

ルナマリアの口から、かつて聞いたことのない力の抜けた声が発される。今のルナマリアは稽古用の脚衣《ズボン》姿で、膝に手をあててかろうじて立っている。ぜえはあと息をきらし、よく見れば足も小刻みに震えていた。

いかん、ちょっとやりすぎたか？　外傷はないと思うが、木剣の先で小突いたり、足を払って地面を這わせたりしたから、痣《あざ》のひとつやふたつ出来ていてもおかしくない。

もっと手加減することもできたのだが、それだと稽古にならない。クリムトと戦った経験を持つルナマリアだからこそ、ある程度本腰を入れる必要があった。

まあ、こうして見るかぎり、ルナマリアは疲れ果ててこそいるものの、稽古自体に文句はないようなのでよしとしよう。

そう考えた俺は、続いてスズメに視線を向ける。

こちらもルナマリアと同じく稽古用の脚衣《ズボン》姿で、ひぃひぃと息をきらしている姿もかわらない。

ただ、ルナマリアよりも衣服の汚れが少ないのは――はい、俺が手加減したせいです。

そんな内心はおくびにも出さず、俺は感心したようにスズメに話しかけた。

「スズメもずいぶんと動けるようになったな。正直、驚いたぞ」

「………ふぁ、ふぁい……あの、シールさん、と、一緒に……セ、セーラさんに、基礎を、教えて、いただいて、まして……」

セーラ司祭の鍛錬の賜物である、と言いたいらしいが、息がまったく整っていない。

「そ、そうか。なるほどな」

そんなスズメを見て、俺は慌ててうなずく。質問するにしても、向こうが呼吸を整えるまで待つべきだった。

ややあって、ようやく足の震えから解放されたルナマリアが神妙な顔で口をひらく。

「マスターの使っている勁技《けいぎ》という武術は、流派の人間以外には使えないものなのでしょうか？」

「いや、勁《けい》ってのは要するに個人の魔力《オド》のことだからな。使おうと思えば門下じゃなくても使えると思うぞ」

上位の勁技《けいぎ》ともなると、膨大な量の魔力《オド》を必要とするので、心装に至っていない者が発動するのは難しいだろうけど。

そう応じると、ルナマリアの眼差しに強い光がきらめいた。

「勁技《けいぎ》を身に付けることができれば、もう少しまともな稽古ができると考えてよろしいでしょうか？」

「さて、それはどうかな。勁技《けいぎ》にかぎらず、つけ焼刃《やきば》の技の効果なんて知れたものだ」

俺はそう言って肩をすくめた。

ルナマリアが言わんとしていることは察している。黙ってこちらを見ているスズメも似たような望みを持っているのだろう。だが、俺は二人の願いにうなずくつもりはなかった。

なにせこちとら、ついこの間までほぼ我流で勁技《けいぎ》を使っていた身だ。クライアとの稽古で知識も技術も磨《みが》き直したが、他者に教えを垂れるレベルには達していない。

それに、勁技《けいぎ》が十分な力を発揮するためには同源存在《アニマ》の発現が不可欠だ。仮にルナマリアが勁技《けいぎ》を修めたところで、際立った力の向上は見込めないだろう。

スズメに関して言えば、角という魔力生成器官を持っているし、鬼神を通じて同源存在《アニマ》を発現させる可能性もある。それゆえ、ルナマリアよりも伸びしろはあると思う。

ただ、幻想一刀流は門外不出の武術である。しかもスズメは御剣家の宿敵である鬼人族だ。追放された俺が鬼人に幻想一刀流を教えているなどと知られた日には、御剣家は確実に動く。

つい先日、鬼ヶ島に出向いてスズメの安全を確保したばかりだというのに、ここで新たにスズメが狙われる理由をつくるのは愚かであろう。

――いつか、スズメが本気でそれを望む日が来たら、また話は違うけれども。

土ぼこりにまみれた二人を見やりながら、俺はそんなことを考えていた。


結局、この日、降砂は日が暮れるまでベルカの街に降り続けた。

おかげで稽古の時間には不自由しなかったが、天候のせいで望まぬ足踏みを強いられたことは事実である。仕方ないのでベルカの冒険者ギルドに足を運んだりもしたが、これといった情報は得られなかった。

どうもカタラン砂漠の未踏破区域というのは、イシュカで言うところのティティスの森の深域、もしくは最深部に匹敵する難所のようである。要するに、大半の冒険者にとっては無縁の場所ということだ。当然、詳しい情報など知っているはずもない。

ギルドマスターあたりに話を聞けば、また違った結果が出たかもしれないが――ベルカのギルドはどうにも殺伐としていて雰囲気がよろしくない。排他的とでも言おうか、職員はピリピリしていて話しかけづらいし、冒険者たちは初めてギルドをおとずれた俺たちに刺々《とげとげ》しい視線を向けてくる。

職員や所属の冒険者がこれなのだから、ギルドマスターの人柄もおおよそ知れる。なので、俺はギルドマスターに会わずにさっさとベルカギルドを後にした。

以前、王都ホルスのギルドマスターの話を聞いたときにも思ったが、エルガートはギルドの長としてずいぶん有能だったのだな。少なくとも、イシュカギルドには初見の人間を排斥するような空気は流れていなかった。

受付嬢《リデル》がエルガートを信奉しているのも、そういった理由があってのことなのだろう。

まあ、だからといって今さら連中と仲良くする気は微塵もないが、ラーズに対して矛を収めたように、ギルドに対しても矛を収める時期が来たかもしれない、とは思う。

今の俺は竜殺しであり、公爵家との親交もある。影響力という意味では、とうに冒険者ギルドを凌駕しているのだ。蠅の王のときのような事態は万に一つも起こりえない。それを思えば、延《の》びに延《の》びている「平和的にギルドに喧嘩を売る方法（急）」の実行をとりやめるのも一つの手ではあるだろう。なにせ、実行したところで得られるものは特にないのだから。

——正直、この頃は計画のことを思い出すこともなくなっているしな。

そう思って、俺は小さく肩をすくめた。

7

冒険者ギルドから宿に帰る途中、俺たちは一軒の店に足を踏み入れた。

すでに日はとっぷりと暮れており、腹ごしらえをしておこうと考えたのだ。『砂とかげ亭』と記された店から漂う、焼けた肉と香辛料の香ばしい匂いに引き寄せられた、とも言う。ルナマリアとスズメの顔にも反対の色はなかった。

『砂とかげ亭』は一階が酒場兼飯屋、二階は宿屋になっている。この手の店ではめずらしくもない造りで、見たところ店の中は綺麗だし、女っけもない。席の八割ほどは客で埋まっていたが、客層も悪くなかった。むしろ、客の中で俺が一番人相が悪いかもしれん。

俺たちが中に入るや、扉に据えつけられていた鈴が、ちりん、と来客を告げる。途端、カウンターの奥からまんまるとした体型の主人が勢いよく飛び出してきた。

満面の笑みを浮かべた主人に案内されて席についた俺たちは、店のおすすめだという串焼きを注文する。ルナマリアは肉を好まないので、野菜のみの串も忘れずに。あと、キノコの串焼きとかないかしら。間違いなくスズメが喜ぶのだけど。

そんなこんなで注文を終えてしばらくすると、食欲をそそる匂いと共に山のような数の串焼きが運ばれてきた。メインは肉と野菜を交互に刺し、タレをかけて焼いたもので、使われている肉はサンドリザードのものだという。

サンドリザードとは読んで字のごとく砂とかげ。

とかげといっても地面の上をちょろちょろしている小さい種類ではなく、成長すれば家畜はおろか人間も食べるような魔獣のことだという。砂ワニと呼んだ方が実情に即しているかもしれない、とはルナマリアの言である。

このサンドリザード、普段は砂にもぐって姿を隠し、近づいてきた獲物に襲いかかるのだが、腹が空くと砂から這い出て積極的に獲物を探しはじめる。また、爬虫類は気温の変化に弱いものだが、サンドリザードは分厚い外皮のおかげで夜でも活発に動き回れるらしい。夜営の最中を襲われでもしたら厄介なことになるだろう。

それはともかく、この魔獣、前述したとおり外皮は分厚く、とうてい食べられたものではないが、一方で外皮の下の肉は柔らかで瑞々《みずみず》しく、一噛みした途端、口の中で肉汁があふれでる上質の食材なのだという。

実際、口にした串焼きはうまかった。肉もうまいが、そこにこの店の秘伝だというタレがからむと、舌の上で肉の旨味《うまみ》が弾け、同時に適度な辛味《からみ》が食欲をかきたてる。

麦酒《エール》をがぶりと飲みたくなる味の濃さも俺好みだった。さすがにスズメの前で酒臭い息を吐くのは気が引けたので、酒精《アルコール》は我慢したけれども。

ちなみにスズメもここの串焼きが気に入ったようで、せわしなく串にかぶりついている。ルナマリアも食が進んでいる様子で、串に刺さった野菜をいったん皿の上に抜き取ってから上品に口に運んでいた。ときおり髪を耳にかけているのは、タレがついてしまわないように気をつけているからだろう。

二人とも普段はけっこう食が細いのだが、今日は俺に迫る勢いで串焼きを消費している。店の味が気に入ったのもあるが、俺との稽古でかなり腹が減っていたのだと思われた。

その後、おかわりまで含めて全ての串焼きをたいらげた俺たちは、満足の息を吐いて店を出た。

これは思わぬ名店を発見してしまったかもしれない。店内では脱いでいた降砂よけのローブをあらためて羽織りながら、俺は『砂とかげ亭』の名前を心に銘記する。ベルカでの滞在がどれくらいの長さになるかは分からないが、最低でもあと二回は足を運ぼう。

そんなことを考えていると、何やら慌ただしい様子で数人の衛兵が目の前を駆けていくのが見えた。少し間を置いて、今度はさっきの倍、十人近い人数が走り去っていく。

俺は目を細めて衛兵たちの後ろ姿を見やった。

「全員が完全武装か。巡回にしては物々しいし、喧嘩を止めに行くって感じでもないな」

「そうですね。砂漠の魔物が寄せてきたのかもしれません。ただ、その場合、向かう方向は西になるはずですが……」

衛兵たちが向かった先は南である。その事実にルナマリアが首をかしげたときだった。

不意に、ゴゴゴ、と地鳴りのような音が響きわたり、周囲を歩いていた者たちの口から驚きの声があがる。

それは南の城門がひらかれる音だった。

ベルカは城壁に取り囲まれた城塞都市であり、四方の城門は日の出と共にひらかれ、日没と共に閉じられる。

前述したように、俺たちが『砂とかげ亭』に入った時点ですでに日は暮れており、城門も閉じられていた。その城門が夜間にひらかれようとしている。道行く人々の驚きぶりを見れば、これが相当の異常事態であることがうかがえた。

ルナマリアが表情を引き締めて俺を見る。その隣ではスズメが緊張と決意が入り混じった顔で俺を見上げていた。

そんな二人に対して、俺は短く告げる。

「何が起きたのか確認しておこう。二人とも、行くぞ」

普段なら二人は――特にスズメは先に宿に帰すところであるが、俺はベルカに来るに際し、スズメをクランの戦力として数えると明言した。スズメ自身がそれを望んだからだ。

である以上、今のような危急の事態でも、安全なところに隠れていろとは言えぬ。心を鬼にして同行を命じたわけであるが、当人はむしろ嬉しそうに「はいっ」と力強い返事を寄こしてきた。

そのスズメに向けて、俺は何かを言おうと口をひらきかけ……結局、何も言葉が思い浮かばなかったので、ひらきかけた口を閉じる。なんだかベルカに来てから、こんなことばかりしているな。

頭をかく俺を見て、スズメが不思議そうに小首をかしげる。

ルナマリアはそんな俺たちの様子を微笑ましそうに見つめていた。

どこか緊張感に欠ける雰囲気のまま南へと向かった俺たちだが、城門が近づくにつれて、俺たちの表情はみるみる緊迫したものになっていった。

事態は予想していたよりもはるかに深刻で、血生臭いものだったのである。

視界の中で、かがり火に照らされた城門が大きく開け放たれている。その城門をくぐって、夜闇の向こうからやってくるのは、傷つき、疲れ果てたエルフたちだった。

その数はざっと見ただけでも百人を超えている。こうしている今も、エルフたちは続々と城内に入ってきているので、最終的な人数がどれだけの数にのぼるのかは分からない。

エルフの多くは負傷しており、苦しげなうめき声がそこかしこから聞こえてくる。負傷していない者も相当に疲弊《ひへい》しているようで、放心したように座り込んでいる女性や子供のエルフも見受けられた。

どこかで大きな戦いが起こり、敗れたエルフがベルカに逃げ込んできた——俺は現在の状況をそう推測した。

駆けつけた衛兵や神官がエルフたちの手当てをおこなっているが、明らかに人手が足りていない。

と、不意に近くから強い口調で呼びかけられた。

「おい、そこの君！　手が空いているならこちらを手伝ってくれ！」

声をかけてきたのは人間の衛兵だった。顔の下半分をひげで覆った容姿には見覚えがある。ベルカに到着したとき、歓迎の言葉をかけてくれた強面《こわもて》の衛兵である。

向こうもすぐにそれと気づいた様子で、意外そうに目を丸くする。

「おや、君たちは……と、今はそんなことを言っている場合ではないな。すまないが、手伝ってほしい。このエルフの血が止まらないんだ」

その言葉どおり、衛兵のかたわらには負傷したエルフが倒れていた。肩から胸にかけてバッサリと刃物で斬られており、傷口からかすかに骨がのぞいている。それを見たスズメの口から、ひ、と小さな悲鳴があがった。

衛兵は血止めをしようとしているようだが、傷口が肩であるだけに苦労しているらしい。それに、苦痛のあまりエルフの男性が暴れるのにも手を焼いているようだ。

俺は衛兵の求めに応じ、そのエルフを押さえ込む手伝いをする。エルフは非力な種族と思われがちだが、森林を自在に駆け抜け、勁弓《けいきゆう》を使いこなす種族に力がないわけはない。実際、倒れていたエルフも細い身体に見合わない膂力《りよりよく》の持ち主だった。

もっとも、勁《けい》を用いた俺には及ぶべくもない。涼しい顔で暴れるエルフを押さえ込む俺を見て、衛兵が目を剝《む》いた。

「す、すごいな、君は。すまないが、もう少しそのままで頼む。今、血止めの布を巻くから。それと――おい、神官殿、次はこちらを頼む！」

衛兵の声に応じて足早に駆け寄ってきたのは、大地母神の神官だった。壮年の男性神官は額から汗を垂らしながら回復魔法を唱えるが、疲労のせいか、技量のせいか、効果はあまり出ていないようだった。

傷は一向に塞がらず、血も止まらない。

それを見たルナマリアが、ローブの袂《たもと》から回復薬《ポーション》を取り出した。そして、許可を求めるように俺を見る。ルナマリアが手にしているのはただの回復薬ではなく、俺の血を取り入れた『血煙《ちけむり》の剣』の特製品だ。同胞を助けるためとはいえ、俺に無断で使うわけにはいかない、とルナマリアは考えたのだろう。

むろん、俺としても否やはない。まあ正直なところ、見知らぬエルフを助けるために、衛兵や神官の前で回復薬を使うことに躊躇《ためら》いがないわけではなかったが――ここで首を横に振って、ルナマリアの同胞を死に追いやるわけにはいかないだろう、さすがに。

俺がうなずくと、ルナマリアは感謝の意を示すようにぺこりと頭を下げると、傷口に回復薬をふりかけた。

同胞の顔から苦痛の色が薄れていくのを見てとったルナマリアは、次の回復薬を取り出すと、今度は口に含ませる。こちらは体力回復薬《スタミナポーション》である。

いかに竜の血入りの特製品とはいえ、それだけですべての傷が完治するわけではない。だが、寸前まで暴れまわるほどの苦痛に苛《さいな》まれていたエルフが、今ではやや荒い息を吐く程度にまで回復している。

この分なら命を落とすことはないだろう。拘束の必要もなくなったと判断し、俺はエルフを押さえ込んでいた手を離した。

その瞬間。

ガズンッ!! と耳を圧する爆発音が周囲一帯に響き渡る。爆発は一度だけではなく、二度、三度と立て続けに夜のベルカを震わせた。

音の発生源は城門の外である。

わずかに遅れて、非常事態を知らせる城壁上の大鐘が打ち鳴らされ、頭上から「敵襲!」の声が降ってきた。

これを受けて、ただでさえ騒然としていた城内が輪をかけて混迷の波に飲まれていく。そこかしこから殺気立った声があがり、悲鳴や怒号が交錯《こうさく》した。

俺は目を細めて城門を見やる。

敵の正体も戦力もわからないが、おそらくはエルフたちを打ち破った敵が追撃を仕掛けてきたのだろう。これだけの数のエルフを打ち破った相手だ、相当の戦力を抱えているのは間違いない。

今の爆発もけっこう強力だった。ベルカ政庁としては、この敵を城内に入れるわけにはいかない、と考えるのではないか。

そうなると必然的に城門は閉じられ、今も懸命に城内に逃げて来ようとしているエルフたちは敵の前に取り残されることになる。

別段、そのことに痛みを感じるような繊細さは持ち合わせていなかったが——

「心装励起《しんそうれいき》」

ベルカの南から逃げてくるエルフたちは、おそらくルナマリアが口にしていたリドリスの集落の住民だろう。長年にわたってダークエルフと戦い続けてきたという森の戦士たち。ここで恩を売っておけば、後々益するのは間違いない。

心装を顕現させた俺は、ルナマリアとスズメに負傷者の手当てを任せると、両足に勁《けい》を込めて地面を蹴った。

第四章　砂漠の妖精

1

少し時をさかのぼる。

森が燃えていた。

つい先刻まで青々と生い茂っていた草木は炎によって灰燼《かいじん》に帰し、その灰の上に妖精《エルフ》の屍が折り重なっていく。

エルフ族の中でも屈指の精鋭として知られる戦士たちが、赤子の手をひねるように打ち倒されていく様は、リドリスの住民にとって悪夢としか形容できないものであった。

「おのれ、ダークエルフどもめ……！」

リドリスの集落を束ねる族長は、エルフ族特有の秀麗な容姿を怒気と敵意で染めあげ、襲撃者たちを睨みつける。

族長の視線の先に立っているのは、エルフ族と酷似した外見を持つ種族だった。

身体は糸杉のように細く、耳は笹の葉のように長く、容姿は彫刻のように整っていて、妖精の血を引く高貴ささえ共通している。

一方で、エルフ族との明確な違いもあった。金色の髪が銀に近い灰色であること、そして白い肌が夜を思わせる色合いに染まっていることである。

ダークエルフ。カタラン砂漠周辺に出没する彼らは、付近の森に住まうエルフ族にとって宿敵であり、それ以上に怨敵《おんてき》だった。両者の争いの歴史は数百年の長きにわたり、戦いの中で命を落とした同胞、滅びた集落は数えきれない。

それでも西方のエルフ族は屈することなくダークエルフと戦い続けた。リドリスの集落を中心として結束を固め、時に原初の森《プリムシルヴァ》から増援を仰いで、大陸西部の森を守ってきたのである。

ダークエルフたちもリドリスを攻めあぐねたのか、近年、敵の攻撃は目立って少なくなっていた。

――その事実にあぐらをかいていたつもりは、族長にはない。だが、現状はそう誹《そし》られても仕方ない惨状を呈《てい》していた。

「このところ大人しくしていたのは、この機を見計らってのことか。まさか降砂にまぎれて正面から攻めてくるとは！」

族長は口惜しげに地面を蹴る。エルフ族らしからぬ粗暴な振る舞いだったが、それほどに族長は憤激していた。ダークエルフに対する敵意はもちろんだが、それ以上に失態をおかした己への怒りが強い。

ただ、族長が今回の襲撃を予測できなかったのも無理からぬことではあった。

ダークエルフは森の妖精《エルフ》の正理から外れた者たちであるが、一方でたしかに森の妖精《エルフ》に属する命である。

エルフにとっても、ダークエルフにとっても、緑なき砂漠の環境は過酷を極める。過去の侵攻においても、ダークエルフたちは決まって警戒の薄い森の外周部に拠点を設け、そこを根拠地としてリドリスや近辺の集落に襲いかかってきた。時には人間の領域を潜行し、砂漠とは正反対の方角から攻めてきたこともある。

だが、今回ダークエルフはそういった迂路《うろ》をとらなかった。降砂にまぎれて砂漠を強行突破するや、拠点をつくらずに直接リドリスの集落を急襲したのである。

一日中降り続いた降砂でほとんど視界が利かなかったこと。まがりなりにも妖精族であるダークエルフが、砂漠を正面から突破し、なおかつ休息もとらずに攻めてくるとは思わなかったこと。なにより、攻めよせてきたダークエルフの力が圧倒的だったことが決め手となり、リドリスの守りは食い破られた。

襲撃の一報が族長に届いたとき、すでに敵の先陣は集落の目と鼻の先まで迫っていた。それほどに敵の攻撃は苛烈だったのである。

族長は即座に応戦を指示し、族長自身も自慢の弓でダークエルフを五人まで射倒したが、集落の長がみずから戦っている時点で負け戦は確定している。

戦士たちが懸命に時間を稼いでいる間、族長は女子供を人間の街《ベルカ》に避難させるよう指示を出した。

逃亡先を他のエルフの集落ではなく、ベルカにした理由は単純である。リドリスは西方最大の集落であり、それだけ守りも堅い。そのリドリスを攻め落としたダークエルフに対し、リドリスより小さい集落ではとうてい対抗できない。族長はそう判断したのだ。

その点、巨大な城壁で囲われたベルカは避難場所として適している。リドリスの集落は砂漠の魔物やダークエルフに対処するため、人間たちと協調体制をとっている。かつて、ベルカが魔物の大群に襲われた際、リドリスの戦士が援軍として駆けつけたこともあった。人間たちがエルフの避難を拒むことはないだろう。

ただ、ダークエルフの猛攻によって集落は混乱の只中《ただなか》にあり、避難の指示がきちんと伝わっているかも定かではない。また、事の理非をわきまえないダークエルフが、武器を持たない者たちに手を出してくることも考えられる。

それを思って、族長がきつく唇を嚙みしめたときだった。

「族長！」

全身に負傷のあとをとどめたエルフが駆け寄ってくる。精悍な顔と鍛え抜かれた身体を持つそのエルフは、リドリスの集落で戦士長を務める人物だった。

戦士長は族長の前に進み出るや、無念そうに頭を下げる。

「申し訳ございません。ダークエルフどもの攻勢は激烈を極め、これ以上食い止めることは難しゅうございます。ここは私が引き受けますゆえ、族長はどうかお退きください！」

決死の形相で訴える戦士長。

その言葉を聞いた族長が、相手の進言に応じるべく口をひらこうとしたとき、この場を守っていた戦士たちの隊列がにわかに乱れた。

ダークエルフの先鋒がとうとうここまでやってきたのである。

たちまち怒号と絶叫が交錯《こうさく》し、血しぶきが舞い上がった。

「敵しゅ――ぐぅ!?」

「防げ、絶対に通すな！」

「おのれ、外れ者ども――があぁっ!?」

ここにいるのは腕利きで知られるリドリスの戦士の中でも指折りの精鋭ばかり。事実、圧倒的不利な戦況下にあって、族長へ近づこうとする敵は一人たりとも通していない。

――その精鋭が、血煙をまき散らしながら斬り倒されていく。

――たった一人の剣士によって、次々に。次々に。

ありえるはずのない、けれど、たしかに現実の光景。

族長の口からくぐもった呻《うめ》き声がもれる。自然、その視線は敵手たる練達の剣士に向けられる。

それは琥珀《こはく》色の瞳が印象的なダークエルフだった。

長い銀灰色の髪を頭の横で結い上げているのは、戦いの邪魔にならないようにするためだろう。

若草色の戦衣と鈍色《にびいろ》の革鎧、そして黒の手袋で隙間なく全身を覆っており、肌がのぞいているのは首から上の部分だけ。胸部を守る革鎧の膨らみから女性であることがうかがえる。

エルフの目から見ても秀麗としか言いようのない美貌の主だったが、緑の戦衣を朱《あけ》に染めて戦う姿は、たとえようもないほどに凶悪で禍々《まがまが》しい。

と、戦士たちを斬り立てていたダークエルフの視線が族長を捉《とら》えた。その瞬間、猛々しい戦意と鼻をつまみたくなる血臭が同時に吹きつけてきて、リドリスの長は我知らず眉根を寄せる。

そんな敵の視線をさえぎるように、戦士長がダークエルフと族長の間に立ちはだかった。

「族長、お逃げください！」

戦士長はそう言うと、果敢にダークエルフに斬りかかる。そして、草を刈るがごとく戦士たちを斬り倒していた敵に対し、立て続けに鋭い剣撃を叩き込んで防御を強いた。

リドリス最高の剣士は善戦したと言ってよい。交錯する剣撃の数はたちまち五合を超え、十合に達した――が、そこが限界だった。

ダークエルフの白刃が空中で弧を描くように動き、戦士長の剣をからめとる。直後、戦士長の剣は音高く宙に撥《は》ね上げられていた。

間髪を入れずに振るわれたダークエルフの剣が、正確に戦士長の頸部《けいぶ》を切り裂く。それで決着だった。

首筋から笛を吹くような音を発しながら、戦士長はどうと床に倒れ込む。身体が床に触れた時点で、すでに戦士長の目から光は消えうせていた。

この間、族長はその場から一歩も動いていない。戦士長が命がけで稼いだ時間を無為にした形だが、族長は決して恐怖で立ちすくんでいたわけではなかった。単純に、動こうにも動けなかったのである。

――族長の背後には、いつの間に現れたのか、もうひとりのダークエルフの姿があった。そのダークエルフは顔の上半分を仮面で覆い、手にした剣を族長の首筋に突きつけている。

立ち尽くす族長に対し、正面に立つ女性のダークエルフが声をかけてきた。

「リドリスの長とお見受けします」

思いのほか澄んだ声音が族長の耳朶を揺らす。戦士長らとの戦いの直後だというのに、息を乱す素振りも見せず、ダークエルフは言葉を続けた。

「始祖様より筆頭剣士《グラディウス》の任を賜《たまわ》りしウィステリアと申します。勝敗はすでに決しました。降伏を、しからずんば撤退を。速やかな決断を願います」

そのダークエルフ――ウィステリアの勧告に対し、族長は決然とした態度で応じる。

「貴様らダークエルフに屈するつもりはない。速やかにこの命を絶つがよい！」

それを聞いて目に殺意をひらめかせたのは、ウィステリアではなく、族長に刃を突きつけている仮面の男だった。白刃が滑るように動き、族長の首を掻《か》き切らんとする。

だが、ウィステリアの一言がその動きを止めた。

「テパ、止めなさい」

「は！」

ウィステリアの言葉を受け、テパと呼ばれた仮面の男は即座に刃を引く。

——その瞬間、族長が動いた。

床を蹴って自分から仮面の男にぶつかっていく。見ようによっては、自ら白刃に刺されようとしたようでもあった。

意表を突かれたのか、テパの反応がわずかに遅れる。殺すな、という直前のウィステリアの命令もテパの動きを縛った。

その逡巡を突いて、族長は懐から取り出した小剣を振るう。

テパは身体をひねってその一撃を躱《かわ》したが、余裕をもって、というわけにはいかなかった。小剣の切っ先がテパの顔を覆う仮面に触れる。

次の瞬間、奇妙に乾いた音を立ててテパの仮面が宙を舞った。

族長の口から失望のうめきがもれる。せめて一人なりとも敵の戦力を削れれば、と思ったが果たせなかったからだ。

すぐにも自分が斬り倒されることを覚悟した族長だったが、予想に反して斬撃はいつまで経っても襲ってこない。見れば、テパは空いた左手で顔を覆いつつ、一歩二歩と後ずさっていた。まるで予期せぬ痛撃をこうむったかのように。

「……おのれ」

怒気と羞恥《しゅうち》が入り混じったテパのうめき声。仮面によって隠されていた顔の一部が、左手の隙間からはっきりと見えた。

異形。

エルフの端整な容姿を犯すように、獣じみた面貌が顔の上部を覆いつつある。見ているだけで正気を削られる悪相は、まさしく悪魔の顔だった。

「それが同胞を裏切って悪魔に魂を売った代償か。なんたるおぞましさよ！」

テパの顔を見た族長は嫌悪と侮蔑を込めて吐き捨てる。

その族長に対し、ウィステリアが素早く歩み寄った。筆頭剣士《グラディウス》と名乗ったダークエルフの指揮官は、これ以上言葉を費やそうとはせず、剣を持っていない左手を族長の顔に向ける。

「『砂の精霊《ザントマン》、この者の目に砂を撒《ま》け。月の下にてまどろむ花のごとく、深き眠りにいざなうのだ』」

それは眠りをもたらす精霊魔法だった。森の妖精たるエルフは精霊魔法に秀でており、同時に、他者の精霊魔法に対する強い抵抗力を持っている。リドリスの長もこの例に漏れなかったが、打ち続く戦闘で多くの同胞を亡くした事実は確実に族長の心身を蝕《むしば》んでいた。

それに加えて、今しがたの異形である。乱れた心はそれだけ魔法の影響を受けやすい。族長はウィステリアの精霊魔法に抗うことができず、無念の形相を浮かべたまま床に倒れ込んだ。

仮面を着け直したテパが、憎々しげな眼差しで族長を見下ろす。

「この者、いかがいたしますか？」

「まだ抵抗を続けている者たちの前に置いておきます。そうすれば、長を守るために彼らも退くでしょう」

「皆殺しにしてはいけないのでしょうか？　悪霊《デーモン》のことがもれる恐れもありますが……」

悪霊、と口にした際、テパは無意識のうちに己の仮面に触れていた。

ウィステリアはそれを見て、琥珀色の双眸を憂うように細める。だが、それは一瞬のことで、次に発した言葉は平静そのものだった。

「リドリスを落とすという始祖様の命令は果たしました。窮鼠《きゅうそ》猫を噛むの例えもあること。追い詰められ、死に物狂いになった敵を相手にする必要はありません。悪霊のことについても心配無用。奈落《ならく》を知らない者たちがどれだけ頭をひねったところで、答えにたどりつくことは不可能です」

そう言って、ウィステリアは倒れている族長をみずから担ぎ上げようとする。

テパはそのことに気づくと、慌ててウィステリアを制し、自分の手で族長の身体を抱え上げた。

ダークエルフ最高の剣士にして、アンドラの軍事すべてを司《つかさど》る筆頭剣士《グラディウス》に、こんなつまらない雑事をさせるわけにはいかなかったのである。

2

「『奈落《ならく》を知らない者たちがどれだけ頭をひねったところで、答えにたどりつくことは不可能』――ですか」

ウィステリアがつぶやいたのは、リドリスの戦士たちが族長を守って退いた後のことである。先刻テパに向けた己の言葉を振り返ったウィステリアは、苦笑と呼ぶには重すぎる表情をひらめかせた。

「奈落を知らぬのは私とて同じこと。数百年の長きにわたって砂漠の只中《ただなか》で森を育む無限の力は、同時に森を狂わせ、同胞を狂わせる。私たちダークエルフが砂漠で生きて来られたのは奈落があってこそ。それは始祖様がおっしゃるとおりなのですが……」

このまま、得体の知れない奈落の力に頼り続けて本当に大丈夫なのだろうか、とウィステリアは思う。

始祖――ダークエルフの最長老にして王たるラスカリスがその道を肯定している以上、ウィステリアの疑問は意味を持たない。神話の時代から生き続けている始祖の叡智《えいち》に、生まれて百年と経っていない若芽《ウィステリア》の知恵が及ぶはずもなく、ウィステリアは粛々と始祖の言葉に従っていればよい。

実際、これまではそうしてきた。今だとて始祖に対する疑念、ましてや叛意を抱いているわけではない。

それでも、このままで良いのだろうか、という思いがウィステリアの胸から去ることはなかった。

小さく息を吐くウィステリアの脳裏に、緑豊かな故郷の光景が浮かびあがる。

森の王国アンドラ。

広大なカタラン砂漠の只中《ただなか》に存在する、水と緑にあふれたダークエルフ族の聖地。

アンドラの領域の大半は樹海によって占められており、人間たちが語るような黄金と白銀で覆われた都市は存在しない。黄金も白銀も森の生活には不要なもの。アンドラの民は森から生きる糧を得ながら、長い年月を重ねてきたのである。

それだけ豊かな森が、どうして砂漠の中で存立しうるのか。

その答えが奈落である。アンドラの中心部、樹海の最奥に位置する底なしの穴。

奈落からは常に多量の魔力《マナ》が噴出しており、その魔力こそが砂漠の真ん中に広大な森林を存立せしめていた。その意味で、奈落の存在はアンドラと不可分の関係にある。

一方で、奈落から噴き出る濃密な魔力は、アンドラに様々な問題を引き起こしていた。

その一例が奈落の周囲の植生の変化である。

奈落の魔力を浴び続けた植物は、本来の形を失って異質の成長をとげていく。伸びるはずのない枝が伸び、咲くはずのない花が咲き、芽吹くはずのない種が芽吹くのだ。本来あるべき命の形を踏み越えて、際限なく成長していく植物の姿ははっきりと異様だった。

この異質な変化の影響を受けるのは植物ばかりではない。精霊もまた強い影響を受けてしまう。人のものとは意味が異なるにせよ、精霊にも自我は存在する。精霊魔法は術者が願い、精霊が応えることで発動するもの。自我のないものが他者の呼びかけに応えることはできない。

奈落の魔力はこの自我を侵してしまうのである。

自我を失って暴走した精霊は、調和をもたらす本来の在り方を忘却し、あたりかまわず惨禍《さんか》をまき散らす存在に変貌する。ダークエルフはこれを堕《お》ちた精霊と呼んで、ひどく恐れた。

堕ちた精霊は時が経てば経つほど奈落の魔力を吸収し、強大化していく。それゆえ、発見し次第、すみやかに討伐する必要があるのだが、精霊は魔法を用いなければ傷ひとつ付けられず、一方で魔法に強い耐性を持っている。弱点らしい弱点がないのである。

なにより、妖精族にとって精霊は友に等しく、その友を手にかける行為はダークエルフにとって禁忌そのものと言ってよい。

そのため、堕ちた精霊の討伐は常に困難を極めた。

この過酷な任務に当たる部隊こそ、ウィステリアが率いる剣士隊である。そして、この剣士隊を率いる者に与えられる称号が筆頭剣士《グラディウス》だった。

堕ちた精霊を討伐するたび、ウィステリアは思う。森を育み、森を狂わせる奈落とは何なのか、と。

始祖に問いを投げかけたこともあるが、はかばかしい答えは得られなかった。ならばと自分で調べようにも、ウィステリアは多忙を極める身であり、調べものに割ける時間はごくごく限られていた。

筆頭剣士《グラディウス》の責務は剣士隊の統率のみにとどまらない。始祖ラスカリスは、その力と意識のほとんどをアンドラの防備に注いでいるため、直接に民を統治することは難しい。筆頭剣士《グラディウス》は始祖になりかわり、アンドラの軍事を統括する役割も帯びている。

王の名代として全軍を指揮する大元帥《だいげんすい》。事実上、ウィステリアはダークエルフのナンバー2と言ってよく、長老衆と呼ばれる重鎮たちさえ、ウィステリアに対しては一歩も二歩も引いて接している。

ここまで来ると、ウィステリアを嫉視《しっし》する者があらわれるのは必然だった。それは剣士隊の内部であっても例外ではなく――

「手ぬるいのではないか、ウィステリア殿」

詰問するように鋭い語句を投げつけてきたのは、精悍《せいかん》な顔立ちを不服の感情で満たしたダークエルフの戦士だった。

この人物、名をガーダと言い、剣士隊を率いる隊長のひとりである。そして、ウィステリアに反感を抱く隊員たちの代表ともいうべき存在だった。

ガーダは上位者たるウィステリアに対し、傲然《ごうぜん》とした口調で命令への疑念を並べ立てる。

「私の部隊を後陣に配して何をするのかと思えば、貴公、女子供はおろか敵の族長さえ故意に逃がしたというではないか。しかもその理由が犠牲を避けるためだと？　手ぬるい。まったく手ぬるい！　多少の犠牲など論ずるに足らぬ。エルフは一人も余さず首をはね、死体は切り刻んで砂漠に撒《ま》く。それでこそ始祖様の御意にかなうというものではないのか!?」

「ガーダ」

ウィステリアは短く相手の名を呼ぶ。

ガーダは自尊心が強く、それが過ぎて傲慢な言動も目立つが、戦士としての実力は剣士隊の中でも図抜けている。長老衆に連なる有力氏族の出身でもあり、ウィステリアが台頭する以前は筆頭剣士《グラディウス》に任じられることが確実視されていた。

そのこともあり、ガーダは今代の筆頭剣士《グラディウス》であるウィステリアへの反感を隠さない。

そんなガーダに対し、ウィステリアは常と変わらない声音で応じた。

強く出れば反発され、下手《したて》に出れば侮られる。ガーダに対する最良の対応は、常に平静な態度を崩さないことであると心得ている。

「リドリスの集落を落とすだけなら、そのやり方でも良いでしょう。ですが、始祖様の命令はリドリス攻めだけではありません。次の戦いに備えて、同胞の死傷をできるかぎり少なくする必要があったのです」

「なんだと!? そのようなこと、私は聞いていないぞ！」

「始祖様のお言いつけにより、リドリスを攻め落とすまでは私ひとりの胸に納《おさ》めていました。これについて伝えたのは、あなたが最初です」

あくまで平静な態度を崩さないウィステリアを見て、ガーダは舌打ちする。だが、敬愛する始祖の命令を持ち出されては、これ以上の反論はなしえなかった。

「それで、始祖様の次の命令とは？ リドリス以外の集落もことごとく焼き尽くせと仰せなのか？」

「いいえ。始祖様の命令は、リドリスを落とした後、剣士隊は人間の街へ向かい、かの地に築かれた神殿をことごとく破壊せよ、というものです」

それを聞いたガーダは意表を突かれたように目を丸くした。

が、すぐに納得したように二度、三度とうなずく。

「人間、人間か。ふむ、始祖様は数しか取り柄のない蛮人に懲罰の鞭をくれてやるおつもりなのだな。彼奴《きやつ》らの住居は高く厚い壁に覆われているゆえ、戦力は多いに越したことはない。よかろう、ウィステリア殿。貴公の作戦が手ぬるいとの評を変える気はないが、その手ぬるさにも一理はあったと認めようではないか」

嘲るように言い放つガーダに対し、ウィステリアはなおも平静を保っていた。が、そのかたわらに立っていたテパにとって、ガーダの態度はとうてい看過できるものではなかった。

仮面のダークエルフは憤然として口をひらく。

「ガーダ！　先ほどから聞いていれば、ウィステリア様に対して無礼が過ぎるぞ！」

食ってかかるテパに対し、ガーダは露骨に顔をしかめた。

そして、臭いものでも見るような目で仮面をかぶったテパを見やる。

「無礼なのは貴様だ、汚らわしい悪霊憑《つ》きめ。いつまで私と同格のつもりでいる？」

「なんだと!?」

「女にしっぽを振ってばかりだった貴様は、無様にも悪霊に憑《と》りつかれて剣士隊を除名された。一兵卒に過ぎない貴様に呼び捨てにされるおぼえはない。それとも、筆頭剣士《グラディウス》の子飼《こが》いである自分は、剣士隊の隊長と同格であるとでも主張する気か？」

「……ぬ」

テパは言葉を詰まらせる。ガーダの言葉は辛辣《しんらつ》ではあったが、一方で正確に事実を指摘してもいたからである。

そのテパを見て、ガーダは嘲弄するように唇を曲げた。

「悪霊に憑かれた者は、身体を侵され、心を侵され、ついには悪霊そのものになり果てる。己《おのれ》が同胞の脅威になっている自覚はあるのだろう？　悪霊に侵された先達の多くは、穢《けが》れた己をはばかって神獣との戦いに身を投じたというのに、なぜ貴様はそうしない？　それほど死ぬのが恐ろしいか？　無礼者にして臆病者。貴様のような奴が、一時とはいえ剣士隊に名を連ねていたことを思うと反吐《へど》が出るわ、アンドラの恥さらしめ！」

「貴様!!」

限度を超えた暴言を叩きつけられ、テパは激高して腰の剣に手をかける。それを見たガーダの目が、得たりとばかりにギラついた光を放った。

──その瞬間、ウィステリアが動く。抜く手も見せない早業で始祖から授けられた宝剣を抜き放ち、睨み合うテパとガーダの視線を刀身で遮《さえぎ》ったのだ。

神速の抜刀を目の当たりにして押し黙る二人を前に、ウィステリアはゆっくりと口をひらいた。

「始祖様は同胞同士の争いを望んでおられません。双方、余力は次の戦いまで取っておきなさい」

「……ふん。たしかに、このような下らぬことで始祖様の御心を騒がせるわけにはいかぬ。だが、貴公がその悪霊憑きの無礼を咎めなかったことはおぼえておくぞ、ウィステリア殿」

捨て台詞を吐き、ガーダは踵を返して歩き去っていく。

テパはと言えば、すでに興奮の熱は去り、熱くなった己を恥じるように深々とウィステリアに頭を下げている。

ウィステリアはテパに気づかれないよう、小さくため息を吐いた。

3

悪霊憑《つ》き。

ガーダがテパを指して言った言葉は、堕《お》ちた精霊と同様、奈落によって引き起こされる問題のひとつだった。

悪霊憑きとは読んで字のごとく、悪霊に憑りつかれた者を指す。

では悪霊とは何なのか。

それはダークエルフの間でデーモンとも呼ばれる存在であり、古くから人に憑《と》りつく魔性として知られている。その正体は奈落の底より出《い》ずる悪魔とも、殺された精霊たちの怨念とも言われているが、正確なところはわかっていない。ウィステリアは前者だと考えているが、悪霊に憑りつかれる者の多くが剣士隊に所属していることから、後者の説を有力視する者も多かった。

悪霊に憑りつかれた者の症状は様々だが、一つ共通しているのは己の中に己ならざるものが棲《す》みつくことである。

自分のものではない声、自分のものではない記憶、自分のものではない力。悪霊憑きはそういったものを己の内に抱え込むようになる。祈禱《きとう》も解呪も意味をなさない不治の症状だ。

ただ、奇怪な症状ではあるが、それだけならば生死に関わる問題にはならない。むしろ、本来ならば得られない知識や力を手に入れることができるのだから、祝福をもたらす聖霊であると考えることもできるはずである。

だが、悪霊を指して聖なる存在であると唱えるダークエルフは存在しない。その理由は先ほどガーダが残らず述べていた。

『悪霊に憑かれた者は、身体を侵され、心を侵され、ついには悪霊そのものになり果てる』

この言葉は正しく悪霊の特徴を言い当てている。

顔と言わず、身体と言わず、徐々に人ならざるものになっていく肉体の侵食。自我が少しずつ悪霊のそれと混ざり合っていく精神の侵食。そうしてダークエルフとしての肉体と精神を失った悪霊憑きは、最後には悪霊そのものになり果てる。

現界した悪霊の力は堕ちた精霊をしのぐほどに強大であり、過去に幾度もアンドラを窮地に陥れてきた。それゆえ悪霊に憑かれた者は同胞に危険視され、多くの場合、隔離された生活を強いられる。

過去には、悪霊と化す前に悪霊憑きを殺す、という選択肢が取られた時代もあった。

ただ、これはかえって悪霊の被害を拡大させるだけの結果に終わる。悪霊は死んだ宿主の亡骸《なきがら》を触媒として現界することもできるからである。

生を望めば心身を乗っ取られ、死を選べば亡骸を利用される。

この魔性が「悪霊《デーモン》」として恐れられるようになったのは必然だった。そして、この魔性に憑りつかれた者が「悪霊憑き」として忌避されるようになったのもまた必然と言ってよかっただろう。

ダークエルフは悪霊を祓《はら》う方法を古くから探し求めてきたが、数百年の長きにわたる研鑽《けんさん》は、今にいたっても実を結んでいない。

現状、悪霊憑きが苦しみから解放されようと思えば、その方法はひとつしかなかった。

これも先ほどガーダが述べている。神獣――悪霊さえ喰い殺す大いなる獣との戦いに身を投じることである。


その獣の名はベヒモス。カタラン砂漠の覇者にして、ダークエルフの天敵。


悪霊に憑かれたダークエルフの多くはベヒモスとの戦いにのぞむ。悪霊憑きの力をもってベヒモスを倒せれば、むろんそれで良い。だが、倒せずとも問題はない。敗れた悪霊憑きは、内なる悪霊ごとベヒモスに喰い尽くされるからである。

命は失うが、己が悪霊と化してアンドラを襲う未来は避けられる。それゆえ、悪霊憑きとなったダークエルフの多くは、自ら進んでベヒモスとの戦いに身を投じる。周囲もまた、同胞のために命を捨てた者たちを称える。

いつしか、それが当たり前になった。それ以外の道を選ぼうとする者を、臆病者とそしるようになった。先ほどのガーダのように。

――ウィステリアは、悪霊憑きを取り巻くこの状況を変えたいと願っている。

前述したように、悪霊憑きとなる者の多くは剣士隊に所属していた。テパがそうだし、ウィステリアの父もそうだった。誰よりもアンドラのために戦ったがゆえに、誰よりも奈落の影響を受けてしまった勇敢な者たちが、死以外の道を選べない。そんなことは間違っている、とウィステリアは思うのである。

ウィステリアは筆頭剣士《グラディウス》に任じられてから――いや、その以前から、悪霊憑きの在り方を変えるべく腐心してきた。

悪霊を祓う方法を探すのはもちろん、悪霊憑きと判断された者たちへの待遇改善にも力を注いでいる。

そのひとつが療養所の建設だった。これまで悪霊憑きが隔離されていた場所は牢獄同然の状態だったが、ウィステリアはこれを大きく改める。隔離するのは仕方ないにしても、せめて人並みの生活を送れるように、と。

そのようなことをすれば、ますます悪霊憑きが生にしがみつき、結果としてアンドラが危険にさらされる――そういった反対意見も根強かったが、ウィステリアは頑としてゆずらなかった。

『…………ウィステリア』

こういうとき、ウィステリアの脳裏に浮かぶのは決まって父の顔である。

剣士隊の一員としてアンドラのために戦っていた父は強く、たくましく、なによりも温かかった。

幼かったウィステリアは父のことを心から尊敬し、誇りに思い、父のたくましい腕で抱き上げてもらう瞬間が何よりも好きだった。

父が悪霊に憑りつかれたと知ったときも、心配などしなかったように思う。大好きな父が悪霊なんかに負けるはずがない、と無邪気に信じていた。

今の自分ならば、とウィステリアは思う。

今の自分ならば、父と母の笑顔がつくったものであることに気づけたに違いない。自分たち家族を見る周囲の目が、日を追うごとに冷《ひ》えていくことにも気づけただろう。

ひいては、あの幸せだった日々をもっと別の形で終わらせることもできたのではないか――そう考えたとき、どこかから小さな嗤《わら》い声が聞こえてきて、ウィステリアは慌ててかぶりを振った。

筆頭剣士《グラディウス》の顔に自嘲の笑みが浮かぶ。

「我ながら未練がましいことです」

つぶやいたウィステリアは、無意識のうちに握りしめていた両手の力を抜くと、一度だけきつく目をつぶる。

その目がひらかれたとき、すでに琥珀色の双眸から動揺の色は消えていた。どこからか聞こえてきた嗤《わら》い声も、また。

そんなウィステリアの姿を、やや離れた位置からテパが見守っている。

テパの目にウィステリアの胸裏をよぎった影は映らない。テパはウィステリアが悪霊憑きのことを思って胸を痛めていると思っている。

「そこまで我らのことを気づかわれる必要はないというのに……」

敬愛する上官を見やりながら、仮面のダークエルフはつぶやいた。

ウィステリアが悪霊憑きの境遇を改善するために尽力していることは知っている。悪霊憑きの一人として感謝もしている。

だが、ウィステリアが悪霊憑きのために力を尽くせば尽くすほど、他のダークエルフのウィステリアを見る目は厳しくなっていく。そのことがテパは気がかりでならなかった。

今回のリドリス攻めに関しても、悪霊憑きの従軍を命じる始祖に対し、ウィステリアは反対を唱えたと聞いている。その結果、悪霊憑きの従軍は強制ではなく任意となった。始祖がウィステリアの提言を容《い》れた形なのだが、この行動を筆頭剣士《グラディウス》の不遜、増長と取る者は必ずいるだろう。

テパの目には、最近のウィステリアがどこか焦っているように映っており、そのことが余計に不安をかきたてた。

悪霊を祓う方法が見つからないからといって、焦る必要はないのだ。偉大なる始祖でさえ、いまだに悪霊を祓う方法を見いだせていない。それはつまり、悪霊を祓う方法など存在しないということである。ウィステリアを尊敬しつつも、テパはそのように考えている。

悪霊憑きが今回の遠征に従軍していることについても、ウィステリアが責任を感じる必要はまったくない。少なくとも、テパは喜んでこの遠征に参加している。

テパが今日までベヒモスとの戦いに挑まなかったのは、最後にもう一度、敬愛するウィステリアの下で戦いたい、という望みを捨てきれなかったからである。

そんなテパにとって、今回の始祖の命令がどれだけ嬉しかったことか、おそらくウィステリアは理解していないだろう。テパだけではない。今回、志願して従軍した悪霊憑きの中には、テパと同様の望みを抱く者が大勢含まれていた。

と、そのとき。

「テパ殿！」

足早に駆け寄ってきたのは悪霊憑きのひとりだった。テパのようにウィステリアを尊敬し、すすんで今回の戦いに加わった人物である。

険しい表情を浮かべる仲間を見て、凶報であると悟ったテパは顔を引き締めて続きをうながした。

「どうした？」

「まずいことになった。ガーダ隊がウィステリア様の許しを得ずに北へ向かっている」

「……抜け駆けか」

あの男らしい、とテパは内心で吐き捨てる。おおかた先ほどの話を聞き、ウィステリアに先んじて人間の街を陥落させることで、始祖の歓心を買おうという魂胆であろう。

そのテパの推測は正鵠《せいこく》を射ていたが、ひとつだけ予想外の出来事があった。

「仲間が五人、ガーダ隊と行動を共にしている。どうも、自分たちが死んだ後、家族の面倒をみることを条件にされたようだ」

それを聞いてテパの眉間に深いしわが刻まれる。

ダークエルフの中には、悪霊を流行《はや》り病《やまい》か、さもなくば血筋による異常と考えて、当人だけでなく家族を迫害の対象とする者もいる。

ガーダはそのあたりを突いて悪霊憑きを引き込んだらしい。ガーダのことだから、五人に先陣を切らせた挙句、背後から射殺《いころ》して意図的に悪霊を現界させようとするかもしれない。

戦いの結果としてそうなるならともかく、ガーダの功名心のために仲間が贄《にえ》になるのを座視することはできない。

テパはひとつうなずくと、仲間に言った。

「よし、ウィステリア様にお知らせして、すぐに後を追おう。とはいえ、部隊の準備を整えるまでには時間がかかる。私はウィステリア様にお願いして一足早くガーダを追うので、そちらはウィステリア様の補佐を頼む」

「承知した。ここはすでに敵地だ。テパ殿の腕は承知しているが、くれぐれも気をつけてくれ」

「ああ、わかっている」

うなずき合った二人のダークエルフは、そろってウィステリアのもとへ向かった。

二人の報告を受けたウィステリアは一瞬眉根を寄せたが、すぐにガーダ隊をおさえるために北へ向かうことを決定する。

かくて、戦いの場はリドリスからベルカへと移ることになった。

4

「ウィステリア、始祖様の威を借りる忌々しい女豹《めひょう》め。いずれ必ず貴様の秘密をあばき、その澄まし顔に泥を塗りつけてくれる。覚悟しておけ」

夜の街道を駆けながら、ガーダはここにはいない筆頭剣士《グラディウス》に向けて怨嗟《えんさ》の声を放つ。

ガーダがウィステリアを嫌う理由はいくらでもある。まず、自分の半分も生きていない若芽が、始祖に認められて自分の上に立っている事実が気に入らない。

また、ウィステリアが女性であることもガーダの反感を刺激する。ガーダにとって、男は狩《か》り、女は紡《つむ》ぐ、というのが男女のあるべき姿だった。女だてらに剣を振り回しているというだけでも気に入らないのに、その者が自分の上に立って命令を下すなど、とうてい耐えられるものではない。

始祖を敬愛してやまないガーダであるが、ことウィステリアに関しては始祖の命令といえど承服することは難しかった。

また、そういった感情論以外にもウィステリアを疎む理由はある。ウィステリアが推し進めている悪霊憑きの待遇改善などはその最たるものだった。

悪霊の正体がなんであれ、それがアンドラを害するものであることは明らかなのだ。であれば、悪霊も、悪霊に憑かれた者も徹底的に排除してしかるべきであろう。そう考えているのはガーダばかりではない。過去、現界した悪霊によって引き起こされた惨事の数々を思えば、ウィステリアこそが異端と言ってよかった。

そして、この悪霊について、ガーダはひとつの深刻な疑念を抱えている。

「たしかにウィステリアはこれまで多くの魔物を討ち、精霊を屠《ほふ》ってきた。私より位階《レベル》が高いのもうなずける。だが、それを踏まえても彼奴《きやつ》の力は強すぎるのだ。不自然なほどにな」

他の者は気づいていない。彼らはウィステリアが強いとはわかるが、それが位階相応の力であるかは判別できない。ウィステリアに迫る実力と位階を有するガーダであるからこそ、今代の筆頭剣士《グラディウス》が抱える不自然さがわかるのである。

ウィステリアの強さには位階以外の要素がからんでいるとしか思えない。そして、その要素とは何かと考えたとき、出てくる答えはひとつしかなかった。

――ウィステリアは悪霊憑きなのではないか。

ガーダが抱えている疑念とはそれである。

初期の悪霊憑きの症状は、当人が口をつぐめば隠すことができる。肉体の侵食も、部位によっては衣服で隠すことが可能である。過去、そうやって悪霊憑きであることを隠した者たちは大勢いた。

実際、ウィステリアは他者に肌を見せることをことのほか嫌う。戦いにおもむく際も、戦衣と防具、手袋と鉄靴で全身を覆い、素肌を見せるのは首から上くらいのものだ。

あれは悪霊に侵食された身体を隠すための措置ではないのか、とガーダは疑っている。

もっとも、他者に肌を見せることを嫌うのはウィステリアにかぎった話ではない。ダークエルフの女性の大半はそうであるし、それが女性としての美徳であるとも考えられている。その意味ではガーダの疑いは穿《うが》ち過ぎであるとも言えるのだが、ガーダは自分の疑いが正しいことを確信していた。

ガーダがたびたびウィステリアに挑発的な言動をとるのは、そのあたりを探るためでもある。先刻のテパへの態度もこれに含まれる。ウィステリア自身はどれだけ挑発しても一向に乗ってこないので、子飼の部下を嘲弄することで突破口にできれば、と考えたのだ。

結果ははかばかしいものではなかったが、いずれ必ず尻尾をつかんでくれる、との思いが薄らぐことはなかった。

「ただ、今は女豹めのことは後回しだ。始祖様に喜んでいただくためにも、必ず人間どもの街を攻め落とさなければならぬ」

そう言ってガーダは部隊をさらに急がせる。

間もなく、ベルカを望む小高い丘の上に到着したガーダは、夜闇の向こうに浮かびあがる城門が開け放たれているのを見て、会心の笑みを浮かべた。

「ハハハ！　わざわざ門をあけて出迎えてくれるとは、人間どもも気が利いているではないか！　悪霊憑きどもを使う手間がはぶけたぞ」

悪霊憑きは戦闘において常人以上の力を発揮する上、死ねば悪霊と化して暴れまわる。ガーダとしては、巧言を用いて同行させた悪霊憑きを先頭に押し立て、無理やり城門をこじあけるつもりだったのだ。

ところが、こちらが策を弄するまでもなく城門はひらいている。この時点でガーダは勝利を確信した。

おそらく、人間たちはリドリスから逃げてきたエルフを城門の外に締め出すわけにはいかない、と考えたのだろう。ウィステリアが非戦闘員を逃がしたと聞いたとき、ガーダはその甘さに舌打ちを禁じえなかったが、こういう形でその決断が生きてくるとは予想していなかった。

「女豹の優柔も時には役に立つ。いや、あるいは彼奴《きやつ》はこれを狙って女子供を逃がしたのかな？　だとしたら、なかなかどうして策士と言うべきよ」

辛辣な顔でうそぶいた後、ガーダは鋭い眼差しで城門を、そして城門に逃げ込もうとしているエルフたちを見据えた。

その視線がエルフの集団の最後尾、殿《しんがり》を務めている部隊を捉《とら》える。この一団にはかなりの数の戦士が付き従っており、ダークエルフの追撃を警戒しながら人間の街に逃げ込もうとしていた。

ガーダの口元に危険な笑みが浮かぶ。

次の瞬間、ダークエルフの口から精霊魔法の詠唱がほとばしった。

「『汝《なんじ》、大いなるもの。雲海を駆ける猛々しき業火の精霊《ファイアドレイク》よ。その偉大なる炎をもって、我が敵をことごとく焼き尽くせ！』」

それは上位精霊に働きかけるガーダの切り札の一つだった。

その威力を証明するように、ガーダの頭上に生じた火球はみるみるうちに大きくなり、飛竜を思わせる形に膨れあがる。

直後、吼えるような轟音をあげながら炎竜が宙を駆けた。そして、そのままエルフの殿《しんがり》部隊がいる地点に身体ごと激突する。

一瞬の静寂。

次の瞬間、凄まじい爆発が発生し、激しく地面を揺らした。炎が尖塔のように空高くたちのぼり、爆発の中心部にいたエルフたちは骨まで猛火になめ尽くされた。かろうじて直撃をまぬがれた者たちも、爆風に巻き込まれて吹き飛ばされる。

たちまちあたり一帯に悲鳴と喚声がはじけ、苦悶と絶叫が交錯《こうさく》する。それを見て哄笑《こうしょう》を発するガーダの頭上では、すでに二匹目の炎竜が生み出されていた。

再びの爆発。それでも終わらず、とどめの三撃目。

ガーダが操る業火の精霊が炸裂するつど、リドリスのエルフたちは木の葉のように宙を舞い、次々と命を散らしていく。

人間の街にも動きがあった。大鐘が乱打され、城壁の上であわただしく人影が動きまわっている。ガーダはそれらを冷然と見据えながら、麾下《きか》の部隊に無造作に命令を伝えた――城外のエルフを皆殺しにせよ、と。

ガーダ隊は隊長の命令一下、獰猛《どうもう》な表情をひらめかせてエルフたちに襲いかかっていく。これに気づいたエルフたちが迎撃の構えを見せるが、かたやダークエルフの最精鋭、かたや疲労困憊の敗残兵。おまけに直前のガーダの魔法でエルフたちは混乱しきっている。勝敗の帰結ははじめから明白であった。

短くも激しい激突の末、リドリスのエルフたちは次々に血しぶきをあげて地面に倒れていく。ただ、ダークエルフにも被害がないわけではなかった。特に先ほどの一団は、いまだにかろうじて統率を保っており、懸命に味方を守りながらガーダ隊に出血を強いている。

おそらく、あそこにリドリスの族長がいるのだろう。そう当たりをつけたガーダは、突撃に加わらずに残っていた側近に命じて、逃げ惑う女子供を攻撃させた。そうすることで、必死に抗戦を続けるエルフたちの集中をかき乱そうと考えたのである。

この作戦は図にあたった。戦えない者を守ろうとした戦士たちは隊列を乱し、そこをダークエルフに突かれて次々に各個撃破されていく。

矢継ぎ早に手を打っていたガーダは、ここではじめて同行させていた五人の悪霊憑きに視線を向けた。

そして、彼らに城内への侵入を指示する。

人間は数だけが取り柄の種族だが、中には手ごわい相手もいる。そういった者たちを、悪霊憑きを使って排除しようと考えたのである。悪霊憑きが勝てばそれでよし、負けても悪霊が現界して都市を破壊してくれるのだから、ガーダたちが手を下す手間がはぶけるというものだ。

五人の悪霊憑きにしても、今さら否やはない。自分たちの立場も、ガーダの考え方も承知して抜け駆けに同行したのである。捨て駒扱いされることは覚悟の上。後はガーダが約束どおり残った家族を引き立ててくれることを願うだけだった。

ガーダは何かと圭角《けいかく》の目立つ男だが、一度交わした約束を破る背信をおこなったことはない。それも五人がガーダの言葉に従った理由のひとつである。

そうして、ベルカを滅ぼす破滅の種が撒かれようとした、まさにそのときだった。


「――見ぃつけた」


そんな声が頭上から降ってくる。

ダークエルフたちは反射的にその場から飛びすさり、バッと上空を振り仰いだ。

前述したように、ここはベルカを望む小高い丘の上。周囲はひらけており、姿を隠せるような木や建物は存在しない。世の中には空中に浮かぶ手段もないではないが、魔法であれ、アイテムであれ、ダークエルフの鋭敏な五感に触れることなく頭上を取ることは不可能である。

そのはずなのに、声の主はたしかにそこにいた。

髪の色は夜闇と同じ。身に着けている防具も黒を基調としており、ご丁寧に持っている武器さえ黒色である。

耳の短さから人間であると思われるが、ただの人間がどうして、どうやってこの場にやってきたのか。

いくつもの疑問がガーダの脳裏をよぎる。と、視線の先で人間の口が動いた。

「妙な気配がすると思って来てみたら、大当たりだったな」

そんな言葉が耳を震わせた次の瞬間、夜闇に浮かんでいた青年の姿が掻き消えた。

途端、背筋におぞましいほどの悪寒を感じたガーダは、とっさに剣を抜いて首筋を守る。

間一髪の差さえなかったであろう。疾風のごとく迫り来た黒の刃が、ガーダの剣と衝突する。わずかでも反応が遅れていたら首を刎《は》ね飛ばされていたに違いない。

「ぐぅ!?」

かろうじて致命の一刀を防いだガーダだったが、受けとめた剣から伝わってくる凄まじい圧力に驚愕の声がもれる。

人間は鼻と鼻がくっつくほどにガーダに顔を近づけると、嘲るように言った。

「良い反応だ」

「きさ――ぐぶぉ!!」

言い返そうと口をひらきかけたガーダの腹部を強い衝撃が襲う。鉄塊《てっかい》を叩きつけられたような衝撃が、眼前の人間の足蹴りであると悟ったときには、ダークエルフの身体は宙を飛んでいた。

受け身をとる余裕などない。強風で折れた小枝のように宙を舞ったガーダは、そのままの勢いで地面に叩きつけられる。

ガーダの身体が土煙をあげて大きく跳ねた。それでも勢いは止まらず、そのまま地面を転がっていく。

ややあってガーダはのろのろと地面から立ち上がったが、その身体は土と泥にまみれ、二本の足は生まれたての小鹿のように震えていた。

「ば、かな……この私が……!」

振り下ろされた斬撃はただ一刀、繰り出された攻撃はただ一蹴。それだけで自分が追い込まれた事実にガーダは愕然とする。

敵の方を見れば、相手は攻撃した場所から動かずに悠然とガーダを見やっている。

追撃を仕掛けてこないのは、この場にいる五人の悪霊憑きを警戒してのことだろう。ガーダを攻撃している隙に、横合い、あるいは背後から攻撃される危険を避けたのだ。

ただ、嘲るようにガーダを見やる人間の眼差しからは別の意図も感じられた。

端的に言えば、それは軽侮。今しがたの激突を経て、人間はもはやガーダを恐れるに足りないと見切ったのだろう。わざわざ危険をおかしてまでとどめを急ぐ価値はない、と。

人間ごときに侮られた。その思いがガーダの怒りをたちまち沸点まで押しあげる。

「何をしている！　そやつを殺せぇ!!」

その怒号に応じて五人の悪霊憑きが人間に襲いかかった。

5

「妙な連中だな。強いには強いが、歪《いびつ》だ」

次々と襲いかかってくるダークエルフを相手にしながら、俺は小さくひとりごちた。

俺がベルカの城門を飛び出したとき、すでに敵は――ダークエルフはそこかしこでエルフたちを斬り立てていた。戦えない者たちにも容赦せず、むしろ積極的に狙っているようにも見えた。

そんな敵を一人ずつ斬り倒していたら、いくら時間があっても足りない。そう判断した俺は、混乱する戦場を突っ切って敵の指揮官を捜した。この戦いを終わらせるにはそれが一番手っ取り早いと考えたからである。

目につく敵を斬り伏せつつ、奥へ奥へと踏み込んでいく最中、俺は強い気配を感じとった。さてはと思ってそちらに足を向けると、予想どおり、そこには指揮官とおぼしきダークエルフと、五人の部下がいた。

指揮官は大した相手ではなかった。問題は五人の部下の方である。

彼らは他のダークエルフよりも明らかに魂の量が多かった。心装使いには届かないものの、それに迫るレベルである。

当然のように強さもなかなかのものだったが、前述したとおり、彼らの戦い方はどこか歪《いびつ》だった。

ここに来るまでに戦ったダークエルフと比べると、五人は力も、速さも、魔力も、すべてが上回っていた。それは間違いない。

ただ、それらを使いこなせていない、と俺の目には見てとれた。他人の力を無理やり振るっている、あるいは他人に無理やり身体を使われている、そんな違和感がある。

付け加えれば、五人のうち二人は、身体が異様な変化を遂げていた。ひとりは両腕がオーガほどに太くなっており、もうひとりは肌という肌が鱗でびっしりと覆われていた。俺に見えているのは顔や首といった外気にさらされている部分だけだが、おそらく鱗の侵食は全身に及んでいると思われる。

もしかしたら、他の三人も見えない部分で身体が変質しているのかもしれない。

そんなダークエルフたちの姿は、俺の記憶の一部を強烈に刺激した。

まだ俺が御剣家を追放される以前のこと。屋敷の庭でアヤカと遊んでいたとき、俺たちの前に人間と蜘蛛が交じり合った異形の怪物があらわれ、襲いかかってきたことがあった。

怪物は間もなく駆けつけたゴズによって斬り捨てられたのだが、俺はしばらくその姿を忘れることができなかった。

眼前のダークエルフたちは、どこかあのときの怪物に似ている。

あの怪物についてゴズは、同源存在《アニマ》を御しえず、逆に屈してしまった者の末路である、と言っていた。

その言葉が正しいとすると、あの怪物に似ている眼前の五人も身の内に同源存在《アニマ》を宿している可能性がある。

もちろん、何の関係もない可能性もあるわけだが、他者よりも抜きん出て多い五人の魂の量を見るに、まったくの見当違いということもないだろう。

「さて、どういうことなのやら」

ここはカナリア王国の西端、鬼ヶ島からは遠く離れた異国の地。鬼門も幻想一刀流も存在しない地に、どうして同源存在《アニマ》を宿した者があらわれたのか。しかも、相手は人間ではなくダークエルフである。謎といってこれ以上の謎はない。話の運びによっては御剣家の秘密をつかめるかもしれなかった。

「ま、今はそういった興味は後回しにしないといけないけどな——喰らい尽くせ、ソウルイーター」

俺はためらうことなく心装を抜き放つ。同源存在《アニマ》の真偽はさておき、けっこうな量の魂を喰える相手がいるのは事実なのだ。尋問用に一人か二人を残しておき、他はすべて喰ってしまおう。

鬼ヶ島で鬼神を喰った俺のレベルは『30』。仮に敵が心装使いであっても、五人相手ならいくらでも戦いようはある。まして、ただ同源存在《アニマ》を宿しただけの未熟な敵であれば、五人が十人であっても恐れる理由はない。

俺は五人のダークエルフのひとり、鱗を生やしたダークエルフに狙いを定めて地面を蹴る。爆発するような音をたてて地面が爆《は》ぜた次の瞬間、相手は俺の間合いの中にいた。

瞬間移動《テレポート》と見紛う移動速度に、ダークエルフが目を見開いているのがわかる。その肩口に刃を叩き込んだ俺は、気合の声をあげて一気に斜めに斬り下げた。

右肩から左腰にかけて、身体を斜めに断ち割る致命の一閃。ソウルイーターは恐るべき切れ味を発揮して、鱗に覆われた相手の身体をほとんど両断してのけた。

断末魔の声を発する暇さえなく、そのダークエルフは絶命する。次の瞬間、かなりの量の魂が流入してきて、俺は思わず喉を鳴らした。

「貴様！」

その俺めがけて残りの四人が一斉に躍りかかってくる。一方向から闇雲に突っ込んでくるのではなく、四人で前後左右を塞いでこちらの回避を困難にするあたり、連携にも長けているようだ。

これに対し、俺は心装の切っ先を真横に向けて突き出すと、そのまま身体を一回転させる勢いで素早く心装を振り抜いた。

「幻葬一刀流　颶《つむじかぜ》」

クライアが得意としていた辻斬《つむじぎり》――勁を用いて生み出した風の刃を複数同時に解き放つ技――を参考にして編み出した、俺の新たな勁技。

心装から放たれた風の刃は轟然たる咆哮をあげて吹きすさび、四方から殺到してきた敵を空高く弾き飛ばす。逆巻く風に翻弄されたダークエルフたちは、空中で体勢を立て直すことも、精霊に呼びかけて落下の衝撃を弱めることもできず、そのまま地面に叩きつけられた。

俺は自分でもそれとわかるくらい獰猛な笑みを浮かべ、地面に叩きつけられた敵手めがけて襲いかかる。いつかも述べたが、勁技《けいぎ》で敵をしとめるよりも、刀身で直接命を奪った方が食える魂の量は多くなるのである。

一人を斬り、二人を斬り、そのまま三人目も斬ろうか、それとも尋問中に捕虜が死んでしまうことを考慮して、三人目と四人目は生かしておこうか、と思案する。

と、視界の端で指揮官格のダークエルフが逃げ出そうとしているのがわかった。両足に勁《けい》を込めて即座にそちらに向かった俺は、大量の魂を喰った高揚感も手伝い、鼻歌交じりに相手の首筋に刃を突きつける。

すると、そのダークエルフは引きつった顔で、引きつった声を張りあげた。

「き、貴様、何者だ!? 人間ごときが悪霊憑きを退けるなど信じられん!」

「ほう、あの妙な連中は悪霊憑きと言うのか？ お前にはそのあたりの事情を詳しく聞かせてもらおう。もちろん、ベルカを攻撃している連中を退かせた後で――おっと」

指揮官に要求を伝えている最中、夜闇を裂いて複数の矢が飛来する。

矢は正確に俺を狙っており、どうやら風の精霊による強化もしているようだった。矢に精霊を宿らせる戦い方は、よくルナマリアが用いているものである。

この矢で狙われた場合、矢の軌道上から身体をそらすだけでは躱《かわ》したことにならない。風の精霊が空中で軌道を修正し、再度標的に襲いかかってくるからである。

それを知っていたので、俺は回避ではなく迎撃を選択した。

迫りくる矢を一本一本心装で切り払う。一矢を切るごとに刀身からしびれるような圧力が伝わって来て、敵の弓勢《ゆんぜい》の強さがうかがえた。精霊の加護があることを加味しても、相当の弓手だと思われる。

そうやって正体不明の射手と対峙しつつ、俺はちらと敵の指揮官を見やった。

俺が心装で矢を切り払ったことで、指揮官は首筋の刃から自由になった。てっきり、こちらの隙をついて襲ってくるものと思っていたのだが、どうやら向こうは俺から少しでも離れることを選択したらしい。俺を睨みつけながら、じりじりと後退していく。

と、闇の向こうにいる射手もこの動きに気づいたらしく、苛立たしげな声が夜の街道に響いた。

「ガーダ、何をしている!?　今のうちに敵を討て！」

「黙れ、テパ！　悪霊憑きごときが私に指図するな！」

誰とも知れぬ相手に言い返した指揮官は、俺から十分に離れたと見てとったのか、ばっと身を翻して闇の中に駆け出していく。

俺はそれを見てわずかに思案したが、逃げた指揮官よりも射手への対応を優先することにした。先ほどの颶《つむじかぜ》の轟音で、ベルカを攻めているダークエルフたちも背後の異変に気付いたはずだ。新たに指示を仰ごうにも肝心の指揮官は逃げ出している。敵の勢いは否応《いやおう》なしに止まるだろう。あえて指揮官を追い討つまでもない。

それよりは夜闇の向こうから伝わってくる気配の方が気になった。その気配は先ほどの五人に酷似しており、なおかつ連中より強大な力の拍動が伝わってくる。

放っておけばベルカにとって脅威になるだろうし、俺個人にとってもカモがネギを背負《しょ》ってきたようなもの。公私いずれの面から見ても討つべき相手だ。

俺は、にぃ、と口の端を吊りあげた。

6

「ぐぅ!?」

剣を持つ右腕が敵の刃に切り裂かれ、血しぶきが舞いあがる。肉を斬り裂かれる痛みと、精神を斬り裂かれる痛みに苛まれて、テパの口から苦悶の声があがった。

――なんだ、この人間は!?

続けざまに放たれる敵の連続攻撃を懸命に耐えしのぎながら、テパは内心でうめく。黒髪、黒目、黒の武具。あのガーダが膝を屈しているのを見たときから、テパはこの黒ずくめの人間がかなりの実力者であると予想していた。

だが、実際に刃を交えてみて、己の考えが甘かったことを痛感する。かなりの実力者、などという表現ではとうてい追いつかない。

斬撃は強烈、動きは迅速、おまけに得体の知れない魔剣を用いており、敵に斬られるたびにテパの中から気力が失われていく――いや、これは気力といってよいのだろうか？　気力よりももっと根源的な何かが、攻撃を受けるたびに身体の外に流れ出している。

気のせいか、いつも頭の中でうごめいているテパの悪霊さえ苦悶の声をあげているような気がした。

このままではまずい。そう考えたテパは歯を食いしばって攻勢に転じるも、繰り出された剣撃はことごとく敵の防御によって撥《は》ね返された。

かつてのテパは、ダークエルフの精鋭が集まる剣士隊の中で、ウィステリア、ガーダに次ぐ第三位の実力者だった。悪霊に憑りつかれたことが判明して以来、剣士隊の籍は失ってしまったが、鍛錬は怠っていない。

悪霊の影響を受けた身体は剣士隊の頃よりも力と速さを増しており、今の自分はかつての自分を凌駕している。ウィステリアは別格としても、ガーダに後れを取ることはないだろう――テパは心ひそかにそう考えていた。

それなのに、この人間に対してはろくに反撃もできず、防戦一方に追い込まれている。それも、全力を振りしぼって戦っているテパに対し、人間の方は明らかに余力を残していた。

ガーダは敗れ、テパもこうして劣勢を強いられている。こと一対一の戦いにおいて、この人間に勝ち得るダークエルフはウィステリア以外にいないだろう。

いや、ことによったらウィステリアでも――

「ッ！　『土の精霊《ノーム》、我が友よ。この男の足をからめとれ！』」

心によぎった不吉な考えを振り払うように、テパは激しい声音で精霊に呼びかける。剣に比べて精霊の扱いは不得手であるが、それでも下位精霊の扱いをしくじるようなことはない。

土の精霊はテパの求めに応じ、地面から複数の根を生やして人間の足を封じようとする。

これに対し、人間は冷笑を浮かべて応じた。

「小細工を――はぁ！」

気合の声がほとばしった瞬間、敵の身体から濃密な魔力が突風のように噴出し、土の精霊は悲鳴をあげて吹き飛ばされた。

飛ばされたのは精霊だけではない。テパもまた鋭い衝撃に突き上げられて宙を飛んでいた。

地面に叩きつけられる寸前、強引に身体をひねってかろうじて足から着地したものの、身体の勢いを殺しきれずに数歩よろめいてしまう。テパはすぐに体勢を立て直したが、向こうがテパとの距

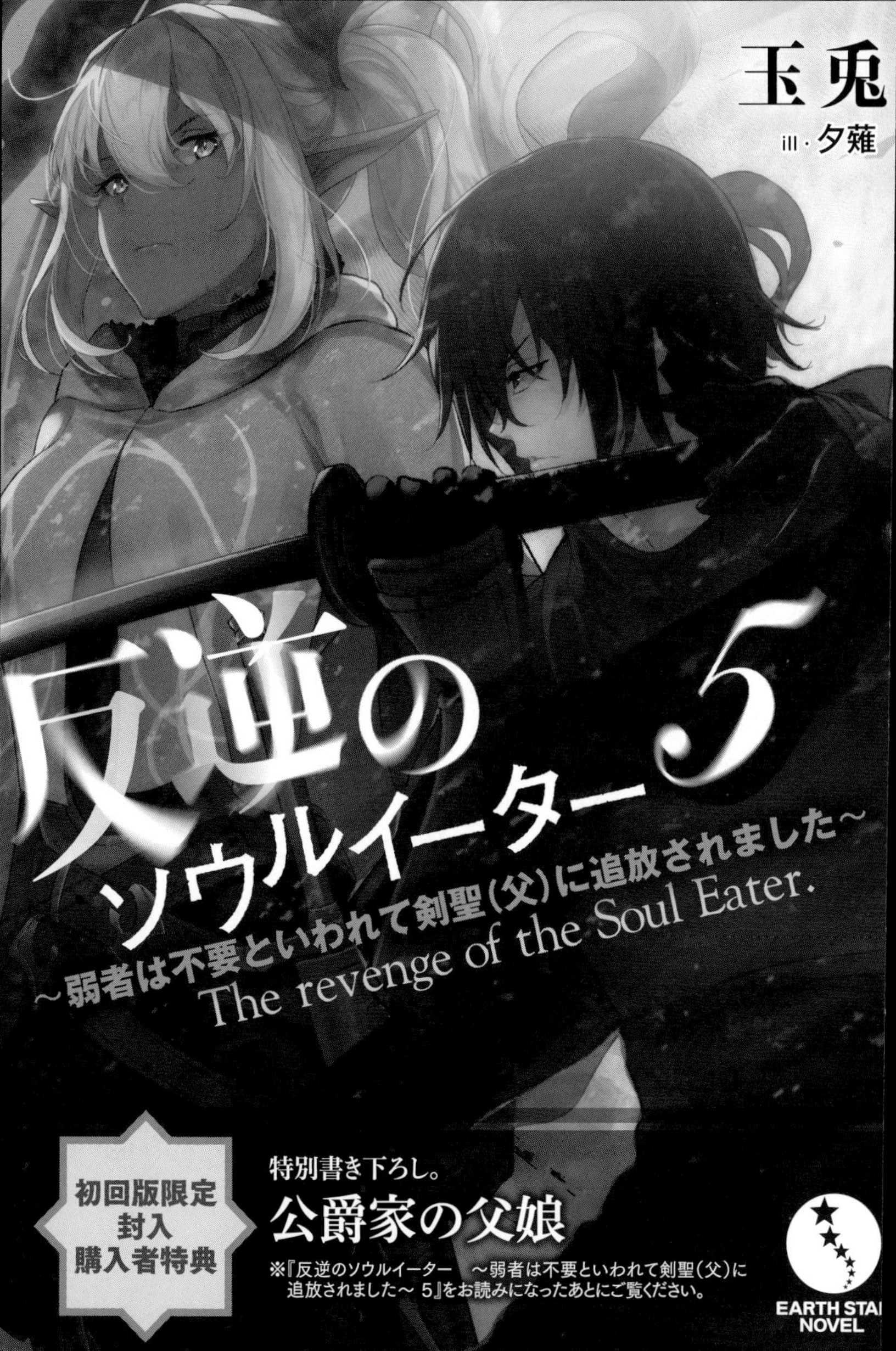
玉兎
ill・夕薙
反逆のソウルイーター5
～弱者は不要といわれて剣聖(父)に追放されました～
The revenge of the Soul Eater.
初回版限定
封入
購入者特典
特別書き下ろし。
公爵家の父娘
※『反逆のソウルイーター　～弱者は不要といわれて剣聖（父）に追放されました～ 5』をお読みになったあとにご覧ください。
EARTH STAR NOVEL

公爵家の父娘

それはまだソラが鬼ヶ島に向けて旅立つ前のこと。

その夜、王都ホルスにあるドラグノート公爵邸では、屋敷の主であるドラグノート公と娘のアストリッドが真剣な表情で言葉をかわしていた。

「——そうか。ソラ殿は陛下の申し出を受けてくれたか」

イシュカから帰ってきた娘の報告を聞いたドラグノート公は、安堵したようにソファに腰を沈める。

その父を見て、アストリッドは静かにうなずいた。

「はい、父上」

「事の次第はきちんと伝えてくれたのだろうな？」

「むろんです。このたび陛下がソラ殿に対して叙勲を仰《おお》せ出《い》だされたのは、クラウがイシュカに移住したことで、我が家と竜殺しの結びつきが必要以上に深まることを懸念されてのこと。このこと、包み隠さずお伝えしました」

それだけではない。国王がソラに与える士爵という爵位は、領地も俸給も付随していない名誉称号にすぎないが、それでも爵位は爵位だ。これから先、国王は爵位にかこつけてソラに様々な働きかけをおこなうだろう。このこともアストリッドはきちんと伝えている。

それを聞いたドラグノート公は確認するように再度問いかけた。

「それでもかまわぬと、ソラ殿は言われたのだな？」

「はい。クラウを迎え入れると決めた時から覚悟していたこと、どうかお気になさいませんように、と」

ドラグノート公は深々と息を吐き、眉間をもみほぐした。

　あの青年が地位や名誉、権力に財貨、そういったものに関心が薄いことをドラグノート公は知っている。余人であれば国王じきじきの褒章に欣喜《きんき》雀躍《じゃくやく》するであろうが、ソラにかぎって言えば、今回の一件は迷惑以外の何物でもないだろう。

　にもかかわらず、ソラは渋ることなく首を縦に振ってくれた。そこにドラグノート公爵家への配慮が含まれていることを察せない公爵ではない。

「娘を呪いから解き放ってくれたばかりか、政争から遠ざけるために一役買ってくれたソラ殿に、今度は政略上の配慮まで強いてしまうとはな」

　いったい何をもって報いればよいものやら、と悩むドラグノート公。

　と、難しい顔で考えこむ父公爵の様子をうかがっていたアストリッドが、ここでおもむろに口をひらいた。

「父上、おたずねしたいのですが、父上はクラウをどうなさるおつもりなのです？」

「む、どうとは？」

「本当にソラ殿に嫁がせるつもりなのか、とたずねています」

　真剣な表情で問うてくる娘を見て、ドラグノート公はつるりと顔をなでた。そして、自分も表情を真剣なものに改め、ゆっくりと口をひらく。

「そのつもりはない。クラウをイシュカに移したのは、宮廷の喧噪から遠ざけるための一時的な措置だ。クラウがソラ殿の家に移り住めば、縁談だ復縁だと騒ぎ立てる者たちも口をつぐもう。ソラ殿にはそのための協力を願ったにすぎぬ。ただ――」

　ここで言葉を切ったドラグノート公は、落ち着いた声音で続ける。

「もしクラウが望み、ソラ殿がそれを受け入れたのなら――あるいはその逆でもよいが、とにかくそういう運びになったとしても一向にかまわぬ、とは思っておる」

父の意図を聞いたアストリッドは、胸に手を置いてほうっと息を吐いた。

「それを聞いて安堵しました。クラウはずいぶんとソラ殿をお慕いしているようでしたから」

「む」

アストリッドの言葉を聞いたドラグノート公が、酢を飲んだような表情になる。一向にかまわぬとは言ったものの、娘が本当によその男を好いていると聞かされれば、父として思うところはあるのだ。

いずれそういう運びになるとしても、今はまだ「いずれ」の段階に留めておいてほしい。娘を手放すのはまだ早い。それがドラグノート公パスカルの切なる心境だった。

——長女と次女、二人同時とあってはなおさらだ。

公爵はちらと眼前の長女の様子をうかがう。当人は自覚していないようだが、ソラのことを語るときのアストリッドは、これまで公爵が一度も見たことのない表情をしている。

よりにもよって、とため息を禁じ得なかった。姉妹で同じ男性に惹かれることはなかろうに。

自分の娘たちが想い人をめぐって仲たがいする姿など見たくもない。その逆も、それはそれで見たくない。

さてどうするべきか、と熟考しはじめた父を見て、アストリッドは怪訝そうに声をかけた。

「父上？」

「むおう!?　な、なんだ、どうした？」

「い、いえ、心ここにあらずという体《てい》でしたので、どうしたのかと思いまして」

「いや、何でもない。何でもないぞ。報告ごくろうだったな、今日はゆっくり休んでくれ」

「はい、かしこまりました……？」

滅多に見ない狼狽した父の姿。

アストリッドはわけがわからず、不思議そうに首をかしげるしかなかった。

離を詰めるにはそのわずかな時間で十分だったらしい。

テパが体勢を立て直して顔をあげたとき、人間はすでにテパの眼前まで迫っていた。

息つく間もありはしない。何度目のことか、襲いかかる剣撃の雨をテパは懸命にしのいだが、すでにその息は荒い。くわえて、魔剣によって消耗を強いられたせいで集中を保つことも難しくなっている。

まずいとは思ったが、眼前の敵は逃げる隙を与えてくれない。

それ以前に、テパは逃げるわけにはいかなかった。人間の後ろで倒れている五人の同胞の姿に気づいたからである。すでに手遅れの者もいるが、まだ生きている者もいる。

ガーダにそそのかされ、ウィステリアの命令に背いた者たちであるが、それでも同胞には違いない。

せめて彼らが逃げる時間を稼がなければ――テパがそう思った瞬間、敵の剣がするすると蛇のように伸び、テパの首を貫こうと襲いかかってきた。反射的に剣を立てて防ごうとするテパに対し、敵はにわかに剣の軌道を変え、右のふとももをしたたかに斬り裂く。

「ぐあ!?」

派手に血しぶきがはじけ、仮面の下の顔が激痛で歪む。かすり傷と強がるには深すぎる傷であり、テパはこらえきれずにその場で膝をついた。

赤く濡れた敵の刀身が視界いっぱいに迫ってくるのを見て、テパは自分の首が刎《は》ね飛ばされることを覚悟する。

ところが、魔剣の切っ先が向けられた先は、テパの首ではなく、顔を覆う仮面だった。

乾いた音を立てて仮面が地面に落ち、テパの素顔があらわになる。人間の視線が自分の顔に向けられていることを感じ取ったテパは、無意識のうちに剣を持っていない左手で顔を覆っていた。

——ここでテパは妙な違和感をおぼえる。顔を覆った手の感触がいつもと違うように思えたのである。

だが、その違和感の正体を突き止めている時間はテパにはなかった。次の瞬間、今度こそ魔剣が首筋に押し当てられたからだ。

ごくりと息をのむテパの前で、人間はゆっくりと口をひらいた。

「ふむ、また同源存在《アニマ》持ちか。ダークエルフは同源存在《アニマ》を宿す秘儀でも持っているのかね。テパと言ったか、お前、こちらの問いに応じる気はあるか？」

「……殺せ」

自分が死ねば、その屍を触媒として悪霊が現界する。生身で勝てない以上、この敵を退けるには悪霊の力に頼るしかなかった。

恐怖がないわけではなかったが、どのみち、遠からず同じ選択をすることになるのである。それを思えば、ウィステリアの指揮下で同胞を助けるために散るというのは悪くない。少なくとも、草一つ生えない砂漠の只中《ただなか》で神獣に喰われるよりは、ずっと良い。

――それに、この人間とウィステリア様が出会うことは何としても阻まねば。テパは心中で強く思う。ウィステリアが負けるとは思わないが、この敵の底知れない力は、テパに「もしかしたら」という思いを強いてくるのだ。

覚悟を決したテパの顔を見て、尋問は意味がないと看取《かんしゅ》したのだろう。人間は無造作に言った。

「では遠慮なく」

滑るように刃を動かし、テパの首を断ち切ろうとする人間。だが、その刃がテパの首にもぐりこむ寸前、にわかに背後で夜気が動いた。

「逃げろ、テパ！」

異口同音に叫びながら人間に襲いかかったのは、ガーダに従った五人の悪霊憑きのうち、生き残っていた二人である。

完全な奇襲――というわけにはいかなかった。おそらく、人間は背後にも怠りなく気を配っていたのだろう。目にも留まらぬ速さで後ろに向き直ると、右に左に剣を振るってたちまち二人を斬り捨ててしまう。

ただ、ダークエルフたちもそのままでは終わらなかった。地面に倒れ伏すことなく、敵の腕に、あるいは刀身にしがみついていく。

文字どおり命がけで敵を阻みながら、二人はなおもテパに向けて叫び続けた。

「早く行け！」

「筆頭剣士《グラディウス》殿を任せたぞ！」

その声に背を蹴られるようにして、テパはその場から駆け出した。

ややあって、後方から二つの断末魔の叫びが聞こえてきたが、唇を引き結んで振り返る衝動をこらえる。

闇夜に溶け、木々の狭間を駆け、時には樹上に身を躍らせて、テパは走り続けた。ふとももの怪我は激しく痛みを訴えているが、止まるわけにはいかない。

もし足を止めれば、次の瞬間にはあの人間に肩を掴まれてしまうだろう。そう思ってテパはひたすら足を動かし続けた。

ようやくテパの足が止まったのは、前方から己の名を呼ぶ声が聞こえてきたときである。

「テパ殿!?　その姿はどうしたことだ!?」

それは先刻、ガーダ部隊の抜け駆けを知らせてきた人物だった。目を剥《む》いて驚きをあらわにする同胞の後ろには、ウィステリアや他の戦士たちの姿もある。

ただ、その数はリドリスを攻めた部隊の十分の一にも満たないものだった。どうやらウィステリアは先刻から北の方角で鳴り響く轟音を聞きつけ、精鋭のみを率いて先行してきたようである。

ウィステリアたちの姿を見たテパの胸に、助かったという思いと、ここもまだ危険だという思いが同時に去来した。

ウィステリアたちはいずれも驚いたように目を見開き、テパの顔を凝視していたが、テパはその驚きを傷だらけの自分の姿に対するものだと解し、意に介さなかった。それよりも先ほどの敵のことを伝えねばならない。テパは息を整える間も惜しんで口をひらいた。

「ウィステリア様、急ぎリドリスまで——いえ、アンドラまでお退きください！　ここは危険です！」

懸命に危険を主張するテパを見て、その動揺の深さを察したのか、ウィステリアはゆっくりとした口調で確認をとった。

「危険、ということは敵が迫っているのですね？」

「は、はい！　恐るべき敵です！　先行していた五人の同胞はすべて斬られました！」

それを聞いたウィステリアは、思わず、という感じで表情を険しくする。テパが口にした五人というのが、ガーダに従った五人の悪霊憑きであると悟ったのである。この短い時間で五人の悪霊憑きを倒し、テパにまで重傷を負わせた敵。とうてい看過できるものではない。

「敵はエルフですか？　それとも人間ですか？」

「人間です！　恐るべき手練《てだれ》が、たった一人で我らを……！　早く、早くお逃げください、ウィステリア様！　あれは危険です!!」

すがりつくようにして言い募るテパの顔を、ウィステリアは少しの困惑と多量の驚きをもって見返した。

たびたびガーダと角を突き合わせることからも分かるとおり、テパは直情的な性格の持ち主で、冷静や沈着という言葉はなかなか当てはまらない。だが、勇敢であることは疑いようがなく、そのテパがここまで狼狽《ろうばい》する姿を見せるのは信じがたいことだった。

信じがたいのはそれだけではない。

ウィステリアはじっとテパの顔を見つめた。当人は気づいていないようだが――悪霊に侵食されていたテパの顔が元に戻りつつあった。

完全に元の顔に戻っているわけではないが、侵食された面積は明らかに小さくなっている。一度《ひとたび》悪霊によって身体を侵食された以上、侵食面が広がることはあっても狭まることはないはずなのに。

ウィステリアとしては幾重にも問いを重ねたいところだが、それに応じる余裕がテパにないことは明白だった。ウィステリアはテパから事情を聞くことを諦め、配下に命じて後方へ下がらせる。

――テパに無理を強いるよりは、直接に問いただした方がはやいでしょう。

そんなことを考えながら、ウィステリアは前方の闇夜に呼びかけた。

「そこにいるのでしょう？　出てきなさい」

それを聞いた周囲の兵がそろって怪訝そうな顔をする。ウィステリアが呼びかけた方向にはただ夜の闇がわだかまるばかりで、鋭敏なダークエルフの感覚に触れてくるものは何もなかったからである。

だが。

「おや、気づかれていたか」

誰もいないはずの空間から応《いら》えがあった。

訝《いぶか》しげだった兵たちの表情は、たちまちのうちに警戒にとってかわられる。ダークエルフたちが剣を抜く鞘走りの音がこだまする中、悠々たる足取りで闇の向こうから姿を現したのは黒髪の人間だった。

夜そのものを凝縮させたような黒い剣を持ったその人間は、他のエルフには目もくれず、ひたとウィステリアを見据えてくる。

ややあって、その口元に笑みが浮かぶ。

三日月の形をした、背筋の凍るような笑みだった。

7

「皆、下がりなさい」

すらり、と腰の剣を抜き放ったウィステリアが周囲の兵に命令をくだす。何人かが驚いたようにウィステリアの顔をうかがったが、琥珀色の双眸に戦意を満たす筆頭剣士《グラディウス》を見て、慌てて後ろに下がった。

琥珀色の双眸が爛々《らんらん》と輝いているのは、ウィステリアが本気になったことの証である。剣士隊の中でそれを知らない者はいなかった。

下がった部下たちにかわって、ウィステリアはゆっくり前に進み出る。

何気ない動きに見えたが、わずかな足音も立てずに敵との距離を詰める姿は、密林を進む豹のそれだ。人間の方もそれを察したのか、三日月型の笑みを消して武器を構えた。

その相手に向けて、ウィステリアは静かに語りかける。

「私は始祖様より筆頭剣士《グラディウス》の任を賜りしウィステリア。人間よ、名前があるのなら名乗りなさい」

そう言ってウィステリアは剣の切っ先を静かに人間に向けた。殺意を込めて突きつけたわけではない。前方の空間にそっと置くような不思議な動作。

それを見た人間は戸惑ったように目を瞬かせたが、すぐに何事かに思い至ったようで、どこか面白そうな顔で口をひらいた。

「俺はソラだ」

短く名前だけを告げた人間――ソラはウィステリアにならうように、黒刀の切っ先を前方の空間に置く。

ウィステリアの長剣と、ソラの黒刀がゆっくりと近づいていき、空中で音もなく重なり合った。

一瞬の静寂。

次の瞬間、二つの刃が音を立てて激突し、嵐のような剣戟が始まった。

先に仕掛けたのはソラだった。黒刀を横なぎに振るってウィステリアの首筋を斬り裂かんとする。

ウィステリアは素早く剣を立てて、刀身の根元でこれを受け止めた。斬撃の強烈さに耐えかねたように刀身が大きく軋《きし》んだが、ウィステリアは眉ひとつ動かさず、相手の剣を音高くはじき返す。

そして、返礼とばかりに長剣の切っ先をソラの顔面に叩き込んだ。

ソラは素早く首を傾《かたむ》けてこれを避けたが、額にかかっていた髪が数本宙《ちゅう》を舞った。見切りを誤ったのか、あるいは完璧な回避が不可能なほどに鋭い刺突《しとつ》であったのか。

刺突を躱《かわ》したソラは、即座に袈裟《けさ》懸《が》けの反撃を試みる。

ウィステリアはたくみに身体をひねってこれを躱《かわ》したものの、直前のソラと同じく完璧な回避はできなかった。胸甲の表面に刀傷がはしる。

防具のおかげで手傷を負うことはなかったものの、敵の剣が届いた感触はウィステリアにとって心地よいものではなかった。表情こそ変わらなかったものの、琥珀色の両眼にはまばゆいほどの戦意がきらめく。

応じてソラの攻撃も勢いを強め、両者は真っ向から激突した。

「――ッ！」

「――!!」

声なき声が、気合となって双方の口からほとばしる。

互いの得物を力のかぎり叩きつけ、振り下ろし、受け止め、弾き返す。刀身が激突するつど、耳をつんざく鉄《くろがね》の咆哮《ほうこう》がこの場にいる者の鼓膜を揺さぶった。

時に技巧をからめて舞うように、時に力任せに殴り合うように。

両者の剣撃は一瞬ごとに色合いを変えながら、いつ果てるともなく続いた。

「……ばかな」

剣士隊のひとりが信じられぬと言いたげに声を震わせる。

ウィステリアは疑いなくダークエルフ最強の剣士である。かつて、アンドラに出現した堕ちた最上位精霊《フェニックス》さえ退けた英雄。ガーダのように、若い女性が筆頭剣士《グラディウス》として自分たちの上に立つことを快く思わない者も少なくないが、それでもウィステリアの実力を疑う者はいない。

そのウィステリアが人間相手に互角の戦いを強いられている事実は、歴戦の戦士たちの声を奪うに足りる変事であった。

そんな周囲の反応をよそに、ウィステリアとソラはなおも激しく剣を撃ち交わしていく。

その数が三十合を超え、五十合に達したとき、二人は計ったように同時に後方へ飛びのいた。

並の戦士なら一合ともたないであろう剛速の剣戟を交わし合った双方の額には、小さな汗の粒が光っていた。


――獣《けもの》のような剣ですね。

ウィステリアはソラと名乗った敵手の剣を内心でそう評した。敵の戦い方からは系統だった剣技の存在も感じられたが、それ以上に、相手の剣筋に込められた猛々しい意思が――こちらを喰い尽くさんとする肉食獣のごとき意思が、ウィステリアに消耗を強いてくる。

この人間と戦っていると、己が捕食者を前にした被食者になったような錯覚に襲われてしまう。それほどに敵の実力は強大であり、戦意は旺盛《おうせい》だった。

獣のような、という表現は決して誇張ではない。

ただ、その一方で、こちらの示した礼に応じるだけの器量も持っている。その事実が、より一層ウィステリアに警戒をうながした。

過去、ウィステリアが対峙した人間の中で、最大の強敵は聖騎士と呼ばれる教会戦力であったが、眼前の人間は確実にそれを超えている。

このような敵を相手にするとき、中途半端な対応は避けるべきだった。戦うなら戦うで、一対一にこだわらず、この場の全員でかかって討ち取るべきだろう。

逆に、テパの進言どおり退却するのなら、へたに刃を交えたりせず、今すぐ後ろを向いて駆け出すべきだった。

だが、ウィステリアはそのどちらも選べない。

アンドラの筆頭剣士《グラディウス》は油断なく長剣を構えながら、鋭い視線で相手を見据える。

脳裏に浮かぶのは先ほどのテパの姿だ。

テパが戦ったのは間違いなくこの人間である。テパはこの敵と戦い、敗れ、常にないほどに取り乱し――その結果、身体に巣食った悪霊《デーモン》の支配を少しだけ退けた。

テパ当人が自覚していなかったことから察するに、それを為したのはテパではなくこの人間であろう。おそらく、この人間は肉体のみならず精神を傷つける手段を有している。テパがこの敵に敗れたことで、テパの中に巣食っていた悪霊もこの人間に傷つけられたのだ。

その結果が、あのテパの顔である。ウィステリアはそう推測した。

テパによれば、先行した五人の悪霊憑きは全て斬られたとのことだったが、いまだに悪霊が現界した気配はない。このこともウィステリアの推測の正しさを物語っている。

――そう。この人間は悪霊を斬ることができるのだ。

この認識がウィステリアにもたらした衝撃は大きかった。当然だろう、長らく手がかりすら得られなかった悪霊祓いがにわかに実現性を帯びてきたのだから。

問題は、鍵を握る人物が今まさに殺し合いをしている相手である、という点だった。

ここで剣を引いて協力を願ったところで、向こうが応じてくれるわけはない。

それに、この人間は同胞を殺した相手だ。攻め込んだのがダークエルフの側である以上、同胞を斬られたと恨むのは筋違いであるが、それでも何のけじめもつけずに辞を低くして接するわけにはいかない。

であれば、選べる手段はただひとつ。この人間を打ち負かした上で、殺すのではなく虜囚とするのである。その後、リドリスなりアンドラなりに連れ帰り、命を保証する代わりに悪霊祓いに協力させる。

同胞を殺された者たちから強い反対の声があがるのは避けられないが、それは筆頭剣士《グラディウス》としての立場で押さえ込むことができるだろう。

――ただ、一つだけ拭えぬ不安がある。

ウィステリアの予想どおり、敵の攻撃が精神をも斬り裂くものだった場合、一太刀でも浴びればウィステリアもその影響を受けることになる。

そうなったとき、己の中に巣食う悪霊が他者の目に触れてしまうかもしれない。

そのことをウィステリアは恐れた。この事実が露見すれば、ウィステリアの願いはついにかなうことなく散ってしまうから。

だが、それを恐れてこの場を退けば、二度と機会はめぐってこないかもしれない。その焦りに背を押されるように、ウィステリアは剣の柄を握る手に力を込めた。

8

静から動への変化は急激だった。

鋭い踏み込みから放たれた筆頭剣士《グラディウス》の斬撃は神速の域。俺は敵の攻撃を十分に予測していたが、それでもなお反応が遅れた。

唸りをあげて振り下ろされる斬撃はいかにも速く、重く、回避を許さない鋭さを秘めている。俺は心装を掲げ、かろうじてこの一撃を受け止めたものの、体勢がととのっていなかったこともあって、剣勢におされて二歩、三歩と後退してしまう。

ウィステリアと名乗ったダークエルフはこれを好機と見たのだろう、一気に踏み込んできた。息つく間もない斬撃の嵐に、俺はたちまち防戦一方に追い込まれる。

苛烈な敵の攻撃をあるいは受け止め、あるいは躱《かわ》しながら、俺はその場に踏みとどまって反撃の機をうかがい続けた。

だが、敵の連撃は完璧であり、まったく付け込む隙が見出せない。

――強い、と思った。

俺は決して手を抜いているわけではない。後で捕虜にする都合上、幻想種と戦ったときのように全力を振りしぼっているわけではないが、それでも心装使いと真っ向から戦える程度の力は出している。

その上で強いと感じたのだ。

ウィステリアの剣は一撃一撃が重く、速く、そして巧《うま》い。俺は先ほどから勁技《けいぎ》を使っていないが、これは無理をして勁技《けいぎ》を使おうとすれば、その瞬間に手痛い反撃を食らうのが目に見えていたからである。

それでも勁《けい》による身体強化はおこなっているので、普通の相手なら力と速さで強引に押しきることもできるのだが、こちらについてもウィステリアは俺に追随してきた。

魂の量から推測するに、ウィステリアもさっきの連中と同様、同源存在《アニマ》を宿しているのは間違いない。先に戦ったダークエルフたちは明らかに同源存在《アニマ》を統御できておらず、力の発現も不安定だったが、ウィステリアの力は非常に安定している。

ともすれば、青林旗士と戦っているような錯覚にとらわれるほどだ。

その事実に自然と口の端が吊りあがる。ここまでの使い手はそうそうお目にかかれるものではない。幻想一刀流とは異なる剣技というのも新鮮である。

——欲しい、と思った。

クライアを解放してからこちら、ずっと欠員になっていた稽古の相手役も、この敵なら務められるだろう。おまけに同源存在《アニマ》を宿す魂の供給役という、クライアには求められなかった役割も求めることができる。

そう考えた俺は、それまで心装で防いでいた敵の斬撃を無造作に左手で受け止めた。血しぶきが弾け、親指と人差し指の間に深々と刀身がめりこんでいく。

「な!?」

思わず、という感じでウィステリアが驚きの声をもらした。さすがのダークエルフも、激闘の最中に素手で剣を受け止めるという奇行を予測することはできなかったようだ。

「捕まえたぞ」

にぃ、と笑って刀身を握りしめる俺を見て、ウィステリアはハッと我に返ると、慌てて剣を引こうとした。もちろん俺はそれを許さず、しっかりと刀身を握りしめる。

敵の剣はかなり強力な魔法を帯びているらしく、勁《けい》で防御した俺の手を斬り裂いてくるが、それでも俺は手の力を緩めなかった。

このままでは左手の指をすべて失いかねないが、そうなったらそうなったで、ソウルイーターの力で復元すればよい。そのことを知らないウィステリアにしてみれば、俺の行動はさぞ不気味に映ったに違いない。

長剣を諦めて俺と距離をとるべきか否か、ウィステリアは束の間逡巡《しゅんじゅん》する。

その迷いを俺は見逃さなかった。

右手に握った心装を真下へ突き下ろし、ウィステリアの左足を地面に縫いとめる。

「ぐぅ!?」

ダークエルフの顔で苦悶が弾けた。

これでウィステリアは逃げようにも逃げられなくなった。身動きを封じられた形の筆頭剣士《グラディウス》は、ここで長剣を諦めて懐から小剣を取り出す。

それを使ってなおも反撃を試みようとする相手に対し、俺はそうはさせじと足を縫いとめられた敵の身体に覆いかぶさっていった。

短くも激しい格闘の末、小剣を奪い取ることに成功した俺は、奪った小剣をそのままウィステリアの首筋に突きつける。足に刺さった心装がウィステリアの動きを妨げていなければ、もう少し手こずっていたかもしれない。

「勝負あり、ということで構わないな、筆頭剣士《グラディウス》とやら」

その声に応じてウィステリアが顔をあげる。その顔は苦痛に歪んでいたが、こちらを見据える琥珀色の瞳はまだ力を失っていない。

その口がゆっくりとひらかれ、短い問いが発された。

「……あなたの力はいったい何なのですか？」

「それはこちらの台詞だ。お前たちはいったい何だ？　同源存在《アニマ》を宿した者が五人も六人もいるとなると、偶然というわけではないだろう」

「アニ、マ？　それは――ぐっ！」

なおも言葉を続けようとしたウィステリアの顔が苦悶で歪む。心装はいまだウィステリアの足に突き刺さったままだ。こうしていると継続的に魂が流れ込んでくる。逆に言えば、ウィステリアは継続的に魂を喰われていることになる。

「素直に敗北を認めれば引き抜いてやってもいいんだが、どうする？」

「……あいにくと、私にも負けられない理由があるのです。できれば、この手だけは使いたくありませんでしたが……事ここに至ればやむをえません」

その言葉を終えた途端、不意にウィステリアの顔がめきりと歪んだ。

それを皮切りに、見とれるほどに秀麗だった妖精族の美貌が崩れ、何か得体の知れないものが表面にあらわれはじめる。

それは、強いていえば獅子に似ていた。ただ、本来の獅子から感じられる勇壮さや力強さは欠片《かけら》も感じられず、ひどく歪んだ容姿は醜悪の一語に尽きる。元の素顔が綺麗であるだけに、よけいに醜悪さが際立っている感があった。

同時に、ウィスティリアの身体からこれまでに数倍する力の拍動が伝わってくる。

もしかすると、ウィステリアは鬼ヶ島で戦ったオウケンのように肉体を変化させるタイプの心装使いなのかもしれない。

「ちぃ！」

まさか、ここに来て心装を出してくるとは思っていなかった俺は――出せるならもっと早い段階で出していると思っていた――舌打ちしつつ、ソウルイーターを手に後ろに下がった。

ウィステリアという人質がいなくなった格好なので、周囲のダークエルフが襲ってくるかと思ったが、どうも連中は俺以上に指揮官の変貌に混乱している様子である。

いったいどういうことなのか、と訝《いぶか》しんでいる間にもウィステリアの身体は変化し続けていた。

「あぐぅ!?　あああ、ああああああ!!」

苦しげな声が発されるたび、恐ろしい勢いで妖精の顔が獅子に侵食されていく。それはたちまちウィステリアの半面を覆った。

同時に、その身体が跳ねるように宙へ飛んだ。

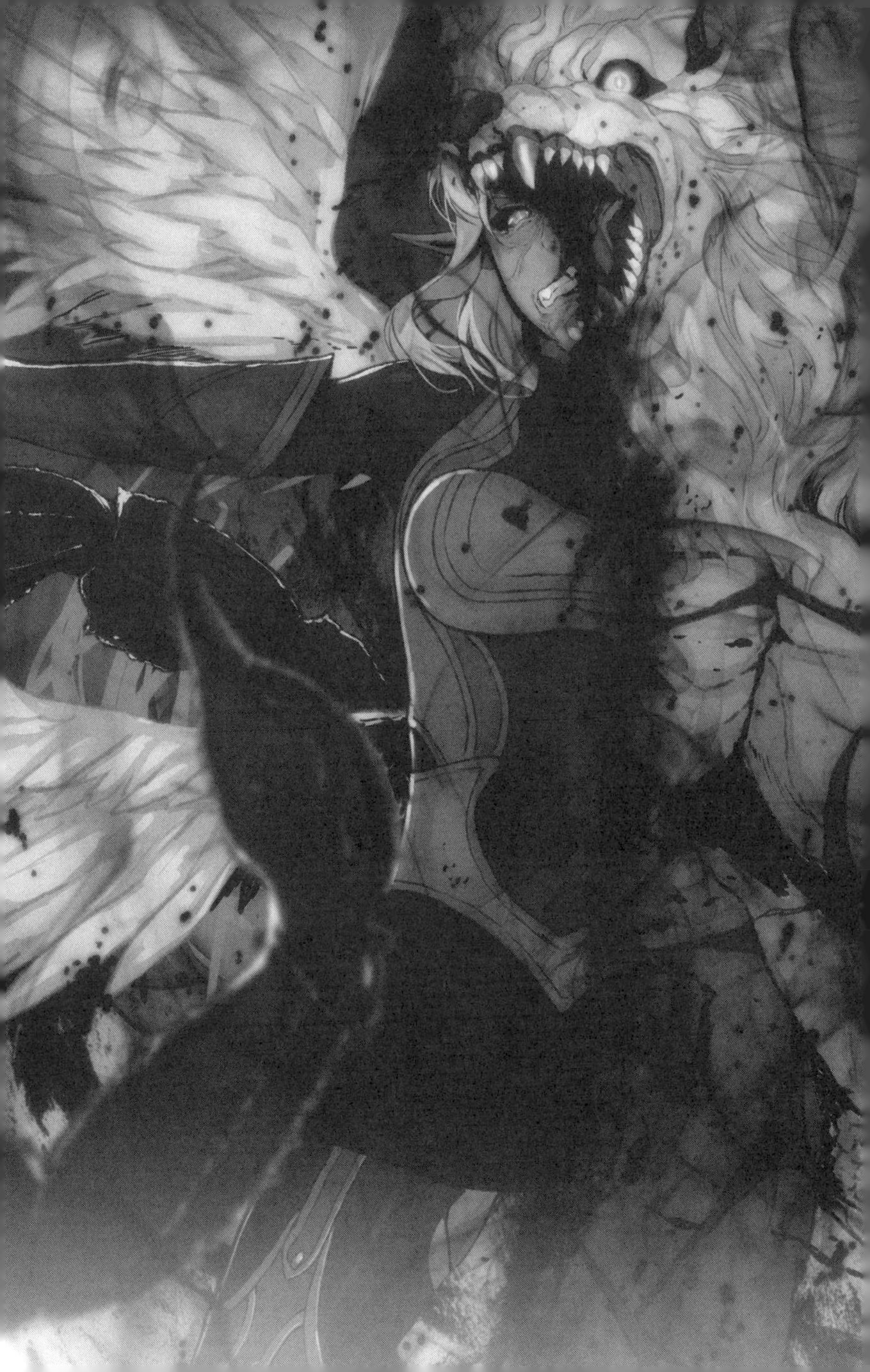

空中からこちらを見下ろす獅子の半面が、いかにも愉《たの》しそうにニタリニタリと笑み崩れている。

一方で、妖精の方の半面は苦痛にもだえるように歪んでいる。

と、またしてもダークエルフの身に変化が起きた。みるみるうちに身体が膨《ふく》れあがっていき、糸杉を思わせる外見がオークのごとき巨躯《きょく》に変貌していく。

ウィステリアが身に着けていた防具はたまらず弾け飛び、ちぎれ飛んだ衣服の下から異形の肉体があらわになる、獅子の頭と獅子の腕。脚には猛禽《もうきん》を思わせる羽と爪が備わり、背中にはこれも猛《もう》禽《きん》を思わせる四枚の羽が広がっている。臀部《でんぶ》からは二種類の尾が伸びて、たわむれるように絡まり合っていた。

見たことのない魔物である。

だが、聞いたことはあった。ルナマリアが集めたベルカの情報の中にこれと似た魔物の話が含まれていたのだ。

正確にいえば、それは魔物ではなく魔神であり、さらにいえば現実よりも伝説に属する話である。

いわく、それは砂漠を駆ける悪しき風。

獅子の顔と腕を持ち、鷲《わし》の脚と羽を持ち、蠍《さそり》と蛇《へび》の尾を持つ熱砂の王。

熱病と蝗害《こうがい》をつかさどるその魔神の名は――

「風の王パズズ、だったか？」

なかば独り言だったそのつぶやきを、どうやら魔神は耳ざとく聞き取ったらしい。

俺の言葉を肯定するように、ニィ、と不気味に笑う。

そして。

「ヒイイイ！　ヒヒイイイイイ!!」

次の瞬間、ウィステリアのものだった口から、これまでとはまったく色合いの異なる叫喚《きょうかん》がほとばしった。


同時刻。

カタラン砂漠の一角で山のような影がうごめいた。

降り続く降砂によって『それ』の全貌《ぜんぼう》をとらえることは難しい。だが、『それ』が途方もなく巨大であることはわかる。

降砂のヴェールを透かして浮かび上がる姿形《シルエット》は犀《さい》に似て、見る者を圧倒する重厚感をただよわせている。

『それ』は東の方角を見ていた。

臭いがするのだ。世界に叛《そむ》いた愚か者たちが発する、鼻が曲がるような悪臭が。

『それ』はゆっくりと身体の向きを変える。

東へ——人間たちがベルカと呼ぶ街に向かうために。

第五章　その名は

1

俺はソウルイーターを手にしながら、空中で耳障りな咆哮をまき散らしている魔神を見据える。

はじめ、俺はあの魔神をウィステリアの心装だと考えていたが、こうして対峙してみると、同源存在《アニマ》の意識がより前面に出ているように見える。

先ほどのウィステリアの言葉から推測するに、一時的に身体の支配権を同源存在《アニマ》に譲り渡した、というところだろうか。そして、他のダークエルフはそのことを知らなかった。

ちらとダークエルフたちを見やると、口々に何かを叫びながら、蜘蛛の子を散らすようにこの場を離れようとしている。ウィステリアの変貌は、よほど彼らにとって衝撃的であったようだ。

ダークエルフにとって同源存在《アニマ》は相当に忌まわしい存在であるらしい――と、そこまで考えた俺は、軽くかぶりを振って諸々の推測を払い落とした。

そもそも、あの魔神が本当に同源存在《アニマ》なのかもわかっていない。何もわかっていない状況で推測に推測を重ねても、正解にたどりつくことはできないだろう。

下手の考え休むに似たり。そんな無駄なことをするくらいなら、さっさとあの魔神を叩きのめして、ウィステリアから話を聞いた方が建設的というものだ。

と、そんな俺の考えを読み取ったわけでもないだろうが、空中に浮かぶ魔神が咆哮を止め、針のような眼光を向けてきた。

その視線に射抜かれた瞬間、かすかな悪寒が背筋を走る。もしかしたら視線による魔術――邪眼のたぐいを使われているのかもしれない。伝説に名を残す存在であるからには、その程度のことは簡単にやってのけるだろう。

軽く心装を一振りして、身体にまとわりつく魔力を払いのけた俺は、正面から魔神を見返した。

魔神の醜貌と妖精の美貌を併せ持つ敵の身体からは、溶岩のように煮えたぎる魔力が滾々《こんこん》とあふれ出ている。魔神を守るように強風が吹きすさび、あたかも竜巻の中に呑み込まれたかのよう。

触れただけで肌が切れてしまいそうな、熱く乾いた砂漠の風。

一連の変異を目撃していなければ、間違いなく幻想種だと判断したに違いない。

そんなことを考えながら、俺は魔神に向けて一歩を踏み出した。

凝縮した勁《けい》を両足に込め、おもいきり足元の地面を蹴りつける。

ダンッッ、と重い音が響き渡った次の瞬間、弾けるような勢いで空中に躍り出た俺は、たちまち魔神を間合いの中におさめた。

とらえた。その確信と共に刃を振り下ろす。

と、そのとき、不意に緑色の光が魔神の身体を包み込んだ。

それは濃密な魔力で編まれた防壁《シールド》。鉄や鋼はもちろんのこと、魔力付与《エンチャント》された武器さえはじき返す魔神の鎧。これあるかぎり、魔神を傷つけることは至難の業であるに違いない。

その推測を肯定するように、魔神はこちらの斬撃を躱《かわ》す素振りを見せなかった。人間ごときに自分を傷つけられるわけがない、という内心の声さえ聞こえてきそうである。

──だが、ソウルイーターの刃はたやすく至難《それ》を喰い破る。

「殺《シャア》!!」

気合と共に振り下ろした心装は正確に魔神をとらえた。

「ギヒイイイイイ!?」

したたかに身体を斬られた魔神の口から、驚愕と苦痛が入り混じった咆哮がほとばしる。

鷲《わし》を思わせる四枚の翼を激しくはためかせながら、俺と距離をとろうとする魔神に対し、俺は勁《けい》による空中歩法を用いて鋭く肉薄した。

「ゴアアアアッ！」

こちらの接近を嫌ったのか、魔神の下半身から伸びた二本の尾が鋭利な先端を向けて突きかかってくる。それぞれの先端で濡れたように光っているのは、間違いなく毒液のたぐいだろう。

毒槍にも似た攻撃を躱《かわ》し、次いで襲ってきた爪による攻撃も回避した俺は、そのまま相手の懐《ふところ》に飛び込んだ。

そのまま横薙ぎの一閃で魔神の胴体を両断することもできたが、それをすると魔神ごとウィステリアの命を断ち切ってしまうかもしれない。

そう考えた俺は心装ではなく拳による打撃に切り替える。

「ハッ!!」

左の拳にありったけの勁《けい》をまとわせ、全力の正拳を叩き込む。突き出された拳は、再び展開された魔神の防壁《シールド》を貫いて正確に本体をとらえた。

ガズンッッ!!　と鉄がひしゃげるような異音がとどろき、魔神の身体が鞠《まり》のように吹っ飛んでいく。

そのまま地面に叩きつけられるかと思われたが、寸前、魔神の翼が大きくはためいて地面との激突を回避した。

魔神は激しく翼を動かしながら、再び空に舞い上がってくる。

その姿に先刻までの余裕はない。魔神は、今や誰の目にもわかるくらい激怒していた。こちらを見据える両眼は滴《したた》り落ちんばかりの憎悪で満たされている。

「グゥゥリィィイイイイッ!!」

爛々と目を光らせた魔神の口から、何度目のことか、たけだけしい咆哮がほとばしった。

背に生えた四枚の翼があわあわしい赤光《しやっこう》に包まれる。明確な攻撃の予兆。直後、魔神の翼から無数とも思える羽根が発射され、横薙ぎの豪雨となって俺に殺到してきた。

もちろん、ただの羽根ではないだろう。一本一本に魔力を通した羽根は、おそらく板金鎧《プレートメイル》さえ貫く鋭さを秘めている。これに直撃されれば、人間の身体など原形も残るまい。

俺は心装の切っ先を真横に向けて突き出し、迫りくる羽根の雨めがけて、掬《すく》い上げるような斬撃を放った。

幻葬《げんそう》一刀流　颶《つむじかぜ》。先刻と同じ技をもう一度、今度は全力で振るう。

轟然たる響きをあげて宙を駆ける風の勁技《けいぎ》が、殺到する魔神の羽根と空中で激突する。

とたん、耳をつんざく異音が激しく鼓膜を揺さぶった。俺と魔神、双方の魔力がせめぎあって空間が軋《きし》んでいるのだ。

音が消えたのは一秒後か、あるいは二秒後だったろうか。

短くも激しい攻防の末、魔神の攻撃を吹き散らした颶《つむじかぜ》は、そのまま魔神に襲いかかった。

「ルゥオオオォォォオオオオ!?」

竜巻のごとき突風の直撃を受け、魔神は両手で顔を覆って咆哮を――いや、悲鳴をあげた。四枚の翼が風の刃によって引き裂かれ、飛び散った羽根が花びらのように夜空を舞う。

この機を逃す手はないと、俺は宙を蹴って魔神に迫る。

一直線に向かってくる俺の姿に気づいたのだろう、魔神が張り裂けんばかりに赤眼を見開いている。

次の瞬間、俺は心装の峰《みね》の部分を用いて、魔神を地面めがけて叩き落とした。

2

それはウィステリアにとって人生で最悪——いや、二番目に悪い夜だった。

自分の口から、自分のものではない咆哮がほとばしる。

『グゥリィィイイイイイッ!!』

自分の口から、自分のものではない哄笑が湧きおこる。

『ヒイイイイ！　ヒヒイイイイイイ!!』

奈落の底より這い出でて、森を狂わせ、精霊を狂わせ、人を狂わせる魔性。おのれに憑りついたそれが自由を得て暴れている。

そして、それを許したのはウィステリアだった。

ガーダが推測していたとおり、ウィステリアは悪霊憑きだったのである。それも昨日今日の話ではない。父が死んだ日から——いや、父を殺した日から、悪霊はずっとウィステリアの中に巣食い続けている。

今日まで懸命に押さえ込み、封じ込めてきたものをウィステリアは解き放った。

己の力だけでは勝てない相手を、悪霊の力を利用して打ち倒すために。

そう、利用だ。ウィステリアは己の命を捨てて悪霊を現界させようとしたわけではない。

悪霊はウィステリアの身体に深く根を下ろしており、隙あらばウィステリアの身体を乗っ取ろうとしている。これまで、ウィステリアは強靱な意思でそれを制してきた。

ウィステリアという蓋が外れれば、悪霊は待ってましたとばかりに身体を乗っ取り、暴れまわるだろう。

その悪霊と対峙するのはソラと名乗った人間の戦士である。

両者は激しく戦うだろう。普通ならば人間が悪霊相手に戦えるはずもないが、ソラと剣を交え、悪霊すら斬り裂く武器をその身に受けたウィステリアは確信していた。

両者が戦えばソラが勝つ、と。

ただ、勝つにしてもまったくの無傷ということはないはずだ。悪霊はソラに相応の消耗を強いる。ウィステリアはソラに敗れた悪霊から身体の支配を奪い返し、消耗したソラと再度の戦いにのぞむ。

それがウィステリアの考えだった。

——穴だらけの考えであることは、誰よりもウィステリア自身が理解している。だが、あのままソラに敗れていれば、その場で首を刎《は》ねられるか、侵略者の指揮官として衆人環視の中で処刑されるか、あるいは虜囚として慰み者にされるか、いずれにせよ先はなかった。

それよりは、どれだけ可能性が低くとも悪霊を利用する方が成算があると踏んだのである。

仮にすべてがうまく運んだとしても、ウィステリアが悪霊憑きであると知った同胞たちはウィステリアを許すまい。ウィステリアは長年にわたって彼らを騙してきたのだから当然だ。

それでも、同胞に悪霊を祓《はら》う可能性を残すことができるなら、己の生にも意味はあったのだと信じることができる。

父の死にも、母の死にも、意味はあったのだと信じることができる。

そのためにも、完全に悪霊に飲み込まれるわけにはいかない。ウィステリアは自らをしかりつけ、ともすれば消えてしまいそうな意識を必死につなぎとめながら、ソラと悪霊の戦いが終わるときを待った。

それは悪夢にも似た体験だった。

悪霊と半ば融合しているウィステリアは、悪霊の驚愕、苦悶、憤怒をじかに感じとってしまう。感情ばかりではない。ソラが悪霊に与えた攻撃は、すべてウィステリアに伝わってきた。斬られ、打たれ、蹴られ、突かれ――全身、傷ついていない所はないというくらいに痛めつけられた。

ある意味、悪霊とソラの双方から責め立てられているようなものである。

いっそ気を失ってしまえば楽だったかもしれないが、それをすれば自分は本当に悪霊に飲み込まれてしまうだろう。ウィステリアはそう考え、抗い続けた。

その抵抗が終わったのは、間もなく夜が明けようかという頃である。

夜を徹した戦いの末、悪霊は四枚の翼を引き裂かれ、二本の尾を引きちぎられ、手足の爪を粉々に砕かれ、四肢をあらぬ方向に曲げられた。凄惨としか言いようのない姿は、逆に言えば、悪霊の底力を示している。ここまでされなければ抵抗を止めようとしなかったのだ。

恐るべき生命力と言えたが、より以上に恐ろしいのは、ここまで悪霊を追いつめた者であろう。

ソラは傷らしい傷もなく、傲然《ごうぜん》とした面持ちで倒れた悪霊を見下ろしている。

この時点で、ソラに散々に打ちのめされた悪霊は極度に消耗していた。それはウィステリア《ウィステリア》の予測どおりだったが、ウィステリア自身、すでに余力はかけらも残っていない。

悪霊から身体を奪い返し、悪霊との戦いで消耗したソラを倒すなどとうてい不可能な話だった。

――やはり、無謀な賭けでしたか。

ウィステリアは内心で自嘲する。

視界の中で、ソラが魔剣の切っ先をこちらに向けてくるところが見えた。夜闇を思わせる黒の刃に明確な死を感じながら、ウィステリアは小さく息を吐く。

そこに込められていた感情は、恐怖ではなく安堵。

何ひとつ成せずに死ぬことは口惜しいが、この人間に殺されれば、死後に悪霊と化して同胞を傷つけることはなくなる。長らく悪霊憑きであることを隠してきたウィステリアにとって、それこそが最悪の結末だった。

このまま死ねば、その最悪を避けることはできるのだ。その事実をせめてもの慰めとして、ウィステリアは己の死を受け入れる。

筆頭剣士《グラディウス》の意識はゆっくりと闇に落ちていった。悪霊のうめきをすぐ近くに感じながら……


それから、どれくらいの時間が過ぎただろうか。

どこからかチュンチュンと小鳥のさえずりが聞こえてくる。そのさえずりに唱和するように、かすかな葉ずれの音がウィステリアの耳朶《じだ》を揺らした。

どうやらここは森の中であるらしい。頭上から差し込んでくる木漏れ日が視界を明るく照らし、木々の隙間をぬって吹きつけてくる風は撫ぜるように頬を通り過ぎていく。

それらはウィステリアにアンドラの森を——もっと言えば、父母と共に過ごした日々を想起させた。久しく感じていなかった安らぎが胸裏《きょうり》を満たす。

「……ああ」

自分でも理由のわからない嘆声をこぼしたウィステリアは、ゆっくりと身体を起こした。

どこにいるのかはわからない。何が起きているのかもわからない。それでも、自分が生きているのは確かであるらしい。

そう思ったウィステリアが、きゅっと目をつむったときだった。

「目が覚めたのなら、周囲の確認くらいはするべきだと思うがな」

「――ッ！」

とっさに声が聞こえてきた方向を見やったウィステリアは、そこに見覚えのある人間の姿を認めて、バネ仕掛けの人形のように跳ね起きた。

すぐ近くに敵がいたのだ。おまけに、人間の近くには藍色の鱗を持つワイバーンの姿まである。跳ね起きたのは、ウィステリアとしては当然の反応だった。

ただ、その行動によって、それまでウィステリアの身体を覆っていたローブがはらりと地面に落ちてしまったのは、ウィステリアの予期しえぬところだった。

ウィステリアが着ていた戦衣も、防具も、昨夜の戦いですべて失われている。今、地面に落ちたローブはウィステリア以外の誰かのものだ。それが誰の物かはさておき、ローブが地面に落ちてしまえば、ウィステリアの身体を隠すものは何もない。

後に残るのは、生まれたままの姿をさらす一人のダークエルフだけだった。

「――――な、ふぇっ!?」

状況を把握したウィステリアの顔が一瞬で真っ赤に染まり、自分でもよくわからない声が口をついて出る。

戦いの最中に衣服が剝《む》けたのであれば、ここまで狼狽することはなかっただろう。だが、目覚めたときに感じた穏やかな空気が、心のやわらかい部分をむき出しにした直後だっただけに、ウィステリアは湧きあがる羞恥《しゅうち》の感情をおさえることができなかった。

昨日まで悪霊に侵食されていた腕や脚の一部も元に戻っていたが、それに気づく余裕もない。

人間――ソラはそんなウィステリアを見やりながら、小さく肩をすくめた。

「ローブを拾っていいぞ。まあ、そのままの姿でいてくれても一向にかまわないけどな」

「……っ」

ウィステリアはソラを警戒しつつ、地面に落ちていたローブを拾い上げた。

その後、改めてローブで裸身を隠したウィステリアは、距離を置いてソラと対峙《たいじ》する。

眉根を寄せているのは、どういう表情をすればよいかが分からなかったからである。

ソラにこちらを傷つける意図がないことは察せられる。そのつもりならとうに襲いかかってきているだろうし、そもそもこちらが寝ている間に、斬るなり、犯すなり、いくらでも行動できたはずだ。

それをしていないということは、その意思はないのだと判断できる。

ただ、だからといって親切心で助けてくれたわけでもないだろう。当然だ。ウィステリアはソラにとってただの敵であり、おまけに悪霊に変異することも知っている。そんなダークエルフを、親切心で助ける人間などいるわけがない。

とるべき行動に迷うウィステリアとは対照的に、ソラは迷う素振りもみせずに本題を切り出した。

「訊《き》くが、同源存在《アニマ》という言葉を知っているか？」

ウィステリアは逡巡したが、意を決して相手の問いに応じる。

「……いえ、その言葉を聞いたことはありません」

「ふむ。それならダークエルフは昨夜の魔神のような存在を何と呼んでいる？」

問われたウィステリアはまたしてもためらったが、ここで口をつぐんでも仕方ないと考え、ためらいを振り払った。

「悪霊《デーモン》。私たちはあれらをそう呼んでいます」

「悪霊か、なるほど。忌まわしいもの、危険なもの、そういう認識なわけだな」

納得したようにニ度、三度とうなずくソラに対し、ウィステリアは自分の方からも問いを向けることにした。

「こちらからも訊《き》きたいことがあります。かまいませんか？」

「かまわない。答えられるかどうかはわからないがね」

「それで結構です」

ウィステリアはじっとソラを見つめた。

こうして向かい合っていると、いやおうなしに昨夜の戦いが脳裏をよぎる。

ウィステリアは相手に気づかれないよう、強く両の拳を握りしめた。そして短く問いかける。

「あなたの目的は何ですか」

3

——あなたの目的は何ですか。

ウィステリアに問われた俺は、迷うことなく応じた。

「そちらが悪霊と呼んでいるものについて興味がある」

「興味、ですか？」

「ああ、興味だ。だから、話を聞くためにお前を生かしておいた」

それを聞いたウィステリアはかすかに眉根を寄せ、手足の一本も縛られていない己の身体を見下ろす。

「……危険だ、とは思わなかったのですか？　私がいつ意識を取り戻して襲いかかるとも知れず、そうでなくとも悪霊が現界——私の身体を奪って、また暴れ出す可能性もありました」

「同源存在《アニマ》を統御できない使い手。使い手に統御されていない同源存在《アニマ》。どちらも恐れるに足りないな。大言壮語でないことは、昨夜証明したはずだ」

俺の言葉にウィステリアは一言もなく押し黙る。

ただ、すぐに気を取り直したように口をひらいたのは、俺とのやり取りに大きな価値を認めているからだろう。

「アニマ。先ほどもその言葉を口にしていましたね」

真剣な表情でこちらをうかがうウィステリアにうなずきを返す。

「ああ。おそらく、そちらの言う悪霊と同じものだと考えている」

「アニマを統御できない使い手を恐れる理由はない、と言いましたね。そして、アニマと悪霊は同じものである、とも。つまり……あなたは悪霊を統御することができる、と言っていることになります」

その言葉を口にするとき、一瞬ウィステリアの声が震えたような気がした。

それがいかなる感情によるものかはわからない。俺にできるのは率直に答えることだけである。

「そのとおりだ。もちろん、使い手の努力次第ではあるがね」

「努力、ですか」

ウィステリアはすっと目を細め、射るような眼差しを向けてきた。

「私は悪霊に憑《つ》かれて以来、ありとあらゆる努力を重ねて悪霊を祓《はら》おうとしてきました。それこそ命がけで、です。それでもかなわなかったことを、ソラ、あなたはかなえることが出来るというのですか?」

ウィステリアの声は重い。無意識のうちにそんな声が出てしまうくらい、ウィステリアは懸命に己の内に巣食う魔神と戦い続けてきたのだろう。それでも魔神を祓《はら》うことはできなかった。敵である俺が「それは可能だ」と言ったところで、はいそうですかとうなずけないのも無理はない。

——これに関して俺の見解を述べれば、ウィステリアの問題は努力の方向性にある。

同源存在《アニマ》とは心の中、魂の奥に棲《す》むもう一人の自分。いかなるごまかしも欺瞞《ぎまん》もきかない裸の本性。

あの魔神は得体の知れない悪霊などではなく、ウィステリアの半身に他ならない。憑りつかれたわけではないのだから、祓《はら》うこともできないわけだ。

悪霊を祓《はら》おうとしたウィステリアの努力が実らなかったのは、ある意味、仕方のないことであった。

そういった諸々を、俺は時間をかけてウィステリアに伝えていく。説得力を高めるため、ウィステリアの眼前であらためて心装を抜くこともした。

どうして自分の手の内を明かすような真似までして、敵であるウィステリアに情報を与えているのか。それはもちろん、ウィステリアから情報を引き出すためである。

何かを欲するならば、先《ま》ずこちらが与えなければならない。

向こうは無法な侵略者の指揮官なのだから、捕らえて尋問なり拷問なりにかけるという手段もあるだろう。だが、おそらくウィステリアにその手の行為は通用しない。かえって貝のように口を閉ざすだけだ。

ウィステリアは部下を殺した人間相手《おれ》に、いきなり斬りかかってくるのではなく、わざわざ名乗りをあげて剣を合わせてくるような性格である。こういう人物には鎖や鞭よりも、誠意をもって当たった方がよいだろう。

それに、この対応はウィステリアの器量をはかる試みにもなっている。

捕らえた敵の指揮官を殺しもせず、縛りもせず、傷の治療をした上で懇切丁寧に向こうの疑問に答えてやっているのだ。ここまでしてもこちらの問いに口をつぐむような相手なら、かえって遠慮なく振る舞えるというものだ。

――この俺の考えは図に当たった。ウィステリアは俺の求めに応じて、自分が知る情報をできるかぎり明かしてくれたのである。

悪霊。アンドラ。始祖。奈落。堕ちた精霊。悪霊憑き。神獣。

そういった単語がダークエルフの口から語られ、俺はウィステリアを取り巻く事情のおおよそを知るに至る。

予想していたこともあれば、予想していなかったこともある。とくにベヒモスがダークエルフにとっても敵であるというのは、俺にとって驚きだった。てっきりアンドラを守る守護獣みたいなものだと思っていたのだが、実態は正反対であるらしい。

神獣というのは神の獣という意味で、一見すると美称に思えるが、こちらもダークエルフにとっては正反対の意味になるらしい。

神を敵視する妖精族。ノア教皇がラスカリスを強く警戒していたのは、相手が不死の王だから、というにとどまらず、もっと深い理由があるのかもしれない。そのあたりの情報も聞きたく思ったが、さすがにラスカリスについてはウィステリアの口も重かった。

強引に聞き出すこともできないわけではないが、そこまで焦る必要もないだろう。ここまで手に入れた情報だけでも十分すぎる成果だと言える。

先夜の襲撃がウィステリアの指示ではなかったことも知った。まあ、これに関しては予想どおりではある。ウィステリアの性格からして、非戦闘員への攻撃を指示するとは思えなかったしな。

ただ、それでも指揮官としての責任はまぬがれない。エルフ族なり、ベルカ政庁なりにウィステリアを引き渡せば、間違いなく処刑されてしまうだろう。

それがわかっていたから、俺は倒れたウィステリアをここ――クラウ・ソラスを隠したベルカ東部の山中に連れてきた。

敵の指揮官を独断でかくまっているわけだから、バレると問題になるのは間違いない。だが、俺はカナリア王国に仕えているわけでもなければ、冒険者として都市防衛の依頼を受けたわけでもない。個人の判断で戦いに加わり、個人の力でウィステリアを捕まえただけ。その身柄をどうしようと、他者からあれこれ言われる筋合いはない。

俺にとってはウィステリアを処断するよりも、ウィステリアが持つ情報を引き出し、なおかつその身柄を手中に収めることの方が重要だったのである。

――ルナマリアが知ったら何と思うか、という心配はあるのだが、それについては後回しにしようと思う次第である。

「ソラ。恥を忍んでお願いいたします。私に力を貸していただけませんか」

ウィステリアがそう切り出してきたのは、話が一段落した後のことだった。

「ダークエルフ族にとって、悪霊憑きは不治の症状であり、死へと至る呪いでした。あなたの力と知識は、私たちにとって福音《ふくいん》となりえます」

そう言うと、ウィステリアは俺の返答を待たずに言葉を続けた。

「侵略者が何を、と思われるのは当然です。言い解く術《とすべ》もありません。ですが、なにとぞ。お望みとあらば、この身も心もすべて捧げますゆえ、どうかお願いします」

懸命に言い募るダークエルフを見て、俺はどうしたものかと思案する。

正直に言えば、最後の言葉——身も心もすべて捧げます——を聞いた時点で、向こうの申し出を受けることは確定している。ウィステリアの性格から言って、一度口にした言葉を翻すことはないだろう。

アンドラのこと、奈落のこと、ベヒモスのこと。詳しく知りたいことはいくらでもある。もしかしたら、砂漠で行方不明になった『銀星』の行方についても、ダークエルフたちは何か知っているかもしれない。

ただ、俺が悪霊憑きを治し、同源存在《アニマ》を統御する情報を教えた結果、ダークエルフ族が心装使いを輩出《はいしゅつ》するようになり、その力をもって他の種族に襲いかかりでもしたら最悪だ。そんな事態は断じて避けねばならない。

カナリア王国や法神教、エルフ族の目もある。

ベルカからの撤退。リドリスの放棄。今回の戦いでエルフ族がこうむった損害の賠償。同源存在《アニマ》を用いた侵攻の永久的禁止――最低でもこれくらいの条件をのんでもらわないと、協力するとは言いかねる。もちろん、俺がウィステリアの身柄をもらいうける条件は大前提である。

そのことを伝えると、ウィステリアは真剣そのものといった面持ちで食いついてきた。

と言っても、すぐにすべての条件を受け入れたわけではない。自分の身柄についてはともかく、他の条件は自分が独断で決められることではない、とウィステリアは述べた。筆頭剣士《グラディウス》という役職は、ダークエルフ族の中で相当の発言力を持っているが、それでも始祖にうかがいをたてる必要がある、と。

「まず私がリドリスに戻り、筆頭剣士《グラディウス》としてこれ以上の戦いを禁じます。その上でアンドラの始祖様のもとへ向かいましょう。悪霊に関しては始祖様も長い間、頭を悩ませていました。その苦悩から解き放たれるのですから、始祖様も私の話に耳をかたむけてくださるはずです」

そう言った後、ウィステリアは表情を曇らせる。

「ただ、私は悪霊憑きであることを始祖様に隠していました。それに対して罰を与えられることは確実です。始祖様だけではなく、同胞たちも……昨夜の戦いで私が悪霊憑きだったことは知れ渡っているでしょう。筆頭剣士《グラディウス》として戦いを禁じると言いましたが、今の私に同胞をまとめる力はないかもしれません」

「なるほど。まあ、そのあたりは実際に行動して確かめるしかないな」

俺にしても、ウィステリアの存在をカナリア王国や法神教、エルフ族にどのように伝えるか、まだ考えが定まっていない。

どこかのタイミングでウィステリアの存在を明かすのは確定しているが、そのタイミングが難しい。カナリア王国や法神教はもちろんだが、特に問題なのが今回の戦いで多くの犠牲を出したリドリスのエルフたちである。

彼らがウィステリアの存在を容認するとは思えない。へたをすると、エルフ族そのものが俺の敵にまわってしまう。

そこまで考えた俺は、小さく肩をすくめた。

「ま、先走っても仕方ないか。今はできることから片付けていこう」

具体的に言えば、ベルカにいるルナマリアとスズメに事情を説明しに行こう。一晩中帰ってこなかった俺を心配しているだろうし。

ただ、ウィステリアは山中に残しておくことにした。先夜の襲撃の直後にダークエルフを連れ歩くのは、さすがに厳しいからである。降砂よけのローブだけをまとった裸の女性を連れ歩くわけにはいかない、という事情もあった。

それを聞いたウィステリアが思わずという感じで目を丸くする。

「私が逃げ出すとは考えないのですか？」

「なんだ、逃げ出すつもりなのか？」

「いえ、そんなことは考えていません！」

「なら、何も問題はないだろう」

　それを聞いたウィステリアは困ったように眉尻を下げる。どこか幼さを感じさせるその顔に見送られて、俺はひとりベルカへの帰路についた。

4

「ん？　また降ってきたか」

　ベルカに戻る途中、不意に煙《けむ》るように視界が陰る。燦々《さんさん》と差し込んでいた朝日が、空から舞い落ちる砂によって輝きを失っていく。昨日に続いて今日も降砂が降ってきたのだ。

　降砂が朝日を反射して千々《ちぢ》に煌めく光景はなかなかに幻想的だったが、ローブもなしに砂の雨をかぶらなければならない身としては、ついため息が出てしまう。

　ほどなくして俺はベルカに到着したのだが、ここでも事態は俺にとって悪い方向に進んだ。すでに日が昇っているにもかかわらず、降砂の向こうにそびえたつ東の城門がぴたりと閉じられていたのである。

昨夜の襲撃を受けて、ベルカ全域が警戒態勢に入っているのだろう。

やむをえず、俺は勁《けい》を用いて城壁を越えた。無断で城壁を越えるのは重罪だが、これまでイシュカで何度もやっているので慣れたものである。降砂のせいで見張りの視界がききにくいことも、俺にとって有利に働いた。

そうして何とか戻ってきたベルカの街は、朝から騒然とした雰囲気に包まれていた。

先夜の戦いの情報はすでに広まっているようで、路上を歩く住民の数は目立って少なくなっている。代わりに街路を駆けまわっているのは武装した兵士や冒険者だった。

彼らはいかにも殺気立った顔で、声高に仲間同士で言葉を交わしたり、出歩いている住民に避難を呼びかけたりしている。俺はそんな彼らを注意深く避けつつ、泊まっていた宿に向かった。

「おお、お客様、ご無事でしたか！　お連れ様が部屋でお待ちでございますよ！」

宿に入ってきた俺を見て、主人は一瞬おびえたような顔をしたが、すぐに泊り客だと気づいて喜びの声をあげる。

「いやはや、昨夜は大変でございましたね」

主人の声は恐ろしげに震えている。赤くはれぼったい目を見るに、どうやら一睡もしていないようだ。主人だけではなく、使用人や泊り客の中にも似たような状態の者は多い。

昨夜、ベルカを襲った異変はそれほど激しかったのだ。

主人によると、地震を思わせる揺れと地鳴りが続き、落雷を思わせる轟音と衝撃が響き、吹き荒れる風が激しく家屋を揺らし、さらには人とも獣ともつかないモノの咆哮が轟きわたって、この世の終わりが来たと思ったそうである。

――はい、明らかに俺と魔神《パズズ》の戦いの余波ですね。

カタラン砂漠と隣接しているベルカの住民にとって、魔物の襲撃はさしてめずらしいものではない。その彼らにとっても、夜を徹して続いた昨夜の戦闘は恐ろしいものだったようだ。それこそ、ダークエルフ襲撃の事実がかすんでしまうほどに、である。

俺は適当に主人との会話を切り上げると、そそくさと階段をのぼった。要するに逃げ出したのである。

その俺を出迎えたのは、いつでも出発できるよう準備万端とととのえたルナマリアとスズメの姿だった。

二人は昨夜、襲撃が終わっても俺が戻ってこず、さらに城外で強大な力がぶつかりあっていることに気づいて、俺が面倒事を抱えて帰ってくると確信していたらしい。

ルナマリアはともかく、スズメにまでそんな確信を持たれていたのはちょっとショックである。スズメの前では礼儀正しい好青年に見えるよう振る舞っていたつもりなんだけどなあ――いやまあ、これまでの自分の行動を振り返れば、それは無理があるとわかってはいるけれども。

ともあれ、俺は二人に対して手短に先夜からの出来事を語った。

ダークエルフと関わりのないスズメはともかく、ルナマリアは確実に何か言ってくると思ったのだが、予想に反してエルフの賢者は不満も反対も唱えない。さすがに驚きはしたようだが、俺の決断をそのまま受けいれた様子である。

「マスターのことですから、敵を退けたついでにダークエルフの本拠地を落としてきた、とおっしゃっても不思議ではないと考えていました」

それを思えば、敵の指揮官を捕らえて協力を約束させたというのは大人しい結末である。ルナマリアはそう言ってころころと笑う。

はたしてこれは賛辞なのか、それとも遠まわしの非難なのかと首をかしげていると、ルナマリアは表情を真剣なものにあらためて言葉を続けた。

「マスターもご承知のこととは思いますが、そのウィステリアという方の存在を明かすにせよ、隠すにせよ、とても危険な橋を渡ることになります。カナリア王国と法神教、そしてエルフ族。それらすべてを敵に回すことになりかねません。慎重の上にも慎重を期して行動すべきです」

「そうだな。俺としては明かす隠す以前に、今日の時点でベルカを出て、ウィステリアと一緒にアンドラに向かった方がいいと考えている。そちらの方が身軽に動けるしな」

ルナマリアはそれを聞いてこくりとうなずく。

「そうですね。お話をうかがうかぎり、ウィステリアという方の立場はずいぶん危《あや》ういように思えます。この先、時間が経てば経つほど、それは顕著になっていくでしょう。彼女がダークエルフの中で立場を保っているうちに、一気に話を進めるのも一手だと思います」

「決まりだな」

カナリア王国や法の神殿、リドリスのエルフ族に話を持っていくのは、ダークエルフサイドの話をまとめた後でいい。この順番を逆にすると、様々な勢力の思惑がからんできて、交渉ひとつ進めるにも難儀するのは目に見えている。

ルナマリアの言うように、ウィステリアがすでに族内での立場を失っている可能性もあるのだが、そうなったらそうなったでまた改めて手を考えよう。

そう告げると、ルナマリアはこくりとうなずいた。そして、こう付け加える。

「どのような事態になるにせよ、リドリスの同胞は私が責任をもって説得いたします。どうかご安心ください」

力強く請け合うルナマリアの言葉に頼もしさをおぼえていると、不意に横合いから分厚い肉がはさまったパンが差し出されて、俺は目をぱちくりとさせた。

見れば、スズメが右手にパンの載《の》った皿を、左手に水の入ったコップを持って立っている。

「あの、帰ってきたソラさんがお腹を空かせていると思って、用意しておきました」

宿の厨房を借りて、朝のうちにつくっておいてくれたらしい。考えてみれば、昨夜串焼きを食べて以来、食べ物はおろか一滴の水も口にしていない。

俺はスズメに感謝の言葉を述べて、差し出された食べ物を口の中に放り込んだ。むしゃむしゃとパンを咀嚼《そしゃく》する俺を見て、スズメは嬉しそうに微笑む。

時ならぬ穏やかな空気に、知らず安堵の息を吐こうとしたときだった。

カンカンカン、と激しく打ち鳴らされる警鐘《けいしょう》の音が、せっかくの穏やかな空気を霧散させた。

俺は舌打ちをこらえながら窓辺に歩み寄る。はや態勢を立て直したダークエルフが、再度ベルカを襲撃してきたのか、と考えたのである。昨日の今日だから早すぎる気もするが、捕らわれた指揮官《ウィステリア》を助けるために無理押ししてきたのかもしれない。

しかし、結論から言えば、この推測は間違っていた。襲撃があったのは事実だが、その相手はダークエルフではなく砂漠の魔物だったのである。

「よりにもよってこのタイミングでか！」

それを知った俺は唸るように言った。どうやら魔物たちは降砂に紛れて都市のすぐ近くまで接近していたらしく、城壁ではすでに戦闘が始まっている様子である。

あまりの間の悪さにまたしても舌打ちがこぼれそうになった。

ただ、冷静に考えてみると、このタイミングでの襲撃は「間が悪い」の一言では説明できない気がする。ダークエルフが昨夜の戦いで失った戦力をおぎなうために魔物を使役した、と考える方がしっくりくる。

それに、仮に魔物の動きがダークエルフと無関係だとしても、それはそれで俺にとって好機ではないか。ここでクラウ・ソラスに乗って華々しく魔物を蹴散らせば、竜殺しここにあり、とベルカ中に知らしめることができる。

異なる表現を用いれば、ベルカという都市に恩を売ることができる。その恩は今後のウィステリアの扱いに大きな意味を持つことになるだろう。

「災い転じて福となす、というやつだな」

そう考えた俺は、ルナマリアとスズメをうながして法の神殿に向かった。

何の説明もなくクラウ・ソラスと共に戦場に突っ込んで、砂漠の魔物だと勘違いした守備兵に攻撃されたら目もあてられない。そんな事態を避けるために、サイララ枢機卿を通じてあらかじめ俺の存在を周知させておく必要があったのである。

5

少し時をさかのぼる。

カタラン砂漠にはいくつものオアシスが点在しており、砂漠で活動する冒険者の生命線となっている。場所によっては冒険者目当ての店舗、施設が軒を並べて、へたな都市より賑《にぎ》わっているところもあった。

カタラン砂漠中央部に位置するリーロオアシスは、そんなオアシス群のひとつである。

その夜、リーロオアシスで夜番を務めていた兵士のひとりは、見張り塔の上で困惑の表情を浮かべていた。夜になっても降り続く降砂のせいで、まったく視界がきかないのである。

「これじゃあ魔物が近づいてきてもわからないな」

そうつぶやく兵士に対し、相方の兵士が気楽な声をあげる。

「なあに、物は考えようだ。俺たちの視界がきかないということは、魔物だって視界がきかないわけだからな。かえって晴れているより安全かもしれないぞ」

「視覚に頼って動いている魔物なら、な、聴覚や嗅覚で動く魔物にとって、この砂の雨は絶好の隠れ蓑《みの》になる。しっかり見張ろう」

「へいへい、真面目なこって」

相方の兵士は肩をすくめて見張り作業に戻る。

といっても、やはり目に映るのは一面の砂だけだ。細かな砂が夜風に乗って目や口に飛び込んでくるのが不快で仕方ない。相方の兵士は、ぺ、と砂交じりのつばを吐き出し、ふわあ、と大きくあくびをした。

それを聞いた兵士が顔をしかめる。

「おい、隊長に見つかったらどやされるぞ。あくびをするなとは言わないが、せめて口を隠すくらいはしてくれ。とばっちりはごめんだ」

「心配すんな、降砂のおかげで見えやしないよ」

けらけら笑う相方をじろっと見やった兵士は、何か言い返そうと口をひらいた。が、すぐに思い直した様子で見張り筒をのぞきこみ、任務を再開する。

ここリーロオアシスは数あるオアシス群の中でも最大の規模を誇り、防備も堅い。たとえ魔物や盗賊が群れをなして襲ってこようと、苦もなく撥《は》ね返すことができるだろう。実際、リーロオアシスはこれまで幾度もそうした襲撃を退けてきた。

時に、その防備を食い破るほどに魔物の群れが膨れ上がる、いわゆる魔獣暴走《スタンピード》が発生することもあるが、魔獣暴走《スタンピード》は決まって西――未踏破区域の方角で発生する。リーロオアシスの西にはアルウエトオアシスがあり、万に一つ魔獣暴走《スタンピード》が発生したとしても、ここから急報が届くことになっている。

緊張感に欠ける相方の態度は、こういった諸々が関係しているのだろう。

真面目な性格の兵士としては腹立たしさをおぼえるが、あまり口うるさく注意して、同僚との関係が損なわれても困る。交代時間が来るまで我慢しておいた方が賢明だろう。

その後もなにくれとなく話しかけてくる相方を適当にあしらいつつ、兵士は見張りを続けた。ややあって、見張り筒をのぞきこんでいた目がすっと細くなる。

「……降砂が薄くなってきたな」

「お、ほんとだな。これで少しは見晴らしもよくなる――ん？」

相方の兵士が怪訝そうな顔をする。

直後、夜の静寂《しじま》を裂いて、激しい鐘の音が響き渡った。

オアシス中に響けとばかりに打ち鳴らされているその音は、魔物の襲来を伝える見張り塔の警鐘である。もちろん、鳴らしたのはここにいる二人ではない。

兵士は鋭い声で言った。

「北か！」

「……いや、南も鳴ってねえか、これ？」

兵士は相方の言葉に眉根を寄せて耳を澄ます。すると、確かに警鐘は南からも聞こえてきた。

思わず、舌打ちがもれる。

「北からも、南からもか。まずいな、こういうときはたいてい西からも来る」

その不吉な言葉はほどなくして現実のものとなった。

降砂の向こうから響き渡る不気味な咆哮は、複数の魔物の叫びが混ざり合ったもの。激しい地響きが伝わって来て、見張り塔が大きく揺れる。

いまだ姿は見えないが、魔物の大群が接近していることは明白だった。

「やっぱりか！　おい、鐘を鳴らしてくれ！」

相方が指示に従うのを確認した兵士は、自分は見張り台から身を乗り出して「西からも魔物が来ているぞ！」と大声で呼びかける。

と、ここで予想外のことが起こる。相方が警鐘を打つのをやめたのだ。

兵士は何やら呆然としている相方を睨みつけ、強い口調で言った。

「おい、警鐘を止めるな！　ここで止めると、西の襲撃は誤報だったと勘違いされる！」

「………あ」

「おい、呆けてる場合じゃないだろ！　しっかりしろ！」

今や兵士の声は完全に怒声に変じていた。だが、それでも相方は動かない。張り裂けんばかりに両の眼《まなこ》を見開き、呆然と西の方角を見つめている。

さすがにおかしいと気づいた兵士は、あわてて相方が見ている方向を見やった。

視界に映るのは、あいかわらず降り続く降砂と、その向こうでうごめく魔物の影だけ――いや、違う。降砂を裂いて、一体の魔物が姿をあらわしている。

「…………あ」

兵士の口から、相方と同じような声がこぼれる。

その魔物は大きかった。二人の兵士が声を失うほどに大きかった。これだけ遠く離れていてあの巨体。至近で見れば、いったいどれだけの大きさなのか。

あれにかかれば、リーロオアシスなどつま先で蹴飛ばされる。ベルカの街でさえ片足で踏みつぶされてしまうだろう。

「な、なんだよ……なんなんだよ、あれ……」

呆然とした兵士の声が見張り台の上にむなしく響く。

——地平の彼方にそびえ立つ巨獣と、それに付き従う無慮無数の魔物によって、リーロオアシスが壊滅したのはそれから間もなくのことであった。

6

藍色翼獣《インディゴワイバーン》が空に浮かび上がった瞬間、ウィステリアは思わずソラの身体にまわした手に力を込めてしまう。

筆頭剣士《グラディウス》として多くの経験を積んできたウィステリアではあるが、ワイバーンに乗って空を飛んだ経験はさすがにない。浮上にともなう感覚も、滑るように宙を駆ける感覚も、いずれも初めて体験するものだった。

鞍の上にいるウィステリアは、ローブの下に若草色のチュニックを着ており、腰にベルトをまわしてそこに始祖から授かった宝剣を差している。チュニックとベルトについては、ソラの仲間だというエルフのものを借りた格好だった。

ウィステリアがソラに同道しているのは、強いられてのことではない。ベルカから戻ってきたソラは、魔物の襲来を告げた上で、ウィステリアはこのまま山中で待っているように、と言ってくれた。

それにかぶりを振って同道を願ったのはウィステリア自身である。

ベルカに攻め寄せてきたという魔物がダークエルフの仕業であった場合、それを止める必要があると考えたのだ。

ウィステリアが知るかぎり、ダークエルフ族に魔物を使役することはできないが、悪霊憑きを使って魔物たちをベルカの方向に追い込むことはできる。

ソラの身を案じた、という理由もあった。魔物の大群相手にソラに万一のことがあれば、ウィステリアの願いは潰《つい》えてしまう。魔神《パズズ》を退けたソラがそこらの魔物に不覚をとるとは思えないが、なんといっても数は力だ。せっかく手に入れた希望を失う可能性は、少しでも摘んでおきたかった。

そのウィステリアの願いを、ソラはあっさり受け入れる。おそらく、問答している時間を惜しんだのだろう。ソラの二人の仲間はベルカに残り、そのまま防戦に加わっているとのことなので、ソラは一刻も早くベルカに取って返したかったに違いない。

ほどなくして、ソラとウィステリアを乗せたワイバーンはベルカの上空に到着する。眼下を見下ろせば、西の城壁をめぐって人と魔物が激しく矛を交えていた。

「しっかり摑まっていろ」

ソラはそう言うと、唐突にワイバーンの手綱を引き、急角度で戦場の只中《ただなか》に突っ込んでいった。

墜落に等しい急な挙動を受けて、ウィステリアは言われるままにソラに強くしがみつく。

「おお、竜だ！」

「あれが法神教が言っていた援軍か!?」

ワイバーンの姿に気づいた守備兵が口々に騒ぎ立てている。ソラはそれにかまわず戦場を縦横無尽に飛び回り、城外の敵をかき乱した。

ソラ自身は剣も魔法も使わず、ワイバーンが巻き起こす突風と風圧で敵を蹴散らしていったのである。へたに乗り手が攻撃するよりも、その方が効果があると考えたのだろう。そして、その考えは正鵠《せいこく》を射ている、とウィステリアは思った。

ワイバーンは自らの身体を風の結界で包み、一個の砲弾と化して戦場を駆けまわる。その突進の直撃を受けた魔物は泥人形のようにちぎれ飛んだ。うまく突進を躱《かわ》せたとしても、突進によって引き起こされた風が魔物を木の葉のように吹き飛ばす。魔物にしてみればたまったものではないだろう。

ワイバーンが参戦して間もなく、魔物の勢いは目に見えて衰えはじめた。ソラもそれを感じ取ったのだろう、残りの魔物は城壁の守備兵に任せ、みずからはさらに西へ――砂漠へと踏み込んでいく。降砂の向こうに隠れた後続を叩くつもりであることは、聞かずともわかった。

それからしばし後、ウィステリアは予想していた敵の後続を発見する。

しかし、降砂の向こうでうごめく魔物の数は、あらかじめウィステリアが予想していた規模をはるかに超えるものだった。

「…………これは」

眼下の光景を見下ろして、ウィステリアは言葉を詰まらせる。

まるで砂漠そのものが移動しているかのような魔の濁流。

筆頭剣士《グラディウス》として多くの魔物を屠《ほふ》ってきたウィステリアにとっても、地表を走る魔物の数は未知のものだった。

砂漠の気候は、生命力にあふれた魔物にとっても生きにくい過酷なもの。これだけの数がどこから集まってきたのか。それ以前に、無数とも思える魔物たちは今日まで何を食べて生き延びてきたのか。

一瞬、ウィステリアの脳裏にベヒモスという単語が浮かび上がる。ベヒモスは常に多数の魔物と共に移動する。そのことをウィステリアは知っていた。

ただ、ベヒモスの行動範囲はここよりもずっと西——アンドラの近辺である。こんな東までベヒモスがやってきたことはかつてない。思わず西の方角に視線を向けるが、立ち込める降砂が変わらず視界を阻んでいた。

と、それまで無言だったソラがここで口をひらく。

「思っていたよりも数が多いな。これだけの数がどこから集まってきたのやら」

「……おそるべき規模ですね。このままだと間違いなく先ほどの街は飲み込まれてしまいます」

どうしますか、とたずねるウィステリアに対し、ソラは悩む様子もなく応じる。

「もちろん戦う。そのために来たわけだしな」

迷いのない返答はウィステリアにとって好ましいものだった。ただ、敵の規模を考えれば、殲滅《せんめつ》は難しいと判断せざるをえない。

先刻のようにワイバーンの飛行速度を活かして足止めすることはもちろん、今度はソラとウィステリアも戦う必要があるだろう。

ウィステリアは上位精霊に呼びかける準備をはじめようとする。

だが、そんなウィステリアの機先を制するように、ソラがワイバーンに呼びかけた。

「クラウ・ソラス、あの群れの前に下ろしてくれ」

それを聞き、ウィステリアは思わず集中を解いてしまう。

ワイバーンはと言えば、どこか慣れた様子でぷいぷいと返事をし、主の命令に従うべく旋回を開始した。

鞍《くら》の上で身体が大きく揺れ、ウィステリアは眼前のソラの身体にしがみつく。その体勢のまま、おそるおそる口をひらいた。

「ソ、ソラ?」

「む、なんだ?」

「まさかとは思いますが、正面からあれらと戦うつもりですか?」

「まさしくそのつもりだ」

あっけらかんとした肯定の返事がもどってきて、ウィステリアは絶句してしまう。

ウィステリアはソラという人間の強さを理解したつもりでいる。剣をまじえて戦った記憶、悪霊にのまれて戦った記憶、いずれの記憶も脳裏に刻みこまれている。たぶん、生涯忘れることはできないだろう。

ウィステリアが何とか祓《はら》おうとあがき続け、けれど果たせなかった強大な悪霊――魔神《パズズ》を苦もなく屈服せしめたソラの武威には心から敬服している。

だが、そのウィステリアでもこの決断は無謀だと思った。

いかに魔神《パズズ》を退けた勇士とはいえ、あれだけの数の魔物を相手に戦えるわけがない、と。

ウィステリアがそんなことを考えている間にも、ワイバーンは地面に降り立ち、ソラはさっさと鞍から降りてしまう。慌ててそれに続きながら、いざというときは自分がソラの盾にならねば、とウィステリアは覚悟を決める。

――静かな、それでいて震えるほどの威が込められた声が耳朶を震わせたのはそのときだった。

「心装励起《しんそうれいき》――喰らい尽くせ、ソウルイーター」

7

その瞬間、砂漠が――いや、世界が震えた。少なくとも、ウィステリアにはそう感じられた。

ソラの心装を見るのは初めてではない。だが、ここまで強烈な力をほとばしらせる心装を見るのは初めてだった。

ソラの身体から奔騰《ほんとう》する魔力が、巍巍《ぎぎ》たる城壁のごとくそびえ立っていく。

妖精族であるウィステリアの目には、逃げ惑う精霊たちの姿が映っていた。世界の魔力《マナ》や個人の魔力《オド》といった垣根を越えた根源の力にさらされ、風の精霊《シルフ》が、土の精霊《ノーム》が、火の精霊《サラマンダー》が悲鳴をあげて逃げ惑っている。

耳を圧するほどに甲高い精霊たちの叫びに思わず身体がすくんだ。あるいは、それはウィステリア自身の叫びだったかもしれない。

自分と戦ったときとは比較にもならない力の奔流。敬服していたあの力は手加減の産物だったのだ、と否応《いやおう》なしに悟らされる。

これほどの力を持っていながら、どうして人としての容《かたち》を保っていられるのか。そんな疑問さえおぼえてしまう。迫り来る魔物の大群も、今のウィステリアには遠かった。

そんなウィステリアの動揺に気づかず――あるいは気づいていても意に介さず、ソラは自らの力を解き放つ。

「幻葬《げんそう》一刀流　河炎《かえん》」

応じて心装からあふれ出たのは灼熱の大河だった。驚倒せんばかりの熱量を放ちながら、まっすぐに砂漠の上を駆けていく炎の濁流。

降り注ぐ降砂を溶かしながら猛進する火流が、殺到する魔物の先頭集団と激突する。

鎧袖一触《がいしゅういっしょく》。

魔物たちは瞬く間に焼き尽くされた。分厚い外皮で身をまもる砂とかげも、鉄よりも硬い甲で全身を覆うカタラン蟻《アント》も、黄金と見まがう外殻で人間をおびき寄せる黄金さそりも、あるいはそれ以外の魔物たちも。一瞬で骨さえ残らずに燃え尽きた。

それは蒸発と表現できるくらいに徹底した炎の洗礼。

ウィステリアのもとに熱風が吹きつけてくる。焼けるような風がチリチリと肌を焦がすと同時に、表現しがたい異臭が鼻孔を刺す。それが生き物の焼ける臭いであることをウィステリアは知っていた。

宙に溶けた命は十や二十ではきかない。百か、二百か。もしくは千か、二千か。吐き気をもよおすほどに濃厚な命の臭いに、たまらずウィステリアはえずく。アンドラの筆頭剣士だった身が、戦場の只中《ただなか》で無様をさらしてしまうくらい、その臭いは強烈だった。

――だが、それほどの一撃を浴びても魔物の勢いは止まらない。

ソラが放った勁技《けいぎ》はその名のごとく炎の河となり、魔物の大群を舐《な》めるように焼き尽くしていった。だが、地平を埋める勢いで押し寄せてくる敵のすべてを掃滅するには至らない。

勁技《けいぎ》の効果範囲を逃れた魔物たちは怯む色もなく直進してくる。

それを見たウィステリアは、ソラを援護するべく精霊への呼びかけを始めようとした。

と、そのウィステリアの動きを制するように、ソラが高々と心装を掲げる。

もう一度同じ技を放つのか――ソラの構えを見たウィステリアはそう思ったが、すぐに自分の推測が間違っていることに気づく。

風が渦を巻いていた。

ベルカでの戦いで魔神《パズズ》の翼を切り裂いた風の太刀　颶《つむじかぜ》。あれを何倍、ことによったら何十倍にも強めたような大風がソラを基点として発生している。

生み出された風は、河炎の熱で生じた上昇気流をも取り込んでみるみる巨大になっていき、竜巻のように天を突いて立ちのぼる。

ウィステリアは左手をあげて吹き荒れる砂塵から目をかばう。ともすれば、ウィステリアまで吹き飛ばされてしまいそうな暴風が、一つの技の余波に過ぎないという事実に慄然《りつぜん》とする。

風の行方を追って視線を上げると、ソラが生み出した風が上空の空気をかき乱しているのが見て取れた。精霊使いの目には逃げ惑う風の妖精《シルフ》の姿が映っている。このまま竜巻を敵にぶつけるなら、あんなことをする必要はないはずだ。

「……いったい、何を」

　無意識のうちにそんな呟きがもれる。

　と、風にかき消されると思っていたその声に返答があった。

「クラウ・ソラスに乗るようになって知ったんだが、空の上ってのは夏でも寒いんだ」

　耳ざとくウィステリアの囁き声を拾ったソラの声。轟々と吹き荒れる風の中にあって、その声は不思議なくらい良く通る。

「上に行けば行くほどそうなる。寒いだけじゃなくて息もろくにできなかったな。まるで、見えない水が張られているみたいだった」

　空の果ては、鳥はおろかワイバーンでも飛べない死氷の世界。

　それを知ったとき、ソラは思ったという。

　――これを地上に叩きつけたらどうなるのか、と。

　それを聞いた瞬間、ウィステリアの喉で妙な音が鳴った。

　とっさに口をひらいて、しかし何を言えばいいのかが分からず、意味もなく口を開閉させる。そうしてウィステリアがあたふたしている間にも、ソラの勁技《けいぎ》は急速に完成に近づいていく。

　逆巻く風をもって空の静謐《せいひつ》をかき乱し、人の手の届かない高みから、命を拒む凍気を地表めがけて叩きつける。

「幻葬《げんそう》一刀流――氷槌《ひづち》」

次の瞬間、ウィステリアの視界の中で世界が爆《は》ぜた。

はるか上空から叩きつけられた冷気の塊は、それ自体が巨大な槌《つち》となって地上に群れていた魔物たちに襲いかかる。

範囲は広大、威力は絶大。回避も抵抗も許さぬ攻撃は、空そのものを落としたに等しかった。

カタラン砂漠を驀進《ばくしん》していた無数の魔物が一瞬でつぶれ、ひしゃげ、原形をとどめずに砕け散る。

直後、身体が浮きあがるほどの凄まじい衝撃が下方からウィステリアを襲った。ソラが放った勁《けい》技《ぎ》が魔物のみならずカタラン砂漠をも打ち据えた影響である。

勁技《けいぎ》の余波はそれだけにとどまらない。

空と地面の激闘によって生じた衝撃波は凄まじい風圧をともなって四方に散り、大量の砂を天高く巻き上げた。飛散した砂は吹き荒れる風に乗ってさらに勢力を広げ、局地的な砂嵐が発生する。

通常の砂嵐と異なるのは、この嵐が生きた人間を一瞬で凍りつかせるほどの冷気をともなっていたことである。

砂と氷によって形作られた死の凍嵐《とうらん》。

仮に初撃を生き残った魔物がいたとしても、この嵐に巻き込まれた時点で命はないだろう。無数とも思われた魔物の大群は、文字通りの意味で全滅したに違いない。

「………なんという」
呆然とした呟きがウィステリアの口からこぼれ落ちる。何かに引き寄せられるように、自然と視線がソラへと向く。
その視線の先で、黒髪の青年は唇の端を吊りあげるようにして笑っていた……

無数ともいえる我が子の死を感じ取った『それ』は砲声のような溜息を発した。
吐き出された溜息は突風となって鼻先にぶらさがっていた魔物《我が子》たちを吹き飛ばし、天高く舞い上げる。

——嗚呼《ああ》、悲しきや。命の灯《ひ》が消えていく。

空に突き上げられた魔物の身体は風圧でねじれ、ひしゃげており、この時点で絶命していた。死骸はそのまま乾いた砂に叩きつけられる。

——嗚呼《ああ》、哀しきや。命とはどうしてかくも脆《もろ》いのか。

城を思わせる巨大な足が、砂の上に散らばる我が子の亡骸を踏み砕く。
故意にそうしたわけではない。あまりに身体が巨大すぎて小回りがきかないのだ。『それ』から見れば針の穴ほどに小さな我が子の亡骸を避けて歩く、などという芸当はとうてい不可能だった。

――悲しむまい、命は巡《めぐ》るものなれば。哀しむまい、命は儚《はかな》きものなれば。

それは世界が定めた理、非違《ひい》を唱えてよいものではない。

だからこそ『それ』は精一杯に命を守り、育むのだ。世界に叛《そむ》く敵を喰って育ち、育った己を糧として世界に従う子供たちの腹を満たす、そんな己の役割に従って。

今も『それ』の頭にあるのは世界の理を守る一念のみ。それが子供たちを守ることにもつながる。

先夜嗅ぎつけた忌まわしい臭いは、今なお消えていなかった。

――この躬《み》は摂理の牙。世界を浄《きよ》める箒星《ほうきぼし》。大いなる秩序に歯向かう不逞《ふてい》の輩《やから》を滅ぼさん。

次の瞬間、『それ』は大きく口をあけた。

8

――ここまで威力が出るとは思わなかった。

吹き荒れる氷の嵐から距離をとりながら、俺はひそかに冷や汗をかいていた。

いや、凍気の圧力で魔物の大群をおしつぶすまでは想定どおりだったのだ。だが、その後の氷の嵐がまったくもって想定外。たしかに俺は凍気を動かすために風を使ったが、眼前の嵐は明らかにそれとは無関係の現象である。

その証拠に、どれだけ魔物が倒れても一向に魂が入ってこない。

これまでも何度か述べたが、心装《ソウルイーター》で魂を喰う場合、もっとも効率が良いのは刀身で直接敵を斬ることである。そして、直接斬ったときほどではないが、遠距離から勁技《けいぎ》で攻撃した場合も魂を喰うことはできた。

実際、先に放った河炎《かえん》でしとめた魔物の魂は入ってきている。

だが、今はそれがない。もっと言えば、氷の嵐の前、凍気で敵の大群を押しつぶしたときにも魂の流入はほとんど感じなかった。

どうやら魂を喰えるのは勁技《けいぎ》で敵をしとめるところまで、であるらしい。今回のように勁技《けいぎ》で自然現象を引き起こした場合、その現象で倒れた敵の魂を喰うことはできないようだった。

……問題は、眼前の氷の嵐がどんな自然現象なのかがまるでわからないことである。あとでルナマリアに聞いてみよう。

しかし、氷槌《ひづち》を使うと必ずこんな嵐が起きるのだとすれば、この技は滅多なことでは使えないな。

まあ、魂が喰えないとわかった時点で、技としての価値はいちじるしく低まったので、問題ないと言えば問題ないのだけど。

先ほどから頬のあたりにウィステリアの視線を感じるが、それには気づかないふりをする。ここまでの破壊を引き起こしておきながら、想定外で冷や汗をかいているとか気づかれてはいけない。せいぜい自信ありげに笑っておこう。

ともあれ、これでベルカを襲おうとしていた魔物はほぼ一掃できたはずだ。

もしかしたら、まだ後続がいるかもしれないが、凍嵐《とうらん》はしばらくおさまりそうもないので、結果として良い時間かせぎになってくれるだろう。

よし、いったんベルカに戻って守備隊に状況を伝えておこう。その後、気候が落ち着くのを待ってクラウ・ソラスで偵察を――そんな風に考えたときだった。


ぞくり、と背筋が震えた。


見られている。そう感じた次の瞬間、叫んでいた。

「クラウ・ソラス!!」

冷気を避けて空を飛んでいた藍色翼獣《インディゴワイバーン》に呼びかける。具体的な指示を発する余裕はなかったが、クラウ・ソラスは正しく俺の意図を汲んでくれたようだ。慌てたように地上に降りてくる。

もしかしたら俺の意図を汲んだのではなく「さっさと降りてこい」と怒られたと勘違いしたのかもしれないが、それならそれでよし。怪我の功名というものである。

ウィステリアはもともと近くにいたので問題ない。

大急ぎで勁《けい》を練りあげていると、地平の彼方、今なお吹き荒れる氷の嵐の向こう側で小さな光が煌《きら》めいた気がした。

――――来る。

喉が干上がるほどの重圧。背筋を駆けのぼっていく悪寒。心装を会得してから久しく感じていなかった死の気配。

それらに蹴飛ばされるように、俺は練りあげた勁に形を与えていく。

脳裏をよぎるのは、過日のティティスの戦いでの一幕だ。不死の王シャラモンの魔法から味方を守りきったノア教皇の聖霊壁《せいれいへき》。あの円柱型の防壁を思い描きながら、俺は防御の勁技《けいぎ》を解き放った。

「間に合え！」

次の瞬間、俺とウィステリア、それにクラウ・ソラスを包むように円形の防壁が顕現する。

ノア教皇の防壁に比べれば、技と称するのもおこがましい不格好さだが、何とか間に合った。

――そう思った次の瞬間、彼方から殺到する白銀の光が視界のすべてを覆い尽くす。

それは光の奔流だった。

それは銀の濁流だった。

もしこのとき、天頂からカタラン砂漠を俯瞰《ふかん》している者がいたとしたら、地表を走る流れ星を目にすることができたに違いない。

先に魔物の大群を殲滅せしめた氷の嵐さえ、星の息吹《ブレス》によって消し飛ばされる。おぞましいほどの熱量と破壊力。あらゆる命を一瞬で無に帰せしめるこの一撃は、人や都市はもちろん、大地にさえ死を与えるに違いない。

勁《けい》の防壁を突き破らんとするブレスに対抗するべく、全身の力をふりしぼる。激しい衝撃が脳天からつま先まで駆け抜け、己の意思によらず体が震えた。

ブレスがおさまるまでにかかった時間は、おそらく一分にも満たなかっただろう。だが、俺には
その時間が十倍にも二十倍にも感じられた。

ぜいぜいと肩で息をしながら、ブレスが放たれた西の方角を見据える。

ややあって、凍嵐も降砂も消えた地平の彼方から『それ』がゆっくりと姿を現した。

それは幻想の名を冠《かん》する世界の理
大河を飲み干し、沃土《よくど》を啜《すす》り、霊長を嚙み裂く暴食の化身
空を仰ぎて吼えたるは、秩序の敵を喰らうため
地にぬかずきて鳴きたるは、我が身を喰えと告げるため
その身を肉に、その血を水に
飢えと渇きをしりぞけて、砂の大地に君臨す
その名は貪婪《ベヒモス》
その名は献身《ベヒモス》
砂漠の母たる獣の王

第六章　世界の敵

1

ベヒモスについて俺が知っていることはそれほど多くない。

カタラン砂漠の最奥部、未踏破区域に棲息する伝説の魔獣。その角には膨大な魔力が秘められており、結界魔術を長期にわたって維持する動力源になりえる。

ノア教皇から聞いたその情報を頼りに、俺ははるばるベルカまでやってきた。

一方で、どうしてベヒモスがそれほどの魔力を有しているのか、という点については不明のままだった。ウィステリアから、ベヒモスがダークエルフにとっても天敵であり、悪霊をも食い殺す神獣であると聞かされたときも、その力の源泉は不明のままだった。

その疑問が、ここで解き明かされる。

「なるほど、幻想種だったわけだ」

乱れた呼吸を整えながら独りごちる。疑問を抱く余地はない。彼方の敵が幻想種であることを、俺は本能的に確信した。

ベヒモスが幻想種なのであれば、角が膨大な魔力を秘めていることもうなずける。流星のごときブレスの威力も納得がいくというものだ。

俺が張った円形防壁の外では、ブレスの高熱で砂漠の砂が溶け出している。煮《に》えるようにぐつぐつと沸き立っている砂地に足を踏み入れれば、たちまち骨まで焼け落ちてしまうだろう。

防壁の内部にはそこまでの高熱は及んでいないが、それでも熱気を完全に遮断することは難しい。灼熱した空気は呼吸するだけで肺を灼《や》き、立っているだけで肌を焼く。勁《けい》の守りがなければ、今ごろ身体の内と外が焼け爛《ただ》れて七転八倒していたに違いない。

ちらと後ろを見れば、ウィステリアは精霊を、クラウ・ソラスは風を操って、それぞれ熱の影響を退けている。それを確認した俺は、ひそかに安堵の息を吐き、あらためて彼方のベヒモスに視線を向けた。

先刻まで降っていた降砂も、俺が引き起こした氷の嵐も、ベヒモスのブレスによって吹き飛ばされている。かわりにあるのは、極大の熱によって蹂躙された砂の大地の惨状だ。

おそるべき破壊力。ここが砂漠であり、狙いが俺であったことは幸運というべきだった。こんなブレスをベルカに向けられた日には、被害を受けるのは都市だけにとどまらない。ベルカの周囲にある森も、山も、川も、草原も、何もかも消し飛んで、草一本生えない不毛の荒野へ変貌するに違いない。それこそ今俺《いま》が立っているカタラン砂漠のように。

そこまで考えて、ふと思う。

いまだ人間に最果てを見せないカタラン砂漠は、本当にそうやってつくられたのではないか、と。

それは何の根拠もない思いつきだったが、思いがけず肯定の応《いら》えが返ってきた。


——然《しか》り。


聞きなれない、それでいて聞き違いようのない声は、俺の同源存在《アニマ》たるソウルイーターのものだった。

ここまではっきりソウルイーターの声を聞いたのは、蠅の王の巣で心装を会得して以来である。

突然のことに驚いていると、次の瞬間、脳裏に奇妙な光景が浮かびあがった。

地平を埋め尽くす砲台《ベヒモス》の群れ。そして、彼らが吐き出す星火によって消し飛んでいく無数の命。

堅固な城壁も、強固な結界も役に立たない。積みあげた千年の歴史、築きあげた黄金の文化が、突如あらわれた神獣たちによって踏みにじられていく。

見たことのない光景、あるはずのない記憶。

それなのに、確かに知っていると感じる。これは過去の光景だ。カタラン砂漠が出現する契機となった神代の戦。

「……お前の記憶か、ソウルイーター？」

今度は答えはなかった。だが、肯定の気配は伝わってくる。

どうしてこれを見せたのか。そんな問いを発しようとして、やめた。

聞くまでもない。ソウルイーターは戦えと言っているのだ。あの幻想種を喰らい尽くせと。

むろん、否やはない。

もとより俺の狙いは最初からベヒモスだった。その上でこれだけ盛大に歓迎されたのだ、戦う以外の選択肢などあるはずもない。

おそらくは現界して間もなかったヒュドラと違い、ベヒモスは現界してからかなりの年月が経っていると推測できる。人間でいえば赤子と大人のようなもので、同じ幻想種といっても手強さは段違いだろう。

だが、それだって何の問題もない。むしろ大歓迎だ。角《つの》と一緒に魂も根こそぎいただいて、俺はもっと上に行く。

「あ、そうだ。いっそ、この機会に空《くう》の領域とやらに至らせてくれないか？」

調子に乗ってそんなことを言ってみると、今度は否定の気配が伝わってきた。

空《くう》とは幻想一刀流の神髄、同源存在《アニマ》の力のすべてを引き出した状態だとゴズは言っていた。つまり、ソウルイーターがその気になれば今の俺でも至れるのではないか、と思ったわけだが、それに対する返答は額への軽い衝撃だった。見えない何かに小突かれた感じ。

どうやら「それはそれ、これはこれ」ということらしい。ちぇ。

「まあいいか。相手の正体が鈍重な砲台だとわかれば、戦いようはいくらでもある」

にやりと笑った俺は、再びブレスの気配を漂わせているベヒモスに鋭い視線を向けた。

2

ソラがベヒモスのブレスを防いでいる間、ウィステリアは呆然とそれを見つめることしかできなかった。

ベヒモスの攻撃が終わった後も、黙然と立ち尽くすことしかできなかった。

いざというときは自分がソラの盾にならねば――ウィステリアはそう覚悟していたし、その気持ちは今も胸の中にある。ダークエルフ族のためにも、自分のためにも、ソラを失うわけにはいかない。

だが、ウィステリアが全力を振りしぼっても、彼方から殺到する光の奔流を阻むことは不可能だったろう。一秒の半分でも持ちこたえられたら奇跡というレベルである。

それほどにベヒモスの攻撃はすさまじかった。その攻撃を真っ向から受けとめたソラの力もまた類《たぐい》を絶していた。

両者の戦いは神域の激闘であり、ウィステリアが入り込む余地はどこにもない。

事実、ソラは独力で敵の攻撃を弾き返し、己のみならずウィステリアとワイバーンも守ってくれた。

盾になる覚悟など笑い種でしかなかったのだ。そう思って、ウィステリアは自嘲の笑みをこぼす。

――その自嘲に追随するように嗤《わら》い声が聞こえてきた。頭の奥から、胸の底から、ヒヒヒ、ヒヒヒと嘲るような声が響いてくる。

それは聞きなれた魔神《パズズ》の声。先夜のソラとの戦いのせいだろう、魔神《パズズ》の声に昨日までの威圧感はなかったが、それでも、その嗤い声はウィステリアにたとえようもない不快感を与えてくる。

同源存在《アニマ》とは心の中、魂の奥に棲《す》むもう一人の自分であり、いかなるごまかしも欺瞞《ぎまん》もきかない裸の本性である、とソラは言う。

ソラの言葉と知識を福音と考えているウィステリアであるが、この点にかぎってはいまだに受け入れることができずにいる。

父が死んだ日に自分の中に棲みついた魔神《パズズ》は、奈落の底から這い出てきた悪魔である、とウィステリアは考えていた。得体の知れない魔性であり、必ず祓《はら》うことができると信じていた。

それが、実は悪魔ではなくもうひとりの自分である、などと言われても簡単にうなずくことはできない。

だって、それを受け入れたら、父を殺したのがウィステリアだったことになってしまう。

ウィステリアの脳裏に父母と過ごした最後の夜の光景がよみがえる。

あの夜、ウィステリアは父を殺した。むろん、望んでのことではない。

ウィステリアは誰よりも父を愛し、尊敬していた。父もまたウィステリアを愛してくれた。悪霊憑きとなった父が、ベヒモスとの戦いにおもむくことができなかったのは、自分が死んだ後の妻と娘の身を案じたからである。

それゆえ、父は悪霊憑きであることを隠さざるをえなかった。周囲に怪しまれても、笑みを浮かべて否定した。やがて侵食が肉体から精神に及んでも、それでもウィステリアたちを愛してくれて――でも、そんな日々にも限界はおとずれて。

突如、奇声をあげて母に襲いかかった父を、ウィステリアは懸命に止めようとした。だが、まだ子供だったウィステリアに父を止められるはずもなく、強い力で振り払われて壁に叩きつけられた。

朦朧《もうろう》とする意識の向こうで、母の首を絞める父の背中が揺れている。

苦しげな母の悲鳴が、だんだんと小さくなっていく。

ウィステリアは懸命に目の前の出来事を否定した。こんなのは嘘だと、こんなのは夢だと。そして、哄笑を発しながら母に覆いかぶさる父を見て思ったのだ。こんなのは父ではない、と。

――その瞬間、頭の中に嗤《わら》い声が響いた。ヒヒヒ、ヒヒヒと嗤う声はウィステリアに恐ろしいほどの力を与え、ウィステリアは夢中で父の背に飛びかかった……

すべてが終わった後、ウィステリアは血まみれの小剣を手に、ひとり家の中で立ち尽くしていた。手に持っていたのは、父親が始祖から授かった小剣であり、目の前にはその小剣で背中をメッタ刺しにされた父が倒れている。死んでいることは明白だった。

母はかろうじて一命をとりとめたが、結局、意識を取り戻すことなく十日後に息を引き取った。あたかも父の後を追うように。

このときから、ウィステリアにとって魔神《パズズ》は父母の仇となったのである。その魔神がもうひとりの自分であるなどと、簡単に受け入れられるはずがないではないか。

そんなウィステリアの思いをよそに、魔神は今も嗤っている。想像を絶する破壊の嵐が吹き荒れるカタラン砂漠を見て、愉しげに嗤っている。

あるいは、その嗤いはウィステリアの無様さに向けられたものなのかもしれない。ソラの盾になると決意して何の役にも立てず、ソラの知識を福音だと称えておきながら都合の悪いところは受け入れない。父を殺した罪から目を背けるために、ことさら悪霊を敵視し、悪霊憑きを守ってきた。

これを無様と言わずして何を無様と言うのだろう。魔神《パズズ》に嗤われて当然だ。自分は今、初めて同源存在《アニマ》と心を通わせているのかもしれない——ウィステリアがそんな後ろ向きな考えにとらわれたときだった。

「ウィステリア」

「は、はい!?」

不意にソラに声をかけられて、ウィステリアは慌てて顔をあげる。聞きようによっては「ひゃい」と聞こえたかもしれない。

慌てるウィステリアとは対照的に、ソラは冷静な声で問いかけてきた。

「訊《き》くが、今の攻撃、なんとかする手段はあるか？　具体的に言うと、十秒くらい肩代わりしてくれるとありがたい」

「それは……」

ウィステリアは一瞬言いよどんだが、すぐに己の見解を述べた。

今の自分ではそれを実行することは不可能である。すべての力を振りしぼり、一秒の半分でも耐えられたら上出来と言わねばならない、と。

筆頭剣士《グラディウス》にあるまじき情けない言葉に、ウィステリアの声が震えを帯びる。お前はいったい何のためについてきたのだ、とソラに責められても仕方ない。

だが、ソラはウィステリアを責めようとはせず、そのまま言葉を続けた。

「そうか。となると、ここは正攻法だな」

「せ、正攻法、ですか？」

「うん、このまま距離を詰める」

驚いて目を丸くするウィステリアに向かってソラは説明した。

このまま、ベヒモスの魔力が尽きるまで攻撃を耐え忍ぶという手もあるが、向こうの力が先に尽きるという保証はない。それに、ベヒモスがブレスの標的を後方のベルカに移してしまう恐れもある。

ここからベルカまではかなり距離が離れているが、地平の彼方から攻撃してくるベヒモスにとっては、ベルカも十分射程範囲に入っているに違いない。

ここは真っ向から攻撃を受けとめてベヒモスの注意を引きつつ、敵との距離を縮めていくのが上策である。ソラはそう言った。

それが無謀な試みであることは誰の目にも明らかだった。たぶん、ソラだってわかっている。それでもソラがその選択肢を選んだのは、何も選ばずに敵に主導権を渡すよりはマシだ、と考えたからだろう。

——強い、と思った。

魔神の嗤い声と己の無力さにおしつぶされ、自嘲の笑みをこぼすだけのウィステリアなど比較にもならぬ。

足手まとい《ウィステリア》を見捨てて戦う、という選択肢だってあるだろうに。そうすれば、きっと戦いようなどいくらでもあるに違いない。

だが、ソラはウィステリアを見捨てようとはしなかった。おそらく、そんな選択肢を思い浮かべることさえしなかった。

この危機的状況にあって、どうして足手まといのことまで気にかけることができるのか。

——強い、と思った。力はもちろんのこと、心が強い。

どれだけ強大な力を宿しても歪まない、呑み込まれない、動じない。自分とはあまりにも対照的な在り方に、めまいにも似た羨望《せんぼう》をおぼえる。

と、そのとき、耳を圧する轟音と共にブレスの第二波が放たれた。殺到する光の波濤《はとう》がソラの防壁と接した瞬間、すさまじい衝撃が周囲に広がる。

耳をつんざく轟音。激突の余波で飛び散る魔力の飛沫《ひまつ》。

その飛沫の一滴を浴びただけで、ウィステリアの身体は飴《あめ》のように溶けてしまうだろう。

先の一撃に優る威力にウィステリアが身体を震わせていると、ソラが眉をひそめて口をひらいた。

「威力がまた一段と上がった……いや、これは攻撃を収束させているのか？　どうやら向こうさん、焦《じ》れてるらしいな」

「焦《じ》れて……？」

「いつもならすぐに吹き飛ぶ敵が、いつまでたっても吹き飛ばないものだから、力を一点に集中させようとしてるんだろう。ずいぶんと気の短い幻想種だな、魔力はまだ十分残っているだろうに」

この攻撃を長時間続けられない理由でもあるのかもしれない。

敵のブレスを受け止めながら、ソラはそう言った。

「たとえば、このブレスは強力ではあるが、あまりの高熱のせいで周囲の味方まで巻き込んでしまうから、一刻も早く敵をしとめないといけない、みたいな」

「……その推測が当たっていた場合、ベヒモスの近くに新手がいることになってしまいますが」

「たしかにな。ま、理由はともかく、敵が動きを変えてきたのは事実だ。ここはつけこむべきだろう――ウィステリア」

「はい」

今度はちゃんと答えられた。

「ベヒモスを相手にしつつ、他の魔物の相手をするのはさすがに無理だ。新手の方はお前に任せるぞ」

「はい！」

当たり前のように任せると言い切り、逃げるという選択肢を提示しなかったソラの心づかいに、ウィステリアは感謝する。

と、ここでソラは何でもないことのように魔神《パズズ》について口にした。

「ところで、魔神《パズズ》はどうなっている？　昨日さんざん痛めつけたはずだが、もう反応があったみたいだな」

それを聞いたウィステリアは思わず下を向いてしまう。

だが、隠すこともならず、実情を伝えた。

「……声は、聞こえています。ですが、それ以外はまだ何とも……」

「そうか。ま、別に慌てることはないさ」

うなだれるウィステリアに対し、ソラは責める風もなく、あっけらかんと応じた。

「どんな同源存在《アニマ》を宿すかは十人十色《じゅうにんといろ》、どうやって統御するかは百人百様だ。ちょっと話を聞いただけで成功すれば苦労はない。ゆっくり急いで、ものにすればいいさ」

「ですが、私が魔神《パズズ》の力を引き出すことができれば、もっと役に立てるはず――」

言いかけて、それが益体《やくたい》もない繰り言になっていることに気づき、ウィステリアは口をつぐむ。

そんなウィステリアを見て、ソラは一瞬困ったような顔をしたが、すぐに何事か思いついたようで、いかにもわざとらしく口の端を吊りあげた。

「もっと役に立ちたいと言うなら、そうだな、ベヒモスを倒したら何でもひとつ俺の言うことを聞くと言ってくれ。そうすれば、いやが上にもやる気になるぞ」

「……？　あの、それでお役に立てるなら、ひとつと言わずいくらでも言うことを聞きますが」

ウィステリアが戸惑いつつ応じると、ソラはまた困ったような顔をした。

その直後、再び轟音が響いて敵のブレスの勢いが強まったので、ソラはウィステリアとの会話を打ち切って防御に集中する。その顔が一瞬ほっとしたように見えたのは、たぶんウィステリアの気のせいだろう。

その証拠に――

「この攻撃が終わったら動く。今のうちにクラウ・ソラスに乗っておいてくれ」

次にソラが発した言葉は毅然として力強く、横顔は見惚れるほどに凜々しかった。

3

――嗚呼《ああ》、嗚呼《ああ》、嗚呼《ああ》。

ベヒモスは声をあげていた。

驚き、怒り、悲しみ、戸惑い、そういった様々な感情が込められた声だった。

ベヒモスの放つブレスは強力ゆえに周囲を巻き込まずにはおかない。口まわりの肉を食べていた魔物《こども》たちはとうの昔に骨ごと溶けた。顔まわりの肉を食べていた者たちも、打ち続くブレスの熱で次々に倒れていった。

悲しんだベヒモスは決着を急いだが、どうしたものか、敵は倒れない。ベヒモスのブレスはあらゆる盾を貫く必殺の矛。事実、ベヒモスはこれまで数多の敵をこれで葬ってきた。

その攻撃が効かない。いや、効かないどころか、これは。

――我が牙を退けて、この躬《み》に迫り来るか、霊長《にんげん》。

疾風のように宙を駆け、あるいは砂の大地を疾駆して迫り来る者の姿に、ベヒモスはかすかに身体を震わせる。

再びブレスを放とうとするが、敵は一直線に向かってくるわけではなく、頻繁に動きを変えて照準を定めることを許さない。

いっそ視界すべてを薙ぎ払おうかとも考えたが、この相手に拡散したブレスが通じないのはすでに証明されてしまっている。

それに、これ以上ブレスを吐き続けるのは危険だった。ベヒモスが、ではない。魔物《こども》たちが、だ。

すでにここまでのブレスの余波で、ベヒモスの周囲は耐えがたいほどの高熱が渦を巻いている。頭部に密集していた魔物《こども》のほとんどは倒れ、胴や脚、さらに尾のあたりにいる魔物《こども》たちも高熱で苦しんでいる。

さらなるブレスを放てば、すべての子が灼熱の中でのたうち回り、ついには溶けるように息絶えてしまうだろう。

大地の恵みにとぼしい砂漠で、これだけの命を育むまでどれだけの時を費やしたことか。それを思えば、ただひとりの敵を葬るためにすべての子を犠牲にするなど、とうてい容認できぬ。たとえ相手が忌まわしき竜の臭いを放っていようとも、だ。

魔物《こども》の母としてのためらい。それがさらに彼我《ひが》の距離を縮めていく。

ベヒモスの最大の攻撃手段はブレスであるが、それは同時に、ほとんど唯一の攻撃手段でもある。

超長距離からの砲撃を可能とする移動砲台。それこそがベヒモスの本領であり、巨大な体軀はそれに特化した造りになっている。口は砲口、胴は砲塔、脚は砲座。それ以外の性能は付与されていない。

つまり、敵に懐にもぐりこまれると対応できないのである。

ただ、それでも恐れる必要はないはずだった。

対応できないといっても、それはブレスのような特別な攻撃ができないというだけのこと。巨体を利した体当たりや踏みつぶしはできる。

なにより、ベヒモスには魔物《こども》たちがいる。今もベヒモスの血肉を食っている魔物《こども》たちは、大切な母を守るため、近づく敵を八つ裂きにしてくれるに違いない。

昔、ベヒモスには同じ姿形をした同族がたくさんいた。

戦いに逸《はや》る同族が、霊長《にんげん》に、妖精《ダークエルフ》に、次々に倒されていく中で、唯一、己だけが千年の時を生き抜くことができたのは魔物《こども》たちのおかげである。

敵を食い、身を肥《ふと》らせ、自らの血肉をもって命をはぐくむ。己に刻まれた世界の理を、誰よりも忠実に守ってきたからこそ今の自分がいる。

いかなる存在も自分を害することはできない。これまでも、これからも、自分は魔物《こども》たちと共に砂の大地に君臨し続けるのだ。

だから。ああ、だから。

近づいてくるな、霊長《にんげん》。

――この躯《み》は摂理の牙。世界を浄《きよ》める箒星《ほうきぼし》。我を除くは秩序を除くと同じこと。霊長《にんげん》よ、止まるべし。

ベヒモスは警告を放った。

幻想種の思念はそれ自体が無形の槌《つち》となって敵を打ち据える。並の敵であれば、これだけで精神を粉々に打ち砕かれていただろう。

だが、この敵にそんなものは通じなかった。

「はじめましてというべきかな、獣の王」

その声は宙空より発せられた。

黒刀を構えたその者は、本来、人の身では留まりえぬ場所でしっかと足を踏みしめ、傲然《ごうぜん》とベヒモスを見下ろしている。

「今の妙な声は幻想種の挨拶か？　世界を浄《きよ》める箒星《ほうきぼし》とは言い得て妙だが、さんざん一方的に攻撃しておいて、いまさら『止まるべし』はいただけないな」

それではまるで幻想種が人間を畏《おそ》れているように聞こえる――そういって人間は高々と黒刀を振りかざした。

「秩序の守り手を自認するなら、それにふさわしい振る舞いというものがある。ヒュドラのように逃げてくれるなよ、獣の王」

恐れはなく、畏れもなく、はや勝利を確信したようにうそぶく敵に対し、ベヒモスはその不遜を咎めるように高らかに咆哮する。

戦いが始まった。

4

ベヒモスの姿を至近で捉《とら》えたとき、最初に脳裏をよぎった思考は「でかい」だった。

ソウルイーターの記憶で見たベヒモスを一《いち》とするなら、このベヒモスは十くらいありそうである。たとえて言うなら巨獣の王《キングベヒモス》といったところか。

ティティスの森で戦ったヒュドラもかなりの大きさだったが、眼前にいるベヒモスとは比べるべくもない。

それだけの巨体が砂の大地を踏みしめる姿は、実に幻想的――と言いたいところだが、実際に俺の目にうつる光景は子供の悪夢もかくやという代物だった。

ベヒモス自体は幻想種の名にふさわしい雄々しい体軀をしているのだが、その身体に集《たか》っている砂漠の魔物たちが、重厚感も雄壮さもだいなしにしているのである。

連中がベヒモスの上で波打って動く姿は、動物の死骸《しがい》に張りついた蛆蟲《うじむし》か、さもなくば獲物に襲いかかった軍隊アリを思わせる。

実を言えば、はじめは飢えた魔物がベヒモスと戦っているのかと思ったほどである。だが、ベヒモスの咆哮と同時に魔物たちが俺に向かってきたことで、その考えは否定された。

どうやらベヒモスと魔物の群れはある種の共生関係にあるらしい。魔物たちはベヒモスの血肉を食って飢えをしのぐ。そのかわり、ベヒモスに危険が迫ったらこれを守る、というような。

先ほど魔物の大群をつぶしたときの疑問――これだけの数の魔物がどうやってエサの少ない砂漠で生きのびることができたのか――の答えが眼前にあった。

「ベヒモスを倒したら、こいつらも片付けないとな」

別に難しい話ではない。先刻の氷槌《ひづち》を打ち込めば済む話である。

あの技は魂が喰えないので、けっこうな量を喰いそびれることになってしまうが、これは仕方なかった。魂欲しさに手加減した挙句、逃がした魔物がベルカを襲うような事態になったら目もあてられない。ここは魂喰いよりも殲滅を優先しなければなるまい。

俺がベヒモスを片付けるまでは、ウィステリアとクラウ・ソラスにがんばってもらおう――そう考えて、俺は意地悪く笑った。

もし今の俺の考えをベヒモスが知ったら、さぞ怒り狂うに違いないと思ったからだ。なにせ俺は秩序の担い手を自称するベヒモスを、はや倒したつもりで今後のことを考えているのだから。俺が向こうの立場でも怒る。

しかし、単純な事実として、俺は眼前の幻想種を障害とも脅威とも認識していなかった。特に肉眼で姿を捉えてからはそうである。

確かにこのベヒモスは大きい。大きいということはそれだけで武器だ。城を思わせるあの脚に踏みつけられれば、勁《けい》の多寡《たか》を問わずにぺしゃんこにされてしまうだろう。

くわえて、防御面でもあなどれない。ベルカの城壁よりもはるかに分厚い筋肉は、それ自体が防壁となって攻撃を阻む。仮に攻城兵器で攻撃しても、あの巨体はびくともしないに違いない。

繰り返すが、確かにベヒモスは大きい。大きくて厄介な相手だ――が、何事にも程《ほど》というものがある。

大きすぎるのだ、この幻想種は。

昔、母さんに聞いたおとぎ話のひとつに、指くらいの大きさに生まれた主人公が、旗士《きし》を目指して旅に出て、鬼を倒して夢をかなえるという話があった。たしかあの話では、主人公は自分の小ささを利用して鬼の体内に入り込み、身体の内側で暴れまわって鬼をやっつける、という手段をとっていたように思う。

ソウルイーターの記憶でベヒモスを見てから、俺は対ベヒモスの戦法としてこれを温めていた。

そして、予想していたよりもはるかに巨大な巨獣の王《キングベヒモス》の体軀《たいく》を見て成功を確信した。

だから、この敵には恐怖も脅威も感じない。

「そちらに勝機があったとすれば、最初の一撃を放つまでだったな」

もし、ベヒモスが最初から最大出力で、なおかつ極限まで威力を収束させて星の息吹《ブレス》を放っていたら、俺はここに立っていなかったかもしれない。少なくとも無傷ではなかっただろう。

そんなことを考えつつ、宙を蹴ってベヒモスに迫る。

その動きに応じて、空を飛べる魔物の一団が襲いかかってきたが、それは急角度で飛来したクラウ・ソラスの突進でたちまち蹴散らされた。どうやらクラウ・ソラス自身の風の結界にくわえて、ウィステリアが風の精霊《シルフ》の守りをかけているらしく、面白いように魔物が吹き飛んでいく。

その隙に俺は一気にベヒモスに肉薄した。

ベヒモスの身体のいたるところに張り付いている魔物も、不思議と顔まわりにはほとんどおらず、おかげで歯と歯の隙間からたやすく口内に入ることができた。これも身体が巨大すぎることの弊害であろう。

付け加えると、顔まわりに魔物の姿がなかったのは、俺に二度のブレスを浴びせた際に余波で吹き飛んだからと思われる。ベヒモスが三回目のブレスを吐かなかった理由はそのあたりにあるのかもしれない。

口内に侵入した途端、むせるような悪臭が鼻をついた。

視界に映るのは無数の乱杭歯《らんぐいば》と、ヒルのようにうごめく巨大な舌。そして不気味な収縮を繰り返す肉、肉、肉である。それらすべてが血の色で染まっていた。

この収縮はおそらく再生活動の一環なのだろう。先のブレスの高熱で焼けただれた口内の肉が、幻想種の魔力で回復しようとしているのだ。

奇怪《きっかい》と言うべきか、醜怪《しゅうかい》と言うべきか、なんともおぞましい光景である。まあ自分で飛び込んだ以上、文句を言うのはお門違いであるわけだが。

洞窟じみた大きさの口内を、駆け足で奥へ奥へと進んでいく。すると、こちらの狙いに勘づいたのか、ここでベヒモスが再び吼えた。

ただ、最初の咆哮とは響きが違う。最初の咆哮は怒りと戦意に満ちていたが、今回の咆哮は不快と驚愕の色が濃い。もしかしたら悲鳴の色合いもあったかもしれない。

口の中に入り込んだ異物を排除しようとして、ベヒモスの巨大な舌が迫りくる。

舌を避けつつ、心装で先端を何度か斬りつけたものの、体積が大きすぎるせいで効いている様子がない。斬撃的な意味でも、魂喰い的な意味でもだ。

逆に、少しでも油断すると、こちらが舌に押しつぶされてしまいそうである。

やむをえず目標を変更。舌ではなく歯と歯の間に心装を突き立ててやることにした。敵の攻撃を躱《かわ》しつつ、人間であれば歯茎にあたる部分に刀身を突き刺し、ぐりぐりと動かして傷口をえぐっていく。自分がやられたら嫌なことをやるのは戦闘の基本だ。

しかし、残念ながらこれもあまり効果がないようだった。自分の身体を魔物たちに食わせていたところから察するに、ベヒモスには痛覚が存在しないか、あったとしても極度に鈍っているのだろう。

思えば、ヒュドラにもそういう傾向があったように思う。

となれば、ここは体内への侵入を優先するべきだった。こちらを口内からはじき出そうとする舌も、喉の奥まで入ってしまえば届かない。

そうして体内に入り込み、直接臓腑《ぞうふ》をえぐってやれば痛覚があろうがなかろうが関係ない。それでも死なないようなら、死ぬまで心装で斬りつけて魂を喰い尽くしてやればよい。

幻想種の生命力は強大だが、決して不死ではないのだ。そのことはヒュドラを討ち取った俺が誰よりもよく知っている。

「とはいえ、あまり悠長に構えてもいられないからな」

外で魔物の大群を引きつけているウィステリアたちのためにも、あまり時間はかけられない。

俺は鑽《たがね》を放つべく意識を集中させた。鑽《たがね》はヒュドラとの戦いで用いた勁技《けいぎ》で、颯《はやて》が飛ぶ斬撃だとすれば、鑽《たがね》は飛ぶ刺突である。

ベヒモスの体内をかき回すなら斬撃よりも刺突の方が適しているだろう。

とはいえ、ただ鑽《たがね》を放つだけでは芸がない。ここはひとつ、颯《はやて》を虚喰《こくう》に昇華させたように、鑽《たがね》も俺流に改変してやろう。

幻想一刀流において鑽《たがね》は槍にたとえられる。

俺はそこに回転のイメージを付け加えた。回転する巨大な槍――いや、螺旋《ねじ》だ。槍のように鋭く、螺旋《ねじ》のように回転しながら、敵を穿《うが》ち、えぐり、突き進む勁技《けいぎ》。

ベヒモスの体内を駆けながら勁を練りあげた俺は、そのまま全力で新たな勁技《けいぎ》を解き放った。

「幻葬《げんそう》一刀流――強螺《ごうら》！」

5

――嗚呼呼呼呼呼呼《ああああああああ》！

摩耗《まもう》しきっていた痛覚を覚醒させるほどの激痛がベヒモスの全身を貫き、幻想種は悲憤の咆哮を轟かせる。

臓腑を穿《うが》たれ、えぐられ、かきまわされながら、ベヒモスは混乱していた。

敵に体内に入り込まれたのは初めてではない。相手は霊長であったり妖精であったりしたが、いずれの試みも失敗に終わった。当然である。羽虫が獅子の身体に入り込んだところで何ができよう。

ベヒモスは貪婪《たんらん》、暴食の化身。秩序の敵を喰らう世界の理。

これまでも悪魔を宿した妖精を嚙み裂き、飲み下し、消滅させてきた。相手が竜を宿した霊長にかわったところで結果は変わらぬ。口内に飛び込んだあの霊長はみずから死を選んだに等しい。そのはずなのに。

――やめよ、やめよ、やめよ！

敵の動きは止まらない。縦横無尽に、傍若無人に、ベヒモスの体内を斬り裂き、突き刺し、薙ぎ払って暴れ続ける。

腹の底から這いあがってくる不快感に耐えかねてベヒモスが口をあけると、喉の奥から赤黒い液体が噴水のごとくあふれ出し、砂漠の夜に悪臭と汚濁の虹がかかる。

べちゃべちゃと汚らしい音をたてて砂漠にまき散らされたのは、ベヒモスの血と体液がまざりあった液体だった。魔物の一部が水分と養分をもとめてそれに群がっていく。

その後も続けざまに衝撃が体内で弾け、ベヒモスはぶるぶると身体を震わせた。全身を苛《さいな》む不快感は、今や幻想種をもってしても耐えられない域に達している。

混乱、驚愕、激怒、そして何よりも、このままでは滅びてしまうという確信に突き動かされて、ベヒモスは吼えた。

——愚かなり！　愚かなり！　己が所業の意味を理解しているのか、霊長《にんげん》！

その叫びは、もしかしたら体内の敵に届いたのかもしれない。というのも、直後、まるでベヒモスを嘲弄するように、続けざまに臓腑に刃が突き立てられたからである。

身体が跳ね、体勢が崩れる。ベヒモスはそのまま横転した。遠くベルカの城壁を揺るがせるほどの衝撃が砂漠を駆け抜ける。

転倒した側《がわ》に張りついていた魔物の多くが下敷きになって死んだが、それをなげく余裕はすでにない。ベヒモスはその巨体ゆえに、一度体勢を崩してしまえば立ちあがるのも容易ではない。うなり、もがくだけで精一杯だった。

そうしている間にも、身体の内側から己が喰われていくのがわかる。

あまりの苦痛に幾度《いくど》も吼えた。あまりの苦悶に幾度も啼《な》いた。だが、身体の内側に入り込んだ霊長《にんげん》の動きが止まることはなく、時を追うごとにベヒモスの咆哮は弱々しいものになっていく。身体に力が入らない。

己が滅びることをベヒモスは悟った。

その認識が悲哀を呼ぶ。

命は巡るものなれど、幻想種は命の枠の外にいる。ゆえに巡ることはかなわず、滅びは滅び以外の意味を持たない。千年の時を生き抜いた幻想種《ベヒモス》は、そのことを悲しいと感じていた。

薄れゆく意識の中で、ベヒモスは己を滅ぼした霊長《にんげん》に向けて最期の言葉を放つ。

――摂理の牙たるこの躬《み》を折り、秩序の守《もり》たるこの躬《み》を討つ。その暴虐は隠れなく、その悪徳は限りなし。ゆめ忘れるなかれ、霊長《にんげん》よ。今このときより、汝は世界の敵となる。

言い終えた直後、応《いら》えがあった。

言葉ではない。心《しん》の臓《ぞう》に刃を突き立てるという行動によって、霊長《にんげん》は己の意思を伝えてきたのである。

びくり、とベヒモスの身体が意思によらず震えた。

もはや身体は指の一本も動かせず、視界も闇に閉ざされていく。己という存在が無に帰ろうとしていることを自覚したベヒモスの目に、魔物《こども》たちの姿が映し出される。

自分が滅びたら、この子たちはどうやって飢えを満たし、渇きを癒せばいいのだろう。そのことを思って、ベヒモスは哀しげに喉を震わせた。

それがカタラン砂漠に君臨し続けた巨獣の王の最期の行動だった。


それが来たのは、ベヒモスの体内で放った勁技《けいぎ》の数が十を超え、二十に達したときだった。

魂の流入。ベヒモスを斬っている間もけっこうな量の魂を喰えていたのだが、今度のそれはまったく桁《けた》が違う。

怒濤《どとう》のごとく流れ込んでくる魂が、ベヒモスの死を告げるものであることは明白だった。

「ハハハハハッ!!」

高揚感に突き動かされるままに、俺は哄笑を放つ。

流入する幻想種の魂はケール河の水のように尽きることがなく、俺の全身を隅々まで満たしていく。そのあまりの快さに自然と恍惚《こうこつ》の笑みが浮かんだ。

直後、びくり、と身体が震える。レベルアップだ。

一度、二度、三度……まだ止まらない、まだ終わらない。鬼ヶ島で鬼神を討ってからなかなか上がらなかったレベルが面白いように上がっていく。

最初の砲撃を除けば苦戦らしい苦戦をしていないので、ちょっと上がりすぎのような気もするが、おそらくベヒモスは俺の何十倍、ことによったら何百倍も生きてきた。幻想種にレベルがあるのかは知らないが、それだけの歳月、砂漠の覇者として君臨してきた存在を俺は討ち取ったのだ。

そう考えればこのレベルアップも不当ではあるまい。それに、細かい理屈はともかく、たまにはこういう幸運があっても罰はあたらないだろう。なにせ、レベルに関しては散々苦労してきたからな！

最後にベヒモスは世界の敵がどうとか言っていたが、あれは今後、幻想種が俺を標的にするということだろうか？　だとしたら、なんて嬉しい置き土産。ぜひぜひ世界とやらには頑張ってほしいところである。

——その後、ベヒモスの魂を米一粒《ひとつぶ》分も残さず喰いきった俺は、レベルアップの余韻が去るのを待って外に出た。

勁技《けいぎ》でベヒモスの身体を中からぶちぬいたのだが、レベルアップの影響は技の威力にも如実に反映されており、面白いようにすぱすぱ斬ることができた。それに、ベヒモスが死んだことで肉もかなり変質し、斬れやすくなったように思う。これも脱出が容易になった理由のひとつだった。

思いのほかあっさりと外に出ることに成功した俺は、すぐにも魔物が襲ってくるかと思って身構える。ところが、連中は一心不乱にベヒモスの死骸に群がっており、こちらには見向きもしない。目の前のご馳走に夢中で、俺の存在など眼中にないらしい。

これ幸いと勁《けい》で足場を築いて上空に移動すると、それに気づいたクラウ・ソラスが嬉しげに翼をはためかせながら近づいてきた。鞍の上にはウィステリアの姿もある。

一人と一匹の無事を確認した俺は、内心でほっと安堵の息を吐いてから、あらためて眼下でうごめく魔物の群れを見下ろした。

ベヒモスは死に、もはや血肉は再生しない。無限の糧を失った魔物たちは、ベヒモスの死骸を食い尽くした後、新たなエサを求めて砂漠中に散っていくだろう。

それらがベルカの街や、砂漠に点在するオアシスに被害をもたらすのは確実だった。そうなる前にここで一網打尽にする必要がある。そう思って心装を振り上げたときである。

妙な音が俺の耳朶を震わせた。

6

ぱちぱちぱちぱち、と一定の律動《リズム》で刻まれるその音は、どう聞いても拍手の音だった。

宙に浮かぶ俺の、さらに上から拍手が降ってくる。

反射的に空を振り仰いだ俺の耳に、涼やかな声が飛び込んできた。

「見事、というしかないね。まさか人間が神獣を倒してしまうとは」

感嘆の表情を浮かべながら手を叩いているのは一人の少年だった。身体も小柄で、外見だけでいえば十二、三歳というところだろう。ただし、この少年が外見どおりの存在でないことは、とがった両耳と浅黒い肌が物語っている。

ウィステリアと同じダークエルフだった。

ただ、魂の量が尋常ではない。同源存在《アニマ》を宿すウィステリアさえはるかに凌駕している。

警戒して心装を構える俺に対し、向こうは拍手をやめて両手を左右に広げてみせた。害意はありません、というアピールのつもりだろう。

むろん、そんなことで油断したりはしない。俺が鋭く相手を見据えながら口をひらこうとしたとき、それに先んじてウィステリアの驚愕の声が響き渡った。

「始祖様！　なぜこのようなところに!?」

「……始祖？」

ウィステリアの言葉に、思わず眉根を寄せる。

と、始祖と呼ばれた少年はくすりと笑ってうなずいた。

「いかにもそのとおり。神獣殺し《ホーリースレイヤー》への敬意を込めて名乗らせてもらおう。僕の名はラスカリス。ダークエルフの最長老にしてアンドラの王。法神教からは惑わす者《ウィル・オー・ウィスプ》なんて呼ばれてもいるね。君にとっては夜会の主宰者《しゅさい》、シャラモンの同志といった方がわかりやすいかもしれない」

「……不死の王の首魁《しゅかい》か」

向こうの一挙手一投足を警戒しつつ、俺は眼前の相手の情報を思い返す。

惑わす者《ウィル・オー・ウィスプ》ラスカリス。カタラン砂漠において敵として立ちはだかるであろう、とノア教皇が告げた人物だ。案の定というべきか、シャラモンを倒したのが俺であることはすでに知られているよ

うである。

夜会の第一位というからには、当然、第三位のシャラモンよりも強いのだろう。

実際、ベヒモスとの戦い直後で集中力を欠いていたとはいえ、俺はラスカリスの気配をまったく察知することができなかった。向こうがその気ならいくらでも奇襲できたに違いない。

その機会をあえて見過ごしたところを見るに、シャラモンの仇討ちに来たというわけではないのだろう。

そんなことを考えていると、ラスカリスはさらに言葉を重ねてきた。

「君の言うとおり、僕は不死の王。命の埒外《らちがい》に至った化け物だ。けど、化け物であっても他者への敬意は持ち合わせている。シャラモンを討った君に恨みがないとは言わないが、神獣と戦った後の隙を狙うような真似はしないよ」

その声は思いのほか真剣だった。真摯《しんし》と言い換えてもよい。

その態度が偽りである可能性ももちろんあるわけだが、先制の好機を見逃してまで俺をだます意味があるとも思えない。ここで戦うつもりはない、というのは本当なのだろう。

ただ、それならそれで、何のために俺の前に姿をあらわしたのか、という疑問が生じる。

と、ラスカリスがそんな俺を見て再び笑った。

「それなら何をしにきた、と言いたそうな顔だね。それについて答えると、ベヒモスの様子を見に来たんだよ。絶えずアンドラの周囲をまわっていた神獣が急に東に向かった。それはつまり、アンドラ以上に神の脅威となる存在を見つけたということだからね。興味をおぼえて当然だろう？」

そこまで言うと、ラスカリスはすっと目を細めた。

「シャラモンを斬ったのはヒュドラを倒した竜殺し。そこまでは突き止めていたけれど、それが島の護人《もりびと》で、なおかつベヒモスをも討ち果たすとはさすがに予想していなかった。ノア教皇が目をつけたのも納得がいくというものだよ」

相手の意味深な応答に俺が眉根を寄せると、ラスカリスはくすりと微笑んだ。

「失礼。思わせぶりなことを言ってしまうのは僕の悪い癖だ。ともあれ、君が倒したベヒモスは、黄金帝国《インペリウム》を滅ぼした神の尖兵《せんぺい》だった。一度ならず二度までも幻想種を討ち果たした君は、間違いなく世界に目をつけられただろう。僕と同じように、ね」

「ふん。思わせぶりな物言いは悪い癖、というのは本当らしいな」

「はは、今のは単純な事実の指摘さ。もったいぶって君の気を引こうとしたのは否定しないけれど」

ラスカリスはここで俺から視線を外すと、倒れたベヒモスとそれに群がる魔物たちを見やる。

「ただ、何を語るにせよ、その前にあれは片付けておかないとね」

そう口にするや、不死の王はその強大な魔力を解き放って詠唱を開始した。

怖気《おじけ》を振るうほどに滑らかで濃密な言霊《ことだま》。まるで聴覚を侵食するようにラスカリスの詠唱が脳内でこだまする。

あなたは私を裏切った《エリ・エリ・ウルス》。私もあなたを裏切ろう《エリ・エリ・ウルス》
群れるもの、貪《むさぼ》る翅《はね》、いざいざ来たれ蟲《むし》の皇《おう》
散れば羽虫、集えば覇虫、天地を覆う暗闇《やみ》の雲
汝はすべてを喰らう者。満ちるを知らず、足りるを知らず、ゆえに止まるを知らぬ者
沃野《よくや》千里を平らげて、波濤《はとう》万里を飲み干さん

「『止まぬ翅音《はおと》は飢餓の咆哮——始蝗帝《しこうてい》』」

教会で歌われる讃美歌にも似た綺麗な詠唱が終わる。

だが、あたりはしんと静まり返ったまま。一瞬、不発という言葉が脳裏をよぎる。

むろん、そんなわけはなかった。

俺の視界で日が陰《かげ》る。その原因を求めて空を見上げた俺は、遅まきながら気づいた。

——いつの間にか上空を巨大な雲が覆っている。

その雲が無数の飛蝗《バッタ》で出来ていると気づいた瞬間、背筋に強い悪寒が走る。

かつてシャラモンが使ったという蝕魔法『始蝗帝《しこうてい》』。ルナマリアたちから話は聞いていた。

だが、シャラモンが使った魔法と、いま俺の眼前で展開されている魔法では規模が違う。ティティスの森の一角を焼け野原にしたシャラモンの魔法に対し、ラスカリスの魔法はティティスの森そ

のものを焼き払ってしまうのではないかと思える。

驚愕とおぞましさを禁じえない俺の眼前で雲が動いた。無数の飛蝗が雨のように地上めがけて降り注いでいく。その一匹一匹が、大地に大穴を空けるほどの魔力を孕《はら》んだまま、無数の飛蝗は倒れたベヒモスと、それに群がる魔物の群れに殺到していった。

目を射る閃光、耳をつんざく轟音。

次の瞬間、激甚な衝撃がカタラン砂漠を震撼《しんかん》させる。膨れあがった爆発の光は、あたかも太陽が落ちたかのようであった。

7

ラスカリスの魔法はあたりの景色を一変させた。

魔物の群れも、ベヒモスの死骸も消し飛んで、地形さえ変化している。砂漠の真《ま》っ只中《ただなか》に漏斗《ろうと》状にひらいた大穴は、アリ地獄の巣を想起させた。

今の爆発は、間違いなくベルカからも見ることができただろう。その前の俺の氷槌《ひづち》やベヒモスのブレスも含め、しばらくはベルカ中がこの話題で持ち切りになるに違いない。その場に居合わせた俺に対しても質問、詰問が殺到するのは目に見えていた。

それはまあいい。何か聞かれても知らぬ存ぜぬと言い張れば済む話である。問題なのは、今のラスカリスの魔法のせいで、俺がベルカにやってきた理由であるベヒモスの角が粉微塵に吹き飛んでしまったことだった。

アンドラの王だか夜会の主宰者《しゅさい》だか知らないが、何をしてくれてるんだ、どちくしょう――というような内容を相手に伝えたところ、返ってきた反応はしごくあっさりしたものだった。

「それなら代わりになる品を進呈するよ。これなんかどうだい？」

そう言ってラスカリスが投げてよこしたのは、子供の拳ほどの大きさの魔法石だった。大きさとしては普通サイズ。しかし、純度は桁《けた》はずれだ。ここでいう純度は魔法石が含有《がんゆう》している魔力の質を指している。

これ、カナリア王国の――いや、アドアステラ帝国の国宝であっても不思議ではない逸品だ。

そんな俺の内心を読み取ったわけでもあるまいが、次のラスカリスの言葉は俺の推測を肯定するものだった。

「賢者の石。そう呼ばれる宝珠だよ。一口に賢者の石といってもピンからキリまであるけど、それは黄金帝国《インペリウム》産の極上品だ。ノア教皇も文句は言わないだろう」

「……ずいぶん事情に通じているみたいだな」

「たぶん君以上にね。だから、こんなことも知っている」

ラスカリスは語る。

結界魔術を長期にわたって維持する場合、触媒が必要なのは間違いない。だが、それがベヒモスの角である必要はなかった。リヴァイアサンの逆鱗《げきりん》でも、ジズゥの尾でも、白鯨の髭《ひげ》でもよい。それこそ賢者の石でも十分に触媒たりえるだろう。

　どれもこれも入手困難という意味では似たり寄ったりだが、それでもベヒモスの角に限定する必要はなかったはずだ。

　しかし、ノア教皇はあえてそれをした。それは何故なのか。

「それは竜殺したる君を砂漠に導き、ベヒモスを排除するためさ。聖王国の教皇の言葉となれば、たいていの人間はそれを鵜呑《うの》みにする。他に何か手はないのか、なんて考える者は少ないだろう。ましてや教皇は術者当人でもあるわけだしね」

　君もそうだったんじゃないかな。

　からかうようにそう口にしたラスカリスに対し、俺はそっけなく応じる。

「よくまわる舌だな。試みに問うが、俺にベヒモスを排除させた後、聖下はどう動くんだ？」

「当然、アンドラを手中におさめようとするだろうね。あそこには法神教が欲しくてたまらないものがあるから」

「法神教が欲しくてたまらないもの？」

「それが何なのか、君はすでに知っているよ。つけくわえれば、法神教はもうそれを二つ確保している。一つはアドアステラの帝都で。もう一つは聖王国《カリタス》の大腐海で」

　世界の覇権を握る大国の都と、かつて幻想種《ヒュドラ》が出現したとされる聖王国南方の腐った森。似ても似つかぬ二つの場所と、さらにカタラン砂漠の奥深くに存在するダークエルフの土地を結びつけるもの。

それは――

「龍穴、か」

「ご名答」

アンドラにあるという奈落と龍穴の類似、さらに龍穴と幻想種との関係から導いた推論に対し、ラスカリスは手を叩いて正解だと述べた。

「法神教が狙っているのはアンドラだけではないよ。ティティスの龍穴も彼らの狙いに含まれている。君も知ってのとおり、アドアステラ帝国はヒュドラ出現の混乱に乗じてカナリア王国への圧力を強めている。一度は立ち消えそうになった王太子と第三皇女の婚姻を強引に推し進める、という形でね。これも狙いはティティスの森さ。カナリア王国は帝国と違って法神教を国教としていない。帝国ほどには法神教の意が通らないんだ」

「それでは法神教がティティスの龍穴を確保するのに都合が悪い、ということか。龍穴の存在に気づいたカナリア王国が、法神教にかわって自分たちで龍穴を管理しようとする可能性もある。だから、法神教は帝国を動かしてこの国を支配させようとしている、と」

「またしてもご名答。ちなみに、法神教が動かしたのは帝国だけじゃない。カナリア王国も、だよ。今回の婚儀には帝国派以外の貴族も賛同しているだろう？　それは何も帝国の援助欲しさだけではない、ということさ」

　俺はそれを聞いて、疑わしげに異見を述べる。

「もっともらしく聞こえるが、王太子の婚儀はヒュドラが出現するずっと前から動いていたぞ。後乗りした法神教が婚儀を主導できるとは思えないな」

「その疑問に対する答えはこうさ――法神教は事のはじめから関わっていた。あるいは、こう言った方がわかりやすいかな。彼らはヒュドラが出現するずっと以前から、ティティスに龍穴があることを知っていたんだよ。そして、それを手に入れるために動いていた。あの森を守っていた神無《かむな》の一族を滅ぼしたのは君たち島の護人《もりびと》だけど、それを裏で操ったのは法神教だ」

「……それこそ何年前の話だと思ってる？」

「四十年。ふふ、君にとっては長く感じられるかな。でもね、法神教がアドアステラ帝国を介して勢力拡大をはじめて三百年だ。それだけの時間をかけて彼らは目的に邁進《まいしん》している。それに比べれば、四十年なんて大した時間じゃないとは思わないかい？」

　俺は向こうの問いかけに肯定も否定も返さなかった。

　惑わす者《ウイル・オー・ウィスプ》の二つ名どおり、ラスカリスの言葉は耳に心地よく、その言葉は真実の響きを帯びている。実際、スズメの里の名前や、襲われた時期などの情報は俺が知っているものと一致していた。

　むろん、だからといって相手の言うことを鵜呑みにするのは、素直も度がすぎるというものだ。

　一流の詐欺師は相手をだますとき、一から十までデタラメを述べたりしない。話の中に多くの真実を混ぜ、相手を信用させ、その上で話の勘所《かんどころ》に偽りを仕込む。ラスカリスがその手合いではない、という保証はない。

俺は慎重に口をひらいた。

「婚儀の件がティティスの龍穴を手に入れるためだとして、結局、法神教の目的は何なんだ？　大陸中の龍穴を手に入れて、それで何をしようとしている？」

今や法神の教えは大陸中にあまねく広がっており、世俗の権力も手に入れている。たいていの願いを自力でかなえることのできる法神教が、龍穴を欲してまでかなえようとしている目的は何なのか。

この問いに対し、ラスカリスは歌うような口調で聞きおぼえのある言葉を口にした。

「法とは秩序を守るもの。そして、秩序とは人の世の昏《くら》きを照らす光ならん」

「……法神の聖句か」

「そう。そして、この聖句こそ君の疑問の答えになる。これ以上のことを知りたければ、光神教、この言葉について調べてみるといい」

思わず眉根を寄せたのは、それが聞きおぼえのある言葉だったからである。

その俺の表情をどう受け取ったのか、ラスカリスは真剣な眼差しで言った。

「ただ、調べる際は気をつけて。僕がこれを伝えた相手は、なぜだか決まって早死にしてしまうからね――『銀星』のアロウのように」

エピローグ

「すごい、もうベルカの城壁が見える……！」

ワイバーンの鞍《くら》の上でカティアが弾んだ声をあげた。

そのすぐ後ろで鞍にまたがっていたイリアは、子供のようにはしゃぐカティアの背を見やりながら、視線をカティアの前——ワイバーンの騎手へと向ける。

そこにいるのはソラではなかった。ソラよりも背が高く、それでいて手や胴はソラよりもほっそりしている。なにより、防具越しでもわかる均整のとれた体つきはイリアと同じ女性のものだった。

カナリア王国竜騎士団副長アストリッド・ドラグノート。それがイリアたちを乗せている竜騎士の名前である。

本来の予定では、イリアたちは先発したソラが戻るのを待ってベルカへ向かうはずだった。それがどうしてアストリッドの騎竜に乗ってベルカに向かっているのかと言えば、妹《クラウディア》経由でカティアを取り巻く事情を知ったアストリッドから助力の申し出があったのである。

アストリッドには間もなくベルカに向かう予定があった。彼《か》の地の法の神殿の責任者であるサイララ枢機卿が、アザール王太子と咲耶《さくや》皇女の婚儀に出席するためにイシュカへやってくる。アストリッドはその護衛の責任者に任じられたのである。

護衛の最中に関係のない人間を乗せることはできないが、ベルカまで連れて行く分には何の問題もない——そのアストリッドの申し出を、イリアたちは受けた。

正直に言えば、イリアはこの申し出を辞退したかった。別段、アストリッドのことを嫌っているとか、そういうことではない。むしろまったくの逆。イリアは冒険者になる以前からアストリッドに憧れの念を抱いており、ソラの家でアストリッドに接するたび、いまだに緊張で身体をカチコチに強張らせている。

尊敬するアストリッドに自分たちのことで手間をかけさせてしまう。イリアはそれを避けたかったのである。

だが、一刻も早いベルカへの帰還を望むカティアに対し、私的な感情を理由に反対を唱えることはできなかった。それに、厚意から助力を申し出てくれたアストリッドに拒絶で応じるのも、それはそれで無礼であろう。イリアはそう自分に言い聞かせて、アストリッドの騎竜アスカロンにまたがった。

そうしてイシュカを発って二日あまり。

アストリッドとイリア、カティアの三人、それにアストリッドの部下である五人の竜騎士は、ベルカを守る砂岩の城壁が遠望できるところまでやってきたのである。

と、ここでアストリッドがカティアの声に応じるように口をひらいた。ただ、その声は低い。常は明晰《めいせき》で凜としている声音が、今は強い懸念で覆われていた。

「城門が閉じていますね。まだ日が昇っている時刻に門を閉ざすとは、やはりベルカで変事が起きたのは間違いないようです」

アストリッドが、やはり、と口にしたのは昨日の出来事が原因になっている。昨日、一路《いちろ》ベルカへ向かって飛んでいたイリアたちは、西の方角で立て続けに炸裂する轟音を聞いたのである。

それは遠雷の轟きを思わせる重さで幾度もイリアたちの鼓膜を揺さぶり、衝撃の余波と思われる突風は、ベルカから遠く離れたイリアたちのもとまで押し寄せてきた。風は、王国が誇る竜騎士たちがそろって飛行の安定を失うほどに激しく吹きすさび、イリアは一瞬墜落を覚悟したほどである。

幸い、音も風もしばらくすると止んだのだが、一連の出来事が自然現象ではないことは明白だった。

自然現象でなければ、いったい何だったのか。

イリアにせよ、アストリッドにせよ、何が起こったのかはわからなかった。けれど、何かが起こったことは間違いない、と確信した。その何かに先行したソラたちが関わっていることも、同じように確信した。

「城門の手前に降ります。しっかりつかまっていてください」

イリアとカティアが自分の言葉に従うのを確認したアストリッドは、少しだけワイバーンの手綱を引く。騎手の意を悟ったアスカロンは滑るように宙を駆け、ゆっくりと地面の上に降り立った。

カティアが待ちきれないと言わんばかりに地面に飛び降り、城門に向かって駆け出していく。

慌ててカティアを追いかけながら、イリアはベルカの巨大な城門を見上げた。

来る者を拒むようにピタリと閉ざされた門と、来る者を威圧するようにそびえたつ砂岩の城壁。

あたかもベルカの街そのものに来訪を拒まれているように感じられて、イリアは無言で眉根を寄せた。

書き下ろし　蝕《しょく》魔法への道

その日、ミロスラフはベルカに向かって旅立つソラとスズメ、そしてルナマリアを見送った。

藍色翼獣《インディゴワイバーン》に乗った三人の姿は、ミロスラフの視界の中で瞬く間に小さくなっていき、やがて西の空に溶けるように消えてしまう。

途端、ミロスラフの口から小さなため息がもれた。

先の鬼ヶ島行きと同様、今度もミロスラフはソラについていくことができなかった。そのことを残念に思う気持ちが、ため息という形で外に出てしまったのである。

しかし、ミロスラフはすぐにかぶりを振って、自分の中にある未練を払い落とした。たしかにソラに同行することはできなかったが、代わりにソラの口から直接「留守を頼む」と伝えられている。

無用の者として切り捨てられたわけではないのだ――そう自分に言い聞かせた。

それに、実のところ、今のミロスラフにはソラと別行動をとる利点がないわけではない。内密で調べたいことがあったのである。

「――やはり、あの魔法のことはどこにも載《の》っていませんわね」

見送りを終えて自室に戻ったミロスラフは、山のように積み重なった魔導書を紐《ひも》ときながらひとりごちた。

調べているのは、先ごろティティスの森で戦った不死の王シャラモンが唱えた魔法である。

シャラモンの魔法は高速詠唱と圧縮詠唱を重ねた離れ業であり、魔術師であるミロスラフでさえほとんど聞き取ることができなかった。かろうじて理解できたのは、最初と最後の部分だけである。

『エリ・エリ・ウルス・エリ・ウルス、群れるもの、貪《むさぼ》る翅《はね》、いざいざ来たれ蟲《むし》の皇《おう》』

『止まぬ翅音《はおと》は飢餓の咆哮――始蝗帝《しこうてい》』

通例にならうなら、あの魔法の名称は最後の単語と重なる。すなわちシャラモンが唱えた魔法は始蝗帝《しこうてい》ということになるのだが……ミロスラフはこれまで一度としてその名を聞いたことがなかった。

あの絶大な火力から推測するに、始蝗帝《しこうてい》は火魔法に分類される魔法だと思われるが、いまだミロスラフが修得していない第七圏《けん》以上の魔法の中にも「始蝗帝《しこうてい》」という単語は見当たらない。念のため、火魔法以外の地、水、風の魔法も調べてみたが、やはり該当する魔法は発見できなかった。

まったくの未知の魔法。ミロスラフが知らない系統に属する秘術。

赤毛の魔術師は先日の戦いの光景を脳裏に思い描き、きゅっと唇を引き結んだ。

「あの威力は異常でしたわ……」

群がる黒屍鬼《アルグール》を一掃し、ティティスの森の一部を完全に焦土と化した破壊力。ミロスラフが苦労して修めた第六圏《けん》の朱雀《あけすずめ》など、あの魔法の前では児戯《じぎ》に等しい。

――欲しい、と思った。あの魔法が欲しい、と。

アンデッドモンスターの頂点に立つ不死の王シャラモンと、ただの人間の魔術師であるミロスラフではそもそもの魔力が違う。くわえて、シャラモンはあのとき、魔力の増幅器として賢者の石という最高級の触媒を用いていた。

それゆえ、仮にミロスラフが始蝗帝《しこうてい》の魔法を修得したとしても、シャラモンほどの威力を出すことはできないだろう。

だが、それでもかまわない、と思う。

御剣家のクライア・ベルヒに一蹴されたあの日から、強さを切望し続けているミロスラフにとって、強力な魔法の修得はレベル上げと同じくらい重要なことである。たとえ威力があの半分になろうとも――いや、十分の一になろうとも、ミロスラフはあの魔法が欲しかった。

現状、魔術師としてのミロスラフの限界は第六圏《けん》。このまま第七圏《けん》、第八圏《けん》と魔法の階梯《かいてい》をのぼっていき、魔術師の到達点とされる第九圏《けん》へ至るためには膨大《ぼうだい》な時間が必要となる。

本来、二十歳に満たない年齢で第六圏《けん》の魔法を行使できるというのは、それだけで大国の宮廷魔術師として招聘《しょうへい》されるレベルの偉業なのである。その第六圏《けん》より上の魔法を修得しようと思えば、一年や二年の研鑽《けんさん》でどうにかなるものではない。

ミロスラフが聖賢《ロード》——第九圏《けん》の魔法を行使できる魔術師——に至るまで、どれだけ少なく見積もっても十年はかかるだろう。

それでは駄目なのだ。ソラに必要とされる己になるために、五年も十年も時間をかけてはいられない。

そう思って密かな焦燥をおぼえていたミロスラフにとって、不死の王との戦いは福音《ふくいん》となりえるものだった。

シャラモンが唱えた魔法は、ミロスラフが知る正規の魔法とは異なる系統に属している。その術理を解析することができれば、ミロスラフは魔術師として一段も二段も上にいけるに違いない。それも、正規の術式を修めていく方法よりずっと短期間で、である。

それだけでクライアに勝てるようになるとは思わない。結局のところ、一蹴されるレベルであることに違いはないのかもしれない。

だが、少なくとも、戦いにおける手数を増やすことはできる。今の自分よりはソラの役に立つことができるのだ。

であれば、その選択肢に手を伸ばさない理由はなかった。

ミロスラフは、指先でトントンと机を叩きながら思考をととのえていく。

「正規の術式ではない以上、禁呪《きんじゅ》のたぐいであるのは明白。問題はどこから手をつけるか、ですが――」

一口に禁呪といっても内容は様々である。

威力が強すぎて先達の魔術師たちによって秘匿《ひとく》された術式かもしれないし、生贄《いけにえ》を捧げることで邪神や悪魔から授かった呪術かもしれない。

前者であれば、賢者の学院のような専門の魔術機関を訪ねるべきだろう。ミロスラフは学院に良い思い出がないが、必要とあらば自分の感情をおさえて訪問することはできる。

ただ、賢者の学院におけるミロスラフの身分は「王族が臨席した卒業試験を無断で欠席し、放校処分にされた元学生」に過ぎず、そんな人間が訪ねたところで、先方がこころよく禁呪の情報を提供してくれるわけがなかった。

後者だとすれば、探すのはさらに困難になる。過去に冒険者や神官によって討伐された呪術師の記録をあたるべきだが、都合よく資料が残っているとはかぎらず、仮に残っていたとしても、ギルドや神殿によって厳重に管理されているはずだ。部外者のミロスラフが閲覧させてほしいと頼んだところで応じてはくれまい。

眼差しを伏せたミロスラフは、小さく息を吐きだした。

そして、少し視点を変えるべく、机の上に置いておいた羽根ペンを手に取る。さらさらと紙に書きだしたのは、ミロスラフが聞き取ることができた始蝗帝《しこうてい》の詠唱だった。

「あらためて文字にしてみると、やはり冒頭の一文が気になりますわね」

エリ・エリ・ウルス・エリ・ウルス。

ミロスラフが知るかぎり、共通語にも古代語にも該当する語句は存在しない。どことなく神への聖句に似た雰囲気を感じることから、神殿関係者にたずねてみたいと思った。

しかし、世の神官たちにとって、悪魔や邪神、それらを崇拝する死霊魔術師《ネクロマンサー》や悪魔崇拝者は不倶《ふぐ》戴天《たいてん》の敵だ。そして、ミロスラフが調べようとしているのはアンデッドモンスターの雄たる不死の王が使っていた術式である。

たとえ相手がイリアやセーラ司祭であっても、始蝗帝《しこうてい》に関する事柄をたずねるのは止めるべきだろう。

特に、ソラが深い親愛を見せているセーラ司祭と敵対するような事態は、万難を排してでも避けなければならない。これは新魔法修得よりも優先すべき事項だった。

「盟主《マスター》に忠誠を誓ったイリアなら、他人に情報を漏らしたりはしないでしょうが――こちらも避けた方が無難ですわね。彼女が母親に隠し事ができるとは思えませんし、それに、イリアもイリアで今は大変そうですから」

カティアと名乗った少女のことを思い出し、ミロスラフは小さく肩をすくめる。

今も同じ屋敷の一室で寝入っている少女に対し、ミロスラフの関心は薄い。もちろん、ソラが認めた客人を粗略に扱うつもりはないが、彼女の事情に深入りするつもりはまったくなかった。

もしも、自分が今もラーズのそばにいれば、ラーズと縁の深いあの少女のことをあれこれ気にかけていたに違いないが——ふとそんなことを考えてしまい、ミロスラフは自分の着想に苦笑する。

我ながら埒《らち》もないことを、とおかしくなったのだ。

その笑いがきっかけとなったわけでもないだろうが、このとき、ミロスラフはあることに気がついた。

死霊魔術師《ネクロマンサー》や悪魔崇拝者は神官にとって不倶戴天《ふぐたいてん》の敵。今しがたの自分の考えに、記憶の一部が触発されたのである。

「死霊魔術師《ネクロマンサー》といえば、わたくしがスキム山にこもっていたときに王都で起きた騒ぎ。あれを引き起こした青林旗士も死霊魔術師《ネクロマンサー》だという話でしたわね」

ミロスラフが口にしたのは、青林旗士のひとりである慈仁坊《じじんぼう》が王都ホルスで引き起こした騒動のことだった。

前述したように、当時、ミロスラフはスキム山にこもってレベル上げに邁進《まいしん》していたため、この件にはまったく関わっていない。そのため、今の今までほとんど思い出すこともなかった。

騒動自体がすぐに終息したこと、その直後に魔獣暴走《スタンピード》が発生したこと、さらに御剣家の襲撃やヒュドラの出現等が重なったことも記憶が薄れた一因になっている。

しかし、死霊魔術師《ネクロマンサー》について調べるのなら、まさにうってつけの事件ではないか、とたった今《いま》気がついた。

慈仁坊は王都のドラグノート公爵邸に強襲をかけ、ソラに返り討ちに遭ったと聞いている。その場に居合わせたクラウディアやアストリッドに話を聞けば、禁呪について何かしらの情報を得ることができるかもしれない。

ソラを助けるために青林旗士の情報を調べ直している、と言えば姉も妹も知るかぎりのことを教えてくれるだろう。

「そうと決まれば、善は急げですわ」

クラウディアはしばらく王都に戻っていたが、少し前に法神教のノア教皇の介添え役としてイシュカに戻って来た。そして、その教皇は結界構築のために今もイシュカに留まっている。

これぞ天の配剤《はいざい》というものだ、と考えたミロスラフは、慌ただしく自室を後にした。

あとがき

初めて作品を手に取っていただいた方ははじめまして。前巻を手に取っていただいた方はお久しぶりです、作者の玉兎と申します。

読者の皆様の応援に支えられ、めでたく五冊目の単行本を出すことができました。単行本の第一巻が出版されたのが一昨年の九月でしたので、ざっと一年半の時間が経過したことになります。当時から世相も大きく移り変わり、日本、世界を問わず大きな混乱が続く中で、こうして続巻を出すことができたのは望外の幸せです。これも読者の皆様の応援あってこそ、と肝に銘じ、今後も執筆活動に励んでいく所存です。

話を作品の方に移しますと、鬼ヶ島からイシュカに戻ってきた主人公は、休む間もなく西のはてにあるカタラン砂漠に移動します。この西方での冒険から、物語の根幹部分に関わる謎がちらちら見えてくるのですが、ｗｅｂ版ではその謎を開陳するさじ加減でかなり苦戦しました。

そのため書籍版では思いきって展開を変えてみたのですが――これが後の苦悶を生むことになろ

うとは、当時の私は思ってもいませんでした……。

展開を変えたこと自体に問題はなかったのですが、その変更部分を締め切りまでに書き切ることができるという判断が大間違い。結果、当初の提出予定日を二十日以上オーバーするという大失態をおかしました。四巻が発売された十二月にろくに書籍の宣伝をせず、ｗｅｂ版の更新もできなかった理由はこれだったりします。読者の皆様、出版関係者の皆様には大変ご迷惑をおかけしました。伏してお詫び申し上げます。

最後に五巻の出版にたずさわってくださった方々への謝辞です。

イラストを担当してくださった夕薙先生、今回も素敵なイラストをありがとうございました。先生にイラストを担当していただいたことは、この作品の最大の幸運であると思っております。

編集を担当してくださった古里様ならびに出版社の方々、またしてもご迷惑をおかけすることになってしまい申し訳ありませんでした。大変な状況の中で出版のために尽力していただき、感謝しております。

最後にこの作品を応援してくださっている読者の皆様にお礼を申し上げます。外出もままならない昨今、心と身体の安定を保つのはなかなかに難しいことではありますが、どうか健康に気を付けてお過ごしください。拙作がそんな皆様の無聊をなぐさめる一助になるのであれば、これに過ぎる幸いはございません。

それではこのあたりで筆をおかせていただきます。ありがとうございました。

初期女性陣で唯一カバーに登場していないルナマリア
今回も同じエルフのウィステリアに取られてしまったので
せめてあとがきで描かせていただきました。
次回もよろしくお願いします！

世界へ!
ヘルモード
～やり込み好きのゲーマーは
廃設定の異世界で無双する～
二度転生した少年は
Sランク冒険者として
平穏に過ごす
～前世が賢者で英雄だったボクは
来世では地味に生きる～
贅沢三昧したいのです!
転生したのに貧乏なんて
許せないので、
魔法で領地改革
領民0人スタートの
辺境領主様
戦国小町苦労譚
毎月15日刊行!!
https://www.es-novel.jp/

【原作】鍋敷・カワグチ
【漫画】KRSG
Presented by NABESHIKI / KAWAGUCHI
Comic by KRSG
俺《おれ》は全《すべ》てを【パリイ】する
~逆勘違いの世界最強は冒険者の夢をみる~
『小説家になろう』
年間総合1位獲得作!!
(2020年3月10日時点)
待望のコミカライズ!!
第1巻好評発売中!
磨き抜いた最低スキルで、
目指せ憧れの冒険者!
※「小説家になろう」は株式会社ヒナプロジェクトの登録商標です。

EARTH STAR NOVEL

反逆のソウルイーター　5
～弱者は不要といわれて剣聖（父）に追放されました～

発行 ―――― 2021年5月15日　初版第1刷発行

著者 ―――― 玉兎

イラストレーター ―――― 夕薙

装丁デザイン ―――― 舘山一大

発行者 ―――― 幕内和博

編集 ―――― 古里 学

発行所 ―――― 株式会社 アース・スター エンターテイメント
〒141-0021　東京都品川区上大崎 3-1-1
目黒セントラルスクエア　7F
TEL：03-5561-7630
FAX：03-5561-7632
https://www.es-novel.jp/

印刷・製本 ―――― 中央精版印刷株式会社

ISBN 978-4-8030-1520-1